…あ、あ……っ!!」
たびに快感が生まれ、
熱が溜まっていく。
あ……駄目……それ、駄目っ」
駄目だ？　何が駄目なのかわからないと、困る」
「……一度、一度止め、て……お、願いしま……あ……っ」
涙混じりの声で頼むが、クロヴィスは止まらない。

堅物軍人侯爵が溺愛に目覚めたら、とにかく迫ってきます

舞 姫美

Vanilla文庫

堅物軍人侯爵が溺愛に目覚めたら、とにかく迫ってきます

Contents

イラスト／八千代ハル

【第一章　君の泣き顔に一目惚れ】

「なあ、アニエス。そろそろ僕の気持ちに応えてくれてもいいんじゃないか？」

粘っこい声で言われ、アニエスは目の前の赤毛の青年――ニコラを強く見据《みす》えた。親友のローズの付き添いで参加したパーティーにニコラもやってきていたようだ。

来ているとわかっていたら、今回の付き添いは断っていただろう。アニエスは投資に失敗し、借金返済のために爵位をも売って落ちぶれた元伯爵令嬢だ。貴族たちはアニエスの姿をみとめると、不躾《ぶしつけ》な興味と蔑《さげす》みの目を向けてくる。

それでもローズに誘われればパーティーに参加するのは、仕事だからだ。

同じ年に社交界デビューし、国王夫妻主催の祝いの晩餐《ばんさん》会で隣り合ったことから知り合ったローズは、このネルヴァルト王国を守る軍の総指揮官を代々任命されているル・ヴェリエ侯爵家の令嬢だ。ローズは高位貴族の嗜《たしな》みとして話を合わせることはあっても、人を不必要に侮辱《ぶじょく》したり根拠なく貶《けな》したりする者には冷徹だった。彼女が優しい笑みを浮かべて嬉々として噂《うわさ》に興じることへの軽蔑《けいべつ》の言葉を紡《つむ》ぐと、大抵の者は気まずそうに口を閉ざし話題を変える。アニエスはローズほど徹底した態度は取れなかったが、彼女と同じ資質を持っていた。だから親友になれたと思っている。

二年ほど前、父であるシルヴェストル伯爵は投資事業に失敗し、多額の負債を抱えた。爵位すら換金し、あっという間に没落した。それでも父が色々と力を尽くしてくれたから、家族が散り散りになって生きていかなければならない状況は避けられた。だがそのせいで父は身体を壊し、病死してしまった。

父が急死してしまい、とても辛《つら》く悲しかった。けれど父は最後まで家族を守ろうとしてくれた。弟のフランソワはまだ幼い。これからは長子である自分が父の想いを継いで母を支え、家を守っていかなければならない。泣いている時間はなかった。

父のおかげで、借金は母と二人で一生懸命働き贅沢をしなければ返せると確信できる程度にまで減っていた。弟に就職や結婚で苦労して欲しくなかったから、母と相談し、学校に通わせることにした。

ネルヴァルト王国には身分に関係なく通うことのできる学園がいくつかある。そこで優秀な成績を収めれば、平民でも就職や結婚に有利に働いた。中にはここで身分違いの愛を育む者たちもいる。とはいえ貴族階級で通う者は物珍しさからということがほとんどで、勉学に励む者は皆無に近かった。

授業料のために給金のいい働き口を探していると、ローズが家庭教師の仕事を紹介してくれた。それだけではなく、自分の話し相手として働かないかと提案してくれた。

同情や憐憫《れんびん》によるものかと一瞬抵抗感があったものの、ローズは優しい笑顔を浮かべて言った。

『どうしてもお金が欲しいのならば、どんな仕事だってできるでしょう？　ならばこれも仕事と割り切って、私の話し相手役をしてちょうだい』

ローズの話し相手役となれば、貴族階級の社交の場に付き添うことも多々ある。そこで没落伯爵令嬢と興味津々《きょうみしんしん》の目で見られ、ときには揶揄《やゆ》する言葉を投げられることもあるはずだ。それでも耐えられるかと、暗に言ってきたのだろう。

世の中には、もっと大変な仕事もある。身体を売らなければならない人だっているのだ。

それに比べれば自分は恵まれている。親身になってくれる友人がいて、協力もしてくれる。ありがたいことだ。抵抗感はすぐに消え、アニエスはローズの話し相手、ときには付き人となることを仕事として引き受けた。

ローズにはまだ婚約者がいない。ル・ヴェリエ侯爵家と繋がりを持ちたい貴族男性たちからあまり声をかけられないようにしたいからというのも、アニエスを傍《そば》に置く理由の一つらしい。野心と下心で近づこうとする貴族男性たちからローズを守ることもアニエスの仕事となった。

今夜もローズから借りたドレスやアクセサリーで着飾り、男性たちがローズに声をかけにくいよう傍にいた。だがローズが人と約束があるからと傍から離れると、途端に自分への陰口や揶揄する言葉が耳に入ってきた。

「ねえ、あの方、シルヴェストル伯爵のご令嬢の……爵位まで売ってしまって、貴族としての誇りはないのかしら」

「あるわけないでしょう。ローズさまと一緒にいるのだって、話し相手役としての仕事だって聞いたわよ。そこまでしてお金が欲しいって、みじめよね」

「いくらお金のためだからって、よくこんなところに顔を出せるわ……私なら恥ずかしくてとてもとても……厚顔無恥《こうがんむち》ってああいう方を言うのね」

続けられた密やかな笑い声に胸が痛み、少しだけ一人になりたくてアニエスは会場から庭へと出た。

パーティーは始まったばかりで、庭に出てくる者はまだいなかった。美しく整えられた庭をのんびりと眺めていたところを、ニコラに声をかけられたのだ。

ニコラはアニエスの家がまだ伯爵位を持っていた頃、よくアプローチしてきた伯爵子息だ。二つ年上の彼は女好きで、アニエスの容姿が気に入っているらしい。軽薄な物言いや少し垂れ目の人好きのする優しげな面立ち、女性好みの話題に豊富なところが、ちょっとした火遊びがしたい貞操観念が薄い令嬢たちに悪い意味で人気だった。

(私は別に美人でもないし、特徴ある容姿でもないのに)

癖のない真っ直ぐな薄茶色の長い髪は、光に透けると金色に見えるほど細い。瞳の色もよくある緑色だ。顔立ちも平凡で身体つきも細く、魅惑的でもない。それなのにニコラが何かにつけてちょっかいを出してくる理由がわからなかった。

自分の気持ちを押しつけるばかりでこちらの話を聞かないニコラは、まったくもってアニエスの好みではない。何よりも許しも得ずにベタベタと触ってくるのが嫌だ。

適当に世間話をしつつ距離を取ろうとしたのだが、気づけばニコラの強引さに押され、ベンチに並んで座り、肩を抱き寄せられている。密着する身体の熱が気持ち悪い。

しかも肩を抱いてきた手が脇を撫《な》で下りて腰を引き寄せようとしてきた。アニエスは渾身の力でニコラの手の甲を抓《つね》る。

呻《うめ》いて怯《ひる》んだ瞬間を逃がさず、素早く立ち上がって言った。

「何度も言っているわ、私に勝手に触らないで。それに私と一緒にいるところを誰かに見られたら、あなたも悪く言われるかもしれないのよ。変な噂が立たないよう、私はこれで失礼するわ」

ニコラの名誉など一切気にしていないが、彼の傍から離れるにはいい口実だ。さっさと歩き出そうとするアニエスの片腕を、ニコラが摑んだ。

「まあまあ、待ってくれよ」

思った以上の強い力に頰が歪《ゆが》む。そのまま引き寄せられ、ニコラの笑顔が近づいた。くちづけも可能な至近距離まで彼の顔が近づき、反射的に唇を強く引き結んで必死に身を引く。

「なあ、アニエス。父君の借金はまだ返せていないんだろう？　母君と一緒に平民のように働いて大変だよな。以前のように楽な暮らしに戻りたくないか？」

「働くことは好きよ。労働に対してきちんとした対価をもらえることは、私自身を認めてもらえているようで嬉しいわ」

このような状況にならなければ、決して知り得ぬ喜びだった。アニエスはニコラを睨《にら》みつけ、素直に答える。ニコラが小さく鼻を鳴らした。

「なるほど、前向きだ。でも困窮しているのは事実だろう？　弟の成績が下がったから、学費の免除対象から外されたって聞いたけど？」

アニエスは言葉を詰まらせ、内心で歯ぎしりした。なぜそれをニコラが知っているのか。

フランソワが通う学園には、優秀な生徒に学費を免除する制度がある。弟は勉学に励み、入学してからずっと優秀な成績を収めて学費を免除されていた。だが今回の試験でいくつかの教科でぎりぎり対象外の成績となり、制度から外されてしまった。それが決まったとき、弟は涙を堪《こら》えて、アニエスたちに何度も謝ってくれた。アニエスは母親とともに弟を抱き締め、これまでの努力をねぎらい、何も気にしなくていいと言い聞かせた。

フランソワは勉学に励むだけでなく、教師陣に変な恨みや妬《ねた》みを買わないようとても気をつけていた。教師の匙《さじ》加減一つで評価を下げられる生徒を何人か見てきていて、理不尽で不当な評価があることを知っていた。だが教師たちも今回の通達にはどこか申し訳なさげな様子だったという。

何か、どうすることもできない力が働いたとしか思えない。そしてその力から、今のアニエスは弟を守ってやることはできない。

（私ができることは学費を納めることだけ。あんなにフランソワは頑張ってくれていたのに……）

アニエスは己の無力さに唇を噛み、目を伏せる。するとニコラは勝ち誇ったように笑みを深め、アニエスの耳元に唇を寄せた。

「フランソワは家族思いの弟だ。また特待生になれるよう、努力するだろう。だがフランソワは二度と特待生には戻れない。僕が学園にそうお願いしている」

「……なんですって……!?」

弟を貶《おとし》めたのはニコラなのか。アニエスは勢いよく顔を上げ、彼を睨みつける。

ニコラは鼻先が触れ合うほど間近に顔を寄せながら、笑顔で続けた。

「僕は君と仲良くなりたい。そのためなら、君のお願いを聞いてあげてもいい」

勝利を確信した笑みは、人によってはそれなりに魅力的に見えるのだろう。だがアニエスはまったく魅力を感じない。それどころかひどく醜悪《しゅうあく》に見える。アニエスに対して絶対的な勝利を収めようと――力でねじ伏せる快感を味わおうとしている顔だ。弟のためにニコラのものになるとアニエスが膝を屈するのを待っているのだ。

（卑劣《ひれつ》な男……！）

ニコラの目が細められ、口角が上がる。改めてアニエスの耳に唇を寄せ、熱い呼気を吹き込む。怖気《おぞけ》が走り、鳥肌が立つ。気持ち悪い。

身を引こうとするが、肩を抱くニコラの右手の力が強くなって逃げ出せない。肩に食い込む指の力に、顔を顰《しか》めてしまうほどだ。

ニコラは空《あ》いている左手を上げ、アニエスの項《うなじ》を指先で撫で上げてきた。いやらしい指の動きに怖気はさらに強まる。

「僕にこれだけアプローチされてるのにつれなくし続けるのは、君が初めてだ。だからかな……君をどうしても手に入れたいって思うんだ」

アニエスは心の中で深呼吸し、気持ちを整える。これ以上つきまとわれないためにも、はっきり言わなければ駄目だ。

アニエスはニコラを真っ直ぐに見返して言った。

「お断りするわ。あなたの愛人なんかになって、私の可愛《かわい》い弟に肩身の狭い思いをさせるつもりはないの」

直後、ニコラにドレスの胸倉を摑まれ、先ほどまで座っていたベンチに押し倒された。ニコラの顔から笑みが消え、瞳が冷酷に軽く見開かれる。

「……君は引き際を知った方がいい。僕に穢《けが》された娘として新たな噂の種になるよりはいいと思うけれど？」

乱暴される恐怖よりも、怒りが勝った。アニエスはさらに瞳に力を込めて、ニコラを見据える。

「お断り、するわ！」

冷徹な瞳のまま、ニコラが無言でドレスの襟《えり》を引き裂こうとした。直後、低く落ち着いた声がニコラの頭上から落ちてきた。

「──何をしている」

いつからそこにいたのか、アニエスに覆い被さるニコラの背後に青年がいた。ニコラが息を呑《の》み、動きを止める。

軍帽をきちんと被った、艶《つや》やかな闇色の黒髪を持つ青年だった。鍔《つば》と少し長めの前髪の下で、美しいアーモンド形の青い瞳が静かにアニエスたちを見下ろしている。角度によるものか、その瞳は底光りしているように見えた。

黒地に所々銀糸で精緻な刺繍《ししゅう》が施された立派な軍服が、見事に似合っていた。左胸に勲章や記章が縫いつけられ、真っ白な手袋をはめている。広い肩には、外套《がいとう》が前を留《と》めないまま、ひらりとかけられていた。

青年の姿をみとめ、アニエスは大きく目を見開いた。

(クロヴィスさま……!!)

――クロヴィス・ル・ヴェリエ侯爵。今年二十九歳になるローズの兄だ。

ル・ヴェリエ侯爵家は王国軍の総指揮官に代々任命されている由緒ある家柄で、クロヴィスは爵位を継承する前から多くの武勲を立てている。戦争において彼に指揮を任せれば負けることはないと民が信じるほどだ。特に彼が指揮した戦闘では味方の戦死者が極端に少なく、国の守護神とまで言われている。

ネルヴァルト王国は大陸の南部に位置する。肥沃《ひよく》な土地を持ち、徐々に力をつけ、今では大陸の四分の一ほどの国土を持つ国となっていた。元祖は戦闘民族国家だったためか、王国軍の戦闘能力は大陸一だと噂されるほど強い。そのため、衝突を避けようと王国と同盟を結ぶ国もそれなりにいた。

同盟国に何かあれば王国軍を派遣する。大体においてル・ヴェリエ侯爵が指揮を執り、出陣するのだ。

近年は、王国南部に隣接する同盟国・アリンガム国に出兵することが多い。アリンガム国は様々な宗教を持つ多民族国家で、その中でもかなり過激な一派が国の政治的権力を持とうと画策しており、小さな内乱が起こっているという。その争いをおさめるための戦いで、前ル・ヴェリエ侯爵は戦死した。三年前のことだ。幼い頃より戦を恐れず父に同行して武勲を立ててきたクロヴィスがすぐに爵位を継ぎ、総指揮官の任も引き継いだ。

ローズの友人としてル・ヴェリエ侯爵家に遊びに行ったことは何度もある。だが、クロヴィスに会えることは少なかった。彼は社交界で密かに戦好きと囁《ささや》かれることがあるほど、自ら進んで戦場に向かう人だった。

少し前髪が長い短髪は、艶やかな黒髪だ。蒼天を溶かし込んだかのような美しい青色の瞳、精悍《せいかん》な頬と整った鼻筋、大抵いつも引き結ばれている薄い唇、すっきりとした顎先《あごさき》、無駄な筋肉が付いていない引き締まった身体――若い女性なら誰もが目を奪われる魅力的な容姿をしている。

黒を基調とした王国軍の軍服に身を包み、軍帽をしっかり被って険しい表情で真っ直ぐ前を見据え大股で歩いていく様子を見ただけで失神してしまった令嬢もいるほどだ。アニエスも彼の姿を見られたときにはときめいた。

いつも凛《りん》とした厳しい表情をしている人だ。声音も硬く言葉も少なく、人を寄せつけない雰囲気を常にまとっていて近寄りがたい。

話したことは、ほとんどない。けれど密かに憧《あこが》れている人でもあった。まだ伯爵令嬢であった頃は、もしかしてどこかで接点を持てるのではないかと淡い期待を持ったこともあったが、彼が恋愛や結婚についてまったく積極的ではないらしいと聞いて、その気持ちは心の奥底にしまい込んでしまった。そのクロヴィスが、今、目の前にいる。

そもそもクロヴィスが夜会やパーティーの類《たぐい》に姿を見せることは、非常に珍しい。彼自身がそういった場を好まないこともあるが、彼は多忙だ。クロヴィスは大抵軍務についていて、休日がほとんどないとローズから聞いている。家族ですらなかなか一緒に過ごせないというのだから驚きだった。

どこかの国に王国軍が出兵中ならば、仕方がない。だがそうでないときも軍務にかかりきりらしい。それではまるで家族を避けているようではないか――そんなふうに思ってしまったくらいだ。

（ああでも、アリンガム国の内乱を鎮めて今は帰国されていると、ローズが言っていたわ）

よく見ればクロヴィスの片手には短剣が握られ、ニコラの首の後ろにぴたりと押しつけられていた。そのせいでニコラは青ざめ、微動だにできない。

「聞こえないのか。口がきけないのか。何をしているのかと俺は聞いている。答えられないのならば」

クロヴィスの目が眇《すが》められた。容赦ない殺気を感じ取る。

「……少し口論になってしまっただけです！」

このままではニコラの首に短剣が突き立てられてしまうような気がして、アニエスは必死に返答した。クロヴィスが瞳だけ動かし、ニコラ越しにアニエスを見つめる。

ローズと本当に兄妹なのかと疑いたくなるほどに、恐ろしいほど冷酷な瞳だ。アニエスは思わず息を呑むが、視線は逸《そ》らさない。

（こ、怖いけれど、クロヴィスさまは私のことを心配してくださったわけだし……！）

クロヴィスがしばしじっとアニエスの瞳を見返したあと、短剣を懐《ふところ》にしまった。あまりにも素早い動きで、まるで軍服の上着に吸い込まれたように見える。そしてニコラの襟首を摑むと軽々と持ち上げた。

喉が締まってニコラが苦痛の呻きを上げるより早く、クロヴィスはぽいっと彼を放り捨てる。地面に転がったニコラが慌《あわ》てて立ち上がり、それでもなんとかクロヴィスに一礼してから走り去った。アニエスには目もくれない。置いてけぼりにされ、複雑な気持ちになる。

アニエスはニコラに乱された胸元を手早く直して立ち上がり、クロヴィスに膝を落とす貴婦人としての礼をした。クロヴィスが軍帽を脱いで小脇に抱え、頷《うなず》く。

「助けていただき、ありがとうございました」

「いや。久しぶりだな、アニエス嬢。ローズは一緒ではないのか」

ル・ヴェリエ侯爵邸で数度顔を合わせ挨拶《あいさつ》を交わした程度の関係性なのに、覚えていてくれたことが嬉しい。胸が弾みそうになるのを抑え、アニエスは小さく頷いた。

「一緒です。ローズはこのパーティーで会う約束をしている人がいるとのことで、少し別行動をしているのです」

「……それは俺のことだな……」

「まあ、そうでしたか。ならばすぐにお戻りになった方がよろしいかと……お騒がせして、申し訳ございませんでした」

なんだか目元に妙な熱を感じたが、気にせず言う。そんなアニエスを見返したままで、クロヴィスが驚いたようにわずかに目を瞠《みは》った。どうしたのかと心配になり、小首を傾げる。

「クロヴィスさま、どうかなされたのです、か……」

目元に宿った熱が、直後に目尻から頬へ、そして顎先へと滑り落ちた。なんだろうと慌てて指先で拭《ぬぐ》うより早く、クロヴィスの右手が伸びてアニエスの頬に触れた。

手袋で包まれた指先が、どこか恐る恐るというふうに熱の軌跡を撫でてきた。

「どうして、泣く」

まさかと衝撃に目を見開いたときにはもう、涙腺が壊れてしまったかのようにあとからあとから大粒の涙が溢《あふ》れ出し、頬を滑り落ちていった。

クロヴィスの瞳にわずかな動揺が見て取れる。これではまるで彼がアニエスを泣かせているようではないか。

「……も、申し訳……ございません……っ。あ、あの、どうか構わず……」

気にせず立ち去って欲しい。そう伝えたいのに言葉がうまく出てこない。

とてもみっともない姿を彼に見せてしまっていると思うと余計に情けなくなり、アニエスは両手で口を塞いだ。そうしないと、何か喚《わめ》いてしまいそうだ。

「……なぜ、泣くんだ……」

どこか途方に暮れた声で、クロヴィスが呟《つぶや》いた。大丈夫です、と答えようとしたが、口は勝手に別の言葉を紡いでいる。

「……悔しいから、です……っ」

クロヴィスの低く落ち着いた声に――静かに見返す眼差しに、ふいに伝えたい気持ちが溢れ出した。

「フランソワはいつも頑張ってくれていてその成果で特待生になれたのに、あ、あの人は私が靡《なび》かないからって学園に圧力をかけて……卑劣です！　評価は正当に下されるべきもので、私のせいでフランソワが虐《しいた》げられるなんて、おか、しいです……!!」

感情をまき散らすだけの支離滅裂《しりめつれつ》な言葉では、状況を理解できないだろう。だがクロヴィスは黙ってアニエスの話を聞いている。今のアニエスに対してどう思っているのかは、表情からは窺《うかが》えないが。

（違う。悔しいのはニコラがしたことに対してではないわ）

「……私に、力がないのが、悔しいんです……!!」

思わずクロヴィスの腕を掴み、彼を見上げて言う。変わらずに彼は何も言わず、ただじっとアニエスを見返すだけだ。

一瞬、互いに無言で見つめ合う。不思議と永遠にも思える瞬間だった。

直後、クロヴィスが上体を被せるように頬を寄せてきた。綺麗《きれい》な青い瞳が近づいてきたと思ったときにはもう、唇が触れていた。

優しく――どこか戸惑《とまど》うように、クロヴィスの唇がアニエスの唇に押しつけられていた。

（わ、私、クロヴィスさまに……く、くちづけ……され、てる……⁉）

アニエスは何が起こったのか理解できず、大きく目を瞠った。クロヴィスもまた、驚愕《きょうがく》した表情だ。

（クロヴィスさまも、こういうお顔をされるのね……）

軍人としての厳しい表情しか公では見ることができない。彼はいつも淡々としていて、心の内が読み取れない。

唇を押し合わせ、互いに目を瞠ったまま、数瞬の時が流れる。クロヴィスが驚愕に目を瞠ったままで、唇を離した。ふ、と彼の息が唇に触れ、アニエスは我に返る。

なぜ急にくちづけなど、と訝《いぶか》しむより早く、クロヴィスが再びくちづけてきた。

「ん……んん……っ？」

唇の柔《やわ》らかさや形を確かめるように――執拗《しつよう》なまでにアニエスの唇を啄《ついば》み、舌先で軽く舐《な》めてきたりする。この人が突然こんなことをするなんて。いったいどうしたのか。

どう息継ぎをすればいいのかわからず、アニエスは息を止め続ける。息苦しさに涙が滲《にじ》むと、気づいたクロヴィスがわずかに唇を離してくれる。息ができると同時に話せるようになり、アニエスは慌てて言った。

「……あ、あの、クロヴィスさま……どうなさって……あ、あの……あの……っ」

再びクロヴィスの端整な顔が近づき、唇を啄まれる。

このくちづけをどう止めればいいのかわからず、アニエスの抵抗は弱いものにしかならない。ニコラには近づかれただけでも嫌だったが、身のほども弁《わきま》えず憧れの気持ちを抱いていたからだろうか——嫌悪感はなく、戸惑いばかりだ。

「あの、クロヴィスさま。一度、落ち着い……て……んぅ……っ⁉」

クロヴィスの両手がアニエスの頬を包み込み、ぐっ、と強く上向けた。そのまま上体を折り曲げるようにして覆い被さり、唇を強く押しつけてくる。それだけにとどまらず、クロヴィスは唇を食《は》むように動かし、ひどくもどかし気にせわしなくアニエスの唇を開かせてきた。

押し開かれた唇から、熱くぬめった肉厚なものが侵入してきた。それがクロヴィスの舌だと気づき、反射的に舌で押し返してしまう。だがかえって彼の舌に深く侵入されてしまった。

互いの舌先が触れ合った直後、不思議な気持ちよさが生まれる。ビクリ、とクロヴィスの舌が一瞬動きを止めたが、すぐにまた舌を舐め合わせてきた。

このくちづけを続けられたら駄目だ。身体だけでなく心まで蕩《とろ》けてしまう。

「……んっ、むぅ……ク、クロヴィス……さ、んぅ……っ」

舌を引っ込めても執拗に追いかけられ、喉奥まで侵入されそうになる。ぬるぬると肉厚な舌を擦りつけられると不思議な甘い疼《うず》きが下腹部に生まれ、膝から崩れ落ちそうになった。

唇が離れそうになり、クロヴィスがかすかに呻く。すると頬を押さえていた手をアニエスの背中と腰に下ろし、強く抱き寄せた。

軍服の下の体軀《たいく》は硬く、逞《たくま》しかった。引き締まった無駄な筋肉のない身体にすっぽり包み込まれている。身じろぎした程度ではびくともしない。

とにかく離れなければと恐慌《きょうこう》状態になったアニエスがもがいても腕の力が強くなるだけで、このままでは抱き潰されそうだ。

「……んっ、んー……！」

次第に唾液《だえき》が絡み合い、重なった唇の隙間から零れてしまいそうになる。自然と喉が動き、こくりと飲み込んでしまった。

クロヴィスも口中で動かしていた舌でアニエスの唾液を搦《から》め捕《と》ると、そのまま飲み下す。直後、さらに激しく舌が動いて口中を隅々まで味わってきた。歯列や唇の裏側、頬の内側、上顎のざらつき、舌の裏側までクロヴィスの舌が触れてくる。

唇はまったく離れる様子がなく、息苦しい。空気を求めて口を開いても、クロヴィスのくちづけが深くなるばかりでどうにもできない。四肢を拘束されるかのような抱擁《ほうよう》も、苦しい。

（ああ、なのにどうして……嫌、とは思わないの、私……）

憧れていた人、だから？　思考は息苦しさで散漫になり、ただクロヴィスに触れられる心地よさだけを意識してしまう。

「……は……ぁ……」

クロヴィスが熱い息を吐き、唇を少しだけ離した。そして信じられないというように、大きく目を瞠りながら呟いた。

「俺、に……何を、した……」

(何も、していません)

そう答えたいのに、唇からは乱れて弾んだ息しか出てこない。

膝が震《ふる》えて自力で立っていられなくなり、崩れ落ちそうになる。アニエスは辛《かろ》うじて両手を伸ばし、クロヴィスの軍服の胸元を摑んだ。

「……こ、れ以上は……もう……無理、です……っ」

息苦しさのせいで、さらに涙が零れる。クロヴィスの端整な顔が歪んで見えた。

「なぜ、もう無理なんだ。こんなに気持ちよくなる行為を、君は止められるのか」

不満げな低い声でクロヴィスが問いかける。こんなに彼の感情がわかるのは初めてだと頭の隅で思いながら、アニエスは必死に答えた。

「息が、苦しく、て……」

最後まで言い終えることができず、アニエスは意識を手放した。

淡い涙を浮かべた澄んだ緑の瞳が閉じられる。それがとても残念だと思った直後、アニエスが崩れ落ちた。

腰を抱き寄せていた腕に彼女の全体重がかかる。きちんと食事をしているのかと心配になるほど軽い。クロヴィスはアニエスを片腕だけで支え、顔を覗き込んだ。

目元に残っていた雫が、つ……っ、とこめかみへ伝い落ちていこうとする。クロヴィスは思わず唇を寄せ、舌先でそれを舐め取った。

ほんのり塩味がある。なのに、かすかに甘い味もした。口の中でアニエスの涙の味を堪能しながら、クロヴィスは彼女の情報を頭に思い浮かべる。

——アニエス・シルヴェストル。父親が投資に失敗し、抱えた借金のために爵位まで換金して没落したが、そのあとも妹のローズが親友と慕っている令嬢だ。時折屋敷に遊びに来ていて、二言三言の挨拶を交わしたことがある。

クロヴィスにとって彼女が没落した元伯爵令嬢であることはどうでもいいことだ。身分や立場は服と同じだ。中身が重要だ。ローズがまだ親友と慕っているのだから、よい娘なのだろう。だが、現時点でクロヴィスとアニエスは、ただの知己《ちき》だ。

（なのになぜこんなに胸が高鳴る。なぜ劣情を抱く。なぜ彼女の泣き顔に、興奮、する？）

パーティーに参加したのは、ローズが珍しく何度も頼み込んできたからだ。会わせたい者がいると言われて乗り気にはなれなかった。だが普段から留守にすることが多く、妹をあまり構ってやれない。たまには願いを叶えてやりたくなった。

可愛い妹だ。自分の出生について知る、数少ない者のうちの一人でもある。血が繋がらない自分を兄として慕い続けてくれている。亡くなった父も、家を毅然《きぜん》と守り続けてくれている母も、こんな自分を大切な家族として慈しみ、将来を心配してくれている。だからこそ早く結婚しろと言うのだろう。

妻《めと》を娶り、子を育み、家を盛り立てる――それは貴族として当然の義務だ。わかっているが、違和感を覚える。自分のような者が、『愛する者』を得られるのかと。

少し遅れて到着した久しぶりのパーティーでは、すぐに注目された。無愛想で硬質な空気をまとっている自分に怯《おび》えながらもル・ヴェリエ侯爵家と繋がりを持ちたい令嬢が果敢に近づいてくる。基本的にはローズがうまく捌《さば》いてくれたものの、辟易《へきえき》した。だから彼女たちから離れるために、この庭にやってきた。

ニコラがアニエスに迫り始めたのを見つけたとき、助けるかどうか迷った。助ければここぞとばかりにつきまとわれるかもしれない。

だがふと、彼女と昔交わした会話を思い出した。

あのとき彼女は、自分を引き留めることをしなかった。どこか名残惜《なごりお》しげには見えたが、黙って見送ってくれた。

ならばきっと煩《わずら》わしいことにはならないだろう。そう確信し、クロヴィスは二人の間に入っていこうとする。そのとき、ニコラがアニエスをベンチに押し倒したのだ。

呆《あき》れた男だ、とクロヴィスは軽蔑した。だが意外にもアニエスは恐怖に頬を引きつらせながらもしっかりとニコラを見つめ、はっきりと断った。自分の非力さを自覚しながらも、不当な攻撃には屈しない芯の強さが見えた。気持ちのいい反撃だった。

正当な反撃に対してニコラは、クロヴィスがもっとも嫌悪する行動に出た。弱き者を力でねじ伏せるのは、外道がすることだ。

クロヴィスは完全に気配を消してニコラに近づき、その首筋に短剣を押しつけた。

その後のニコラの反応には呆れるしかなかった。力でねじ伏せようとしていたアニエスを見捨て、さっさと立ち去っていく。クロヴィスに言い訳もしない。あまりに軟弱だ。あの男は一度、軍の訓練にでも放り込んで性根を叩き直した方がいい。

対してアニエスはその場から逃げず、まずは助けてもらったことに対する礼を口にした。気丈な娘だと内心で感心した。クロヴィスが知る令嬢像とはかけ離れている。こういう場ではひどいことをされたと泣きじゃくるか、報復して欲しいと頼み込んでくるものだ。

アニエスが礼を言いながら笑いかける。その緑の瞳からは、大粒の涙が次々と零れ落ちていた。だが本人は気づいておらず、場を取り繕う会話を続けている。

心と身体の感覚がずれている。気丈であるのに、ガラス細工のような脆《もろ》さを感じた。

何よりも――その涙が美しい、と衝撃を受けた。

気づけば手を伸ばし、彼女の雫に触れていた。熱いが、透明だ。まるで水晶の輝きが零れ落ちているようだ。

彼女の卵型の顔が、次々と零れ落ちていく涙の輝きに縁どられて美しい。これまで目にした女性の泣き顔はどれも醜《みにく》いとしか思えなかったのに――アニエスのそれは、目を奪われるほど美しかった。

(綺麗、だ)

己の無力さに打ちひしがれ、それでも顔を上げる――弱さと強さが混ざり合った泣き顔だ。自分にはない活力を感じた。

クロヴィスは吸い寄せられるように、その頬に触れていた。

(熱い)

――手袋越しなのに、強い命の熱を感じた。それが指先から全身に伝わっていく。不思議な、抗《あらが》いがたい熱だった。

この熱はなんだ、と自問する。わからない。だからクロヴィスはアニエスに問いかけた。

「どうして、泣く」

一度息を呑み、アニエスは強く唇を引き結んだ。彼女自身の理性は、吐露するつもりがなかったのだろう。だが震える声が押し出され、そして直後には怒涛のごとく溢れ出す。

「……悔しいから、です……っ」

感情をむき出しにすることなど、令嬢としては誉められるものではない。だがそのアニエスの様子に嫌悪感は抱かなかった。ニコラに対し毅然とふるまったあの姿を見れば、どれほど自制していたのかがわかる。

力がないことを悔しがるアニエスから吐き出される怒りと口惜しさの言霊《ことだま》は、どれもこれもクロヴィスにはない熱に満ちていた。自分より頭一つ分背も小さく、自分の半分ほどしかないように見える腕の細さで、抱き締めたらすぐにでも抱き殺せそうなほどのたおやかさなのに——折れない何かがある。それはなんなのだろう。クロヴィスにはわからない。

それに触れてみたかった。どうすれば触れられるのか。手段を思いつくより前に、身体が勝手に動いていた。

気づけば、アニエスの唇にくちづけていた。触れた唇は、想像以上に柔らかかった。

自分ももう二十九歳だ。女を抱いた経験は二度ほどしかなく、それも戦場で与えられた商売女だったが経験がないわけでもない。彼女たちはあとくされなく粛々と仕事をこなし、こんなものかと妙に冷めた。

戦場以外で近づいてくる女は、自分の容姿や身分、権力、あるいは財産——それを目的としているとよくわかる者ばかりで、女と名の付く者が傍に近づくだけでうんざりするほどだった。

女の唇に自ら触れたいと思ったことなど、一度もなかった。だがアニエスの唇はなんと甘く柔らかく、情欲をいざなうのか。

驚きに身を固くしていたアニエスが我に返り、離れようと胸を押しのけようとする。

（もっと、だ）

あまりにも弱い力だ。クロヴィスが腕に少し力をこめただけで、封じることができる。これではクロヴィスが止めなければニコラに容易く貞操を奪われていただろう。

ニコラがアニエスを陵辱《りょうじょく》している様子を思い浮かべてしまい、初めて覚える怒りに頭がカッとなる。こんなに強い怒りを覚えたのは初めてだ。なぜそんなふうに思うのかがわからず、クロヴィスは一度唇を離し、知らずに呟いていた。

「俺、に……何を、した……」

アニエスが返事をしようとしたのか、唇を動かした。だが唇の間から赤い舌先が見えた直後、心の内側から沸き起こる衝動のままに再び唇を奪っていた。

なぜこれほどに欲望を抱くのか。わからない。

アニエスが膝から崩れ落ちそうになると、唇が離れてしまう。それが苛立《いらだ》たしい。

腰に絡めた腕に力をこめて引き上げ、さらに強く舌を味わうためにくちづけを深くする。

重なった唇の端から漏れる喘《あえ》ぎ声すら、美味だ。

強く吸いつき、彼女の唾液を啜《すす》る。こんなものが美味《うま》いなどとは一度も思ったことがなかったのに、なぜ。

しばらくすると、アニエスがクロヴィスの上着の胸元を摑んできた。指は震えていて、力はほとんど入っていない。

「……こ、れ以上は……もう……無理、です……っ」

なぜ止めるのかと反論すれば、息ができないと辛うじて訴えてアニエスは失神した。確かに自分も息苦しいほどだったが——まさか失神してしまうとは。

（もしや……男など何も知らないのでは……）

アニエスにとんでもなく失礼なことをしたのだと反省すると同時に、優越感も覚えてしまう。クロヴィスはアニエスの目元に滲んでいる雫を舐め取ると、彼女を抱き上げた。足元に落としていた軍帽を拾い、被る。

ここに留《とど》まる必要はもうない。早々に立ち去って、彼女を自分の傍に置くための手段を考えなければ。

（こんな想いを抱いたのは、彼女が初めてだ。決して離してはならない）

アニエスの重みなどまるで感じさせない軽やかな大股で、クロヴィスは庭から回廊に入り屋敷の出口に向かう。すると、ひどく心配げな顔で周囲を見回しながらローズがこちらにやってくるのが見えた。クロヴィスに気づくと、大急ぎで走り寄ってくる。

「クロヴィスお兄さま、いったいどうされて……アニエス……!?」

腕の中の令嬢がアニエスだとわかると、ローズは青ざめひどく慌てた。

クロヴィスは安心させるように優しく笑いかける。とはいえ、さほど表情に変化はないのだが、ローズはクロヴィスの感情の些細《ささい》な変化を読み取ってくれる数少ない者だ。

「心配するな。彼女を不逞《ふてい》の輩《やから》から救っただけだ」

ますます困惑《こんわく》するローズに、簡単にニコラとのことを説明する。状況を理解したローズは怒りに眉をつり上げた。

「なんてクズなの！　迫られているとは聞いていたけれど、こんな卑怯《ひきょう》な手を使うなんて……！　ああ、お兄さま、アニエスを助けてくださってありがとう！」

「今回は俺が偶然通りかかったことで事なきを得たが、あの男はまた同じことをしてくるかもしれない。彼女には強固な保護が必要だ」

ローズは神妙な顔で頷き、歩き出したクロヴィスに並んだ。

「そうですわね。しばらくアニエスを連れての社交は控えます」

「それでは駄目だ。彼女はル・ヴェリエ邸に連れていく」

「……はい？」

「あの男は相当粘着質と見た。あの手の男は簡単には諦《あきら》めない。アニエス嬢は今は没落し、平民だろう。資金がないと護衛など雇うこともできない。再び襲われないためにも、俺が保護するのが一番いい」

驚きのあまり足を止めてしまったローズとは、気づけば結構な距離が開いている。我に返ったローズは大急ぎで兄に駆け寄り、外套の背中をむんずと摑んだ。

クロヴィスは仕方なく足を止め、肩越しに振り返る。ローズは必死に続けた。

「お待ちください、お兄さま！　それは誘拐ですわ！」

「どうしてそうなる。俺は彼女を保護するだけだ」

「年頃の令嬢の危機を救ったとはいえ、本人やそのご家族に許可もなく連れ去るなど、誘拐以外のなにものでもありません！　まずはアニエスをご家族のもとに帰し、今日のことを説明して、援助を申し出るのが正当なやり方です！」

ローズの言葉はひどく煩わしく感じられたが、確かにその通りだと理性は納得した。クロヴィスは小さく嘆息する。

「わかった。お前の言う通り、彼女はまず家に送り届けよう。ダミアン」

「――こちらに」

ローズの背後で突如、低い声が応える。いったいいつの間にそこに来たのか、クロヴィスの側付きのダミアンが一糸乱れぬ軍服姿で控えていた。

クロヴィスはダミアンに馬車の用意をさせ、それに乗り込んだ。ローズもついてくる。

アニエスはまだ目覚めない。目覚めるのが遅すぎないかと心配になる。

いや、と別の可能性が即座に思い浮かんだ。ニコラとのやり取りで漏れ聞こえた彼女の現状を考えると、働きすぎているのかもしれない。弟の特待生待遇が失われたことで大変なのだろう。それでも泣き言を言わず頑張るとは、とても愛情深い娘だ。

（ローズの話し相手としての仕事の給金に、上乗せしてやってはどうだ）

そんなことを考えていると、真向かいに座ったローズの驚きの表情に気づく。

「……あの、お兄さま。いつまでアニエスを抱いたままなのですか」

クロヴィスはアニエスを自分の膝の上で横抱きにし、小さな頭を胸にもたせかけている。そして馬車の揺れで転がり落ちたりしないよう、彼女の肩をしっかりと抱き寄せていた。別に驚かれる状況ではない。

「意識を失ったままの身体を、お前では支えられないだろう」

ローズはひどく言いにくそうに続けた。

「アニエスとお兄さまがとても親密に見えるのですが……何かあったのですか？」

親密。その言葉にハッとする。

（そうか。私と彼女は、もう『親密』な関係なのだ。くちづけをしたのだから）

クロヴィスは眠るアニエスの額にかかった前髪を優しく避けてやりながら頷いた。

「ああ、そうだ。俺と彼女は親密な関係になった」

ローズは瞳が零れそうなほど大きく目を瞠った。妹のそんな顔を見ること自体がとても珍しいのだが、そんなことよりも自分が口にした言葉がとてもしっくりきて満足する。

「ぐ、具体的に何をしたのか教えてください……！」

「彼女にくちづけた。彼女の唇の貞操を私が奪ってしまった。だから結婚の申し込みをする」

クロヴィスはとても真面目に続けたが、ローズは困惑した表情を深めるばかりだ。

「……そ、それだけ、ですか？　あの、くちづけだけ……？」

「充分だ。何か問題があるのか？」

ローズは絶句し、クロヴィスを見返す。なぜそれほど驚くのかわからない。自分はアニエスに対し、誠実に男としての責任を果たそうとしているのだけなのに。

（親密になったのならば、妻にしなければ。俺は彼女に対し、誠実に責任を果たさなければならない）

だからアニエスを妻にすることは、もはや必須なのである。

【第二章　くちづけの代償は結婚ですか⁉】

いつも厳しい表情と硬質な雰囲気をまとうクロヴィスが本当はとても心優しい人ではないかと気づいたのは、まだ家に爵位があって、アニエスが伯爵令嬢だった数年前のことだった。ローズに招かれてル・ヴェリエ侯爵家に遊びに行ったときだ。使用人に導かれて回廊から庭へ向かいながら何気なく目を向けると、視界の端に黒く大きなものが蹲《うずくま》っているのが映った。

あまりの異様さに使用人を呼び止めようとしたが、すぐにその黒いものがクロヴィスだと気づく。具合でも悪くなったのかと思い、一瞬迷ったあと、アニエスは彼のもとへと向かった。案内の使用人はアニエスがいなくなったことに気づかず、先に行ってしまう。

「あの、クロヴィスさま、どこか具合で……も……っ⁉」

後ろから声をかけると勢いよくクロヴィスが振り返り、がしっ、とアニエスの片腕を摑んだ。えっ、と思ったときにはもう背中を地面に押しつけられ、蒼天と彼の険しい表情を見上げていた。柔《やわ》らかな下草と土のおかげで痛みはない。

腕を摑んでいた手が即座に外れ、今度は大きな掌《てのひら》で喉を摑まれる。大して力を入れているようには見えないのに、声が出ない。

前髪の向こうに覗く青い瞳が、冷酷に光っていた。けれど綺麗《きれい》な色だと見惚《みほ》れてしまう。

「俺の背後を取るのならばもう少し気配を殺して近づいてこい。これでは相手にもならん……」

下手に抵抗して誤解されてはならないと、頭だけ左右に小さく振ってみる。

喉を押さえられているからほとんど動くことはできなかったが、敵ではないという気持ちは伝わったらしい。クロヴィスの瞳が軽く見開かれ――すぐに無言で手を離してくれた。

「後ろに立たれたからとはいえ、令嬢にすることではなかった。すまない」

そしてアニエスを手早く起こしてくれる。手袋をした彼の両手は、土で汚れていた。

「私の方こそ不用意に近づいてしまい、申し訳ございませんでした」

慌《あわ》てて頭を下げると、クロヴィスの足元の地面がこんもりと盛り上がっているのが目に入った。何かを埋めたような形跡だ。それに、汚れた手袋も気になる。

「君は……アニエス嬢だな。今日はローズのところに来たのか」

改めてスカートを摘《つま》んで礼をすると、意外にもクロヴィスはアニエスの名を知っていた。覚えてもらえていたことが嬉しくて、少し大胆になれた。

「はい、お茶に誘っていただきました。あの……ここで何をされていたのですか？」

「ああ、猫の墓を作っていた。庭に紛れ込んでそのまま死んだようだ」

使用人に任せればいいことなのに、自ら手を汚して埋めてやったのか。アニエスは驚いたあと、ほんわりと心が温かくなるのを感じた。

そのときにはもうクロヴィスは立ち去っていて、凜《りん》と伸びた背中しか見えなかった。大股で歩いていく姿は颯爽としているが、それ以上声をかけることを許さないようにも見える。

もう少し話せたかもしれないのに、と残念な気持ちにもなったが、アニエスは彼に背を向け、猫の墓に祈りを捧げた。

(猫のお墓を作ってあげるなんて……印象とは違ってお優しい方なんだわ)

こっそり大事にしている思い出だ。それまではローズの兄として、国の守護者と呼ばれるほど有能な軍人としてしか意識していなかった。もっとクロヴィスのことを知りたいなと思い始めたのは、このときのことがきっかけだった。

だが接点はあまりにも少なく、交わせる言葉もほとんどなかった。時折社交の場やル・ヴェリエ侯爵邸でクロヴィスの姿を見かけると、密かに心ときめかせていた。それだけでいい。特に没落してからは、彼の姿を見ること自体、いけないことのような気がした。

爵位を持っていた頃でも家格に大きな差はあった。没落した元伯爵令嬢など、彼の視界に入るだけでも罪だ。

だからその想いは憧《あこが》れのまま、決して膨らませてはいけない。そうしなければ、自分が辛《つら》くなるだけだ。時折凜々《りり》しい軍服姿を見られて、ローズから彼の様子を知ることができればいい。それだけでいいと思っていたのに。

（本当に昨夜は……とんでもない夜だったわ……）

クロヴィスからの突然の深く激しいくちづけで失神してしまったあと、アニエスが目覚めたのは自室だった。ベッドの傍《そば》には母と弟がいて、心配そうに見守ってくれていた。クロヴィスが自宅まで送ってくれたらしい。

間違って強い酒を飲んでしまい気を失ったと教えられたとのことだ。変に不審がられないよう、無難な理由を伝えてくれたのだとわかる。

ニコラに迫られて乱暴されそうになったところを、クロヴィスに助けられた。だが彼はそのあと急にアニエスにくちづけてきた――昨夜のことを正直に伝えられるわけもない。

（私……クロヴィスさまとくちづけをした……のね……）

アニエスは思わず自分の唇に指先で触れていた。くちづけの温もりはもうない。

薄く理知的な唇が、はじめは恐る恐る触れてきた。何度か啄《ついば》まれたあと、突然火が点《つ》いたようにきつく抱き締められ、貪《むさぼ》るようにくちづけられた。息ができなくて苦しくなり、クロヴィスを押しのけようとしてもびくともしなかった。それどころかさらに深く抱き込まれ、呼吸を止めるほどに深く激しく、くちづけられた。

かっちりとしたデザインの軍服越しでも、クロヴィスの身体がとても逞《たくま》しく鍛えられて引き締まっていることが感じ取れた。自分より頭一つ分ほど背が高くすらりとした長身の身体は均整が取れているから、一見してそうとはわからないのだと気づいた。クロヴィスが少し力を込めれば、自分の身体などぽきりと折れてしまうに違いない。それほど強い、逃げることの叶わない圧倒的な力だった。

(でも……温かくて、すっぽり包み込まれる安堵《あんど》感があって……)

唇は獰猛《どうもう》で恐ろしさすら感じるほどだったのに、温もりと感触が心地よかった。特に舌を擦りつけられるように口中を舐《な》められたら身体の芯が溶けるように気持ちよく、抵抗しなければ、という思いがあっという間に溶けてなくなってしまった。

それどころかもっとして欲しい、などと思ったほどだ。自分はもしかして、淫乱なのだろうか。思い返してアニエスは耳まで真っ赤になる。胸もドキドキしてきた。

乙女らしい夢想の中で、自分の夫となる人や自分の純潔を奪う人などの想像の相手にクロヴィスを当てはめてしまったことは、何度もある。それが現実になることなどないとわかっていたから、できたことだ。

実際には、そんなことはあり得ない。いや、あってはならない。万が一本当にクロヴィスが自分を想ってくれたとしても、立場が違いすぎる。今や爵位まで売って没落し、まだ借金を抱えたままの平民の娘だ。この気持ちを憧れ以上のものにしてはいけない。

（忘れなくては。そう、あれは何かの間違いだったのよ……）

そもそもあの厳しく潔癖なクロヴィスが、女性に許可を得ることもなく触れるなどあり得ない。

これまで浮いた話一つない。結婚にも興味がないということで、跡継ぎ問題の心配もあってローズが色々な女性とのお見合いを画策していたほどだ。それでもまったく乗り気になってくれないとローズは嘆いていた。

そんなクロヴィスが昨夜に限って、急に自分に触れてきたことが異常だ。何かあったとしか考えられない。

（恥ずかしいけれど……ローズには昨夜のことを教えておいた方がいいわ。クロヴィスさまはこの国にとってとても大事な方だもの。精神的な不調があるのならば、それを解消していただかないといけないわ……！）

幸い、今日はローズのところで話し相手の仕事が入っている。フランソワを見送ったらすぐに親友のところに出かけよう。

頭の中で段取りを考えながら母親とともに朝食を作り、家族三人で食べ、フランソワを玄関で見送る。弟が出かけるときに母娘で見送るのが日課だ。

「母さま、姉さま、行ってきます！」

フランソワが明るく元気な挨拶《あいさつ》をしながら扉を開けると、両手いっぱいに薔薇《ばら》を抱えたクロヴィスがいた。身長差があまりにもありすぎたため、フランソワは花束に顔から突っ込んでしまう。

薔薇の花束で弾んでしまった小さな身体が倒れそうになると、クロヴィスがすぐに腕を摑んで支えた。

「すまない。大丈夫か」

大きく目を瞠《みは》って絶句するフランソワの前で膝をつき、目線の高さを同じにしてもう一度大丈夫かと確認する。フランソワは無言のまま、何度も頷《うなず》いた。

薔薇を抱えたクロヴィスは、黒を基調とした軍服姿だ。袖《そで》や詰襟《つめえり》が銀糸で縁どりされていて品がある。公式の場ではないからか、記章は必要最低限のものしかついていない。軍帽は被っていなかった。いつもよりシンプルな出で立ちだが、それがかえって魅力的だった。

無表情なのは相変わらずだったが、威圧感はいつもより少ない。どこか緊張しているように見えるのは、気のせいだろうか。どちらにしても、庶民の玄関に立つ人ではない。

家族揃って無言のまま、クロヴィスを見つめてしまう。あまりにも驚きすぎると、人は動きが止まってしまうようだ。

クロヴィスも何も言わず、じっとこちらを――アニエスを見つめるだけだ。ひたと見つめられ、服越しに全身を舐めるように見られているような錯覚がする。羞恥で俯《うつむ》きたくなって

も、目が逸《そ》らせない。

　奇妙で気まずい沈黙を破ったのは、ついに我慢しきれなくなったフランソワの声だった。

「あ、あああ、あの、あのっ！　ク、ク、クロヴィス・ル・ヴェリエ侯爵さまですよね⁉」

「……ああ、そうだ。君は？」

「は、はい！　フランソワ・シルヴェストルです！　よ、よろしくお願いします‼」

　瞳にキラキラした星が浮かんでいるかのような、輝いた表情だ。幼いがゆえの無邪気な勢いに圧されたのか一瞬だけ身を引いたものの、クロヴィスはすぐに目元をほんのわずか綻《ほころ》ばせた。

「私に臆することなく挨拶できるとは、見込みのある男だ」

「あ、ありがとうございます‼」

「これから学園か？」

「はい！」

「では私の馬車を使うといい。ダミアン、少年を学園まで送れ」

　クロヴィスの背後から軍服姿の青年が姿を見せた。ダミアンと呼ばれた彼はクロヴィスに一礼したあと、フランソワに穏やかで優しい笑みを向けて手を差し出す。

「では参りましょう、フランソワさま」

　フランソワの手を取り、ダミアンが門の外に停めてある馬車へと向かった。アニエスは気を取り直し、母親とともに慌ててクロヴィスを応接間に案内する。

平民の一軒家に彼を招き入れていいのかどうか疑問だったが、このままここで立ち話をするのはあまりにも失礼だ。母が茶を用意しに台所に向かう。

「あ、あの、このようなところで申し訳ございません。どうぞおかけになってください」

「気を遣わないでいい。これは、君に」

持っていた大きな薔薇の花束を差し出され、少々戸惑《とまど》いながらも受け取る。なんとか両腕で抱えられた。こんなに大きな薔薇の花束をもらうのは初めてだ。

まだ朝露《あさつゆ》に濡れている瑞々《みずみず》しい薔薇だ。白やピンク、赤などの薔薇が綺麗にまとめられ、品がありながらもとても可愛《かわい》らしい。思わず薔薇の中に顔を埋めて、品のいい爽やかな香りを胸いっぱいに吸い込んでしまう。頬が緩んだ。

「気に入ってもらえるといいが」

「薔薇は好きな花の一つです。ですがこんなにたくさんいただいたのは初めてで、驚きました。ありがとうございます。とても嬉しいです」

花束が崩れないように気をつけながら空《あ》いているソファの座面に置く。クロヴィスが真向かいに座るのを待ってからアニエスも座り、改めて昨夜の礼を言った。

「昨日は送り届けてくださって、ありがとうございました」

「いや、気にしないでくれ。具合はどうだ」

まるで詰問《きつもん》するような鋭く厳しい口調だが、その奥に優しい響きが感じ取れる。アニエスは笑顔で頷いた。

「もう大丈夫です。……ご迷惑をおかけして、申し訳ございませんでした」

なぜ急にくちづけてきたのか理由を知りたかったが、どう切り出せばいいのかわからない。だが慌てて内心で首を横に振る。

(知ってどうするの。変な期待をしては駄目よ！)

クロヴィスも何も言わず、アニエスの一挙一動をじっと見つめている。目力が凄まじく強い。なんだか珍獣にでもなった気分だ。そもそもクロヴィスとこんなふうに真向かいに座って話すこと自体が初めてだ。

母親が戻ってきて、クロヴィスに茶を差し出す。そしてアニエスの隣に座り、改めて昨夜の礼を口にした。それに応えるクロヴィスは厳しく硬質な空気をまとっているが、比較的社交的に会話している。

わざわざこんなところまで足を運んできたのだ。きっと、重要な話があるに違いない。

(昨夜のことは忘れろということかしら。幸い、あの夜のことは誰にも見られなかったようだし……)

アニエスとくちづけしていたなどと吹聴《ふいちょう》されれば、どんな噂《うわさ》となるかわからない。だが、クロヴィスにとって不利益なものにしかならないことはわかる。思いつくのはそれくらいだ。

わざわざ命じられなくても吹聴するつもりはないけれど、面と向かって命じられたら少し
――もの悲しい気持ちにはなる。クロヴィスに言われる前にと、アニエスは口を開いた。
「クロヴィスさま、昨夜のことについてはよくわかっておりますのでご安心なさってくださ
い。どなたにもお話しすることはありません。信じてくださると嬉しいです」
「そんなことを命じるためにやってきたわけではない」
地を這《は》うような響きの声に、母娘揃って身を震《ふる》わせる。これは、相当重要な案件だ。母親
は昨夜いったい何があったのかと説明を求める視線を向けてくる。
クロヴィスが一度、小さく息を吸い込んだ。そして真剣な――まるでこちらを睨《にら》むよう
な鋭い瞳と表情で、言う。
「――アニエス嬢、俺と結婚して欲しい」
「け……っこ、ん……？」
アニエスは茫然《ぼうぜん》とする。母親も状況が理解できず、困惑《こんわく》の表情だ。クロヴィスの発した言
葉が彼の表情や声と一致していないから、余計に戸惑う。
（結婚……結婚ってどういう意味の言葉だったかしら……）
絶句するアニエスに代わり、母親が慌てて問い返した。
「あ、あの、今、娘と結婚をしたいと聞こえたのですが……間違いです、よね……？」
「いや、間違いではない。俺はアニエスと結婚したい。アニエス、君はどうだ。私が夫にな

ることに対し、何か問題はあるか」

聞き間違いではない!! とアニエスは母親と顔を見合わせる。

国の守護者とまで民に讃えられている人が、没落し平民となった元伯爵令嬢に結婚の申し込みをするなどあまりにもおかしすぎる。元々親密な関係でもないし、それどころか会話をしたのだって、これまでに数回程度なのだ。

それがどうして急に結婚なのだ。わけがわからない。

(あまりにもおかしな話だわ。きっと何か深い理由がある重要な案件に違いない……!!)

そうとしか思えない。アニエスは気持ちを必死に整えながら言った。

「何か事情がおありなのですね? 畏《かしこ》まりました。できることがあればなんでも協力いたします。なぜ私のような者に突然結婚しようなどと仰《おっしゃ》るのですか」

「君の貞操を奪った責任を取らなければならない。君にも心当たりはあるだろう」

「貞、操……?」

ますますわけがわからない。昨夜はクロヴィスのおかげでその危険から免《まぬか》れることができたのに。

零れんばかりに大きく目を瞠って絶句していた母親が、次の瞬間、アニエスを鋭く見返した。

「ア……ア、アアアアニエス……!! 侯爵さまといったい何が……て、貞操をって……!!」

「待って母さま、誤解よ‼　私とクロヴィスさまの間には何も……」

だが昨日の激しく官能的なくちづけを思い出してしまい、瞬時に耳まで赤くなってしまう。娘の様子をみとめて母親は今度は真っ青になり、失神寸前だ。

「なんて、こと……」

低く呻《うめ》き、母親はきつく眉根を寄せて口を噤《つぐ》んでしまう。クロヴィスは神妙な顔で続けた。

「アニエス嬢の貞操を奪った責任の重さは充分に自覚している。夫人が心配するようなことは何一つない。私は彼女を妻に迎えると決めた。安心して欲しい」

クロヴィスからの求婚に、一瞬心が躍る。だがすぐに気持ちを引き締める。そもそも、取ってもらう責任がない。

アニエスは軽く咳払《せきばら》いし、できうる限り冷静な口調を心がけた。とにかくクロヴィスの勘違いを正さなければ。いったい何をどうしたら、責任云々《うんぬん》の話になるのだろう。

「何か誤解があるようです。私はクロヴィスさまと、に、肉体関係を持った覚えはありません」

「な、ん……だと……⁉」

今度はクロヴィスが大きく目を瞠り、叩くようにテーブルに両手をついて身を乗り出してきた。鋭い瞳に睨みつけられ、アニエスは再度、震え上がる。眼光の鋭さに意識を失ってしまいそうだ。

だがアニエスは強く唇を引き結ぶと、クロヴィスを真っ直ぐに見返した。何か事情があるとしか思えないが、彼に不利益にしかならない突然の求婚に、安易に頷くわけにはいかない。

「昨夜、私はクロヴィスさまに抱かれてなどいません。それが事実のはずです！」

直接的な言葉を使うのは、とんでもなく恥ずかしかった。だがきちんと伝えなければいけないと、アニエスは声を震わせながらもはっきりと言う。

クロヴィスの目がゆっくりと閉じられ、きつく眉根が寄せられた。ふー……っ、と内圧を下げるように深く息を吐く。そして彼はソファに戻り、背もたれに深くもたれかかった。

「確かに俺は君を抱いてはいない。だが俺は、君の唇を奪った」

「……そ、れは……はい。そう、です……」

あのときの貪るような激しく深いくちづけを思い出し、アニエスは再び耳まで赤くなる。

母親が何かに気づいたのか、ハッと息を呑《の》んだ。

「あ、あの、クロヴィスさま。そ、その先は……？」

「夫人……私は獣ではない。アニエスの純潔を捧げてもらうのは結婚してからだ。だから、すぐに結婚しよう」

なんだかとんでもなくおかしな理屈を言われた気がするが、それよりも驚愕《きょうがく》したことがある。クロヴィスにとって貞操を奪うとは、強引にくちづけたことも含まれるらしい。アニエスは母親とともに今度は唖然《あぜん》とした。

（あり得ない……あり得ないわ‼　だって唇よ⁉　くちづけをしたことで私が純潔でなくなるわけではないのに……‼）

「……あの、それは娘の貞操を奪ったことにならないのではと思いますが……」

「そんなわけがない」

クロヴィスが今度は母親に迫る。見惚れるほど整った顔だが、美しい青の瞳には怒りが浮かんでいるように見える。

「君も夫人もおかしい。いいか。君の唇は、君の純潔と同じほどに価値のあるものだ。いや、君の身体のすべてに同じ価値がある。極論を言えば、貴族として手の甲にするくちづけも不用意にしてはいけない。それも夫となるべき男か、あるいは国王陛下くらいでなければ許してはならない。それほどの価値が、君にはある」

む、とわずかに顔を顰《しか》めて、クロヴィスがアニエスの手を見た。そして深く嘆息する。

「君はもっと危機感を持つべきだ。なぜ、手袋をはめていない？　君に不用意に触れる男がいたら、君の肌が穢《けが》れる。すぐに手袋を買いに行こう」

（おかしいのはクロヴィスさまだと思います……‼）

とりあえず、この程度のことで責任を取ってもらうことになってはならない。母親と目配せし合ったあと、アニエスは言った。

「クロヴィスさまほどの高位の方になれば難しいのかもしれませんが、結婚はやはりお互いに何かしらの愛……『情』が必要だと思います。ゆ、夢見がちかもしれませんが……」

家のために好きでもない男性と結婚することになる可能性もあることを充分に承知していたが、それでもやはり、互いの間になんらかの情は必要だ。同情でも優しさでも哀《あわ》れみでも、なんでもいい。相手に対しどんな種類であれ『情』がなければ、ともに暮らし子を育むことはできない。切々と訴えながら、アニエスはクロヴィスの反応を窺《うかが》った。

彼は眉根をきつく寄せ、アニエスを凝視していた。心の中で思わず、ひっ、と小さな悲鳴を上げてしまう。

「では君は、俺に対して『情』はないということか」

「え……あ、あの、それはどういう……？」

「今の君の話だと、同情でも優しさでも哀れみでもなんでもいいから気持ちがなければ駄目だということだろう。君は俺に何かしらの好意は抱いていないのか」

心を読まれたような気がして、アニエスは息を呑んだ。

憧れを抱く人だ。だがそれを彼に知られるわけにはいかない。

アニエスは小さく深呼吸したあと、真っ直ぐにクロヴィスを見つめて言った。

「素晴らしい功績をあげられている方だと尊敬はしておりますが、それ以外は何も」

なんて可愛げのないことを言うのだろうかと、自分で自分が嫌になってくる。だがクロヴィスのとんでもない間違いを正すには、今はこれしか方法がない。これで彼が気を悪くしてくれるといいのだが。
クロヴィスの目が、考え込むように細められた。また沈黙が訪れる。
アニエスは思わず膝の上で両手を強く握り締め、彼が、アニエスと結婚しようなどという
とんでもない考えを改めてくれるよう願った。母親も息を詰めて彼の返事を待っている。
やがてクロヴィスが静かに唇を動かした。
「では、君を雇うというのはどうだ」
雇うとはどういうことだろう。予想外の提案にアニエスは困惑する。
クロヴィスは長い足を組み、その膝の上で両手を組み合わせた。そんな仕草も凜々しく、
見惚れてしまう。
「私の妻役……いや、ひとまず婚約者役を演じて欲しい。これが君の仕事だ」
アニエスは再び大きく目を瞠った。
「君も夫人も知っていると思うが、俺は立場的にも年齢的にも、跡継ぎをもうけるための結
婚を急かされている。それは俺を精神的に疲弊させる最たる問題だ。最近はローズからも見
合いをけしかけられていて、頭が痛い。だが責任を取るという形とはいえ、現時点で妻にし
たいと思ったのは君しかいない。ならば君に適正な報酬を支払うから、私の妻……いや、婚
約者役を演じて欲しい」
「……そ、れは……あの、でも……」

「今や没落した家格の令嬢を妻に迎えたいと思うほど、俺が君に惚れているということを周囲に知らしめることができる。となると次は、立場に相応《ふさわ》しい妻を娶《めと》るべきだという助言が俺に殺到するだろう。だが、それが好都合だ」

どうしてそうなるのかがすぐにはわからない。だが考えなしに口にしているようには見えなかった。まずは最後まで話を聞こうと、アニエスは彼の瞳を真っ直ぐに見つめる。

ふ……っ、とクロヴィスの目元が、ほんの少し緩んだように見えた。

「そういう助言をしてくる者は、大抵が俺の立場や財産を狙う者だと考えられる。もしも本当に俺の幸せを願うのならば、俺に苦言を呈するよりも俺がどうやったら君と幸せになれるのかを助言するはずだ。損得なく俺のことを考えてくれる者は誰なのかという、簡易的な選別ができる」

なるほど、確かに彼の言う通りかもしれない。クロヴィスは空席のままの妻の座を狙われ続け、それほどうんざりしているのか。

クロヴィスの年齢を考えれば、子供が一人くらいはいるのが普通だ。戦があれば国を離れる立場の者が未だ跡継ぎを作っていないとは、確かに遅すぎるくらいである。

「さらに、君のことを単に身分が低いからという理由で蔑《さげす》み俺に近づいてくる女は、俺の財産と権力を何よりも重視する者だとわかる」

つまり、クロヴィスのことを本当に想っているのかふるいにかけることができるということとか。彼が本当に妻として相応しい相手に出会うためには、このくらいしなければならないのかもしれない。

（私でお役に立てるのならば……）

クロヴィスとの接点はほとんどなかったとはいえ、親友のローズには今でも大変世話になっている。没落した元伯爵令嬢として身売りをしなくても済んだのは、彼女のさりげない援助があったからだ。

そのローズは、クロヴィスが女性との交際や結婚することに積極的ではないことをとても心配していた。侯爵家のためにも、彼にはできるだけ早く妻を娶り、跡継ぎを育てて欲しいはずだ。ひとまず、こんな自分が相手でも結婚に興味を持ってくれたことはいい知らせだろう。

（私では、クロヴィスさまの求婚に応えられないもの。私がふるいになって、本当に素晴らしいご令嬢と出会えるようにすればいいのだわ。それが正しいことだもの！）

少し寂《さび》しい気持ちが湧いてきたが、考えないようにする。アニエスは強く頷いた。

「わかりました。そういうことでしたらお手伝いさせていただきます」

「助かる。今後、君は俺の婚約者として中傷されることは間違いない。その精神的苦痛を考えて、給金については言い値を言ってくれ」

とんでもないと首を左右に振り、金額はクロヴィスに任せる。だが彼が口にした一か月に支払われる金額は、家族三人が一年悠々と暮らせる金額で、目をむいた。

「い、いけません！　それは多すぎます！」

「多くはない。貴族社会での中傷は、相当の精神的負担が伴う。俺としてはもっと上乗せしたいところだが、これ以上出すと君はますます遠慮するだろう。この金額が、互いにとって一番いい額だ」

ここで高すぎると突っぱねてもこちらの要望は通さないと暗に伝えてくる。泣きそうな顔で母親を見返すと仕方なさそうに頷いた。

「わ、わかりました……。ではいただく報酬分、きっちり働かせていただきます。なんなりとお申し付けください」

母親と一緒に深く一礼すると、クロヴィスはどこか満足そうに頷いた。

「君の弟への学費などの援助は、俺がしよう。先ほどのやり取りで、彼がとても素直で利発だとわかった。きっといい男になる」

まさかフランソワの学費の援助までしてくれるとは思わなかった。

「優れた才能を見つけたら支援するのは高位貴族の義務だ。遠慮しなくていい。君の家の使用人も何人か用意しよう。君が今している仕事についても、できれば辞めるように進めて欲しい。俺の婚約者となったのに働き続けると、俺が本気ではないと言われる可能性がある。構わないか」

こちらの生活を気遣ってくれることが嬉しかった。アニエスは頷く。

「ではそのように。こちらの家に警護も何人かつける」

だが警護は行きすぎではないだろうか。平民の家の周囲に警備の人が何人もついていたら、変に怪しまれるのではないか。そう思って口を挟もうとするが、入り込む隙が一切ない。

「婚約者役を演じてもらうが、君が望まなければ決して不埒《ふらち》な真似はしないと約束する。あとでその辺りは互いによく話し合おう。俺も君にどこまで触れていいのか線引きをはっきりさせたい。一定期間が過ぎれば契約を解除することも可能だが、少なくとも一年はこの役を演じて欲しい。一年経ったら、今後どうするかをまた考えよう。契約を解除するときは、君の名誉を決して傷つけない方法を取るから安心してくれ。……そうだな。例えば俺が君に手ひどいことをして受け入れられなくなったというのが無難か」

淀《よど》みなく次々と提案され、内容を理解するだけで精一杯だ。だがすべてを聞き終えればあまりにもこちらにとって好条件すぎて、戸惑ってしまう。下手をすればクロヴィスに悪い噂が立ってしまうかもしれないのに。

「いけません！　それでは私たちばかり得してしまいます！」

「そうか。だがこれ以上の譲歩はできない。受け入れてくれ」

頑として譲らないという強い意志が声音と瞳から感じ取れる。何を言っても聞き入れてもらえないことがわかる。アニエスは仕方なく頷いた。

「わかりました……今はご厚意に甘えさせていただきます。ありがとうございます」

「では、もう少し話を詰めよう」

次の瞬間、クロヴィスが言葉を止め、居間の窓から外を睨んだ。彼に倣《なら》って窓の外を見るが、何もない。しばらくすると、かなりのスピードで馬車が近づいてきた。

扉にル・ヴェリエ侯爵家の紋章が刻まれている馬車だ。馬車はアニエスの家の前で止まる。大急ぎで従者が扉を開けると、ローズがドレスの裾を摘んで慌てて飛び出してきた。

淑女《しゅくじょ》の嗜《たしな》みをすっかり忘れたローズは小走りで玄関に向かい、ノッカーを勢いよく連続で鳴らす。あまりの性急さに窓から見ていたアニエスは茫然としてしまったが、すぐに母親が対応し、ローズを連れてきてくれた。

「クロヴィスお兄さま!!」

部屋に飛び込んできた妹をクロヴィスが冷ややかに見返す。ローズはもちろんのこと、アニエスたちまで震え上がるほどの恐ろしさだ。

「失礼だぞ、ローズ」

「ご、ごめんなさい。でも、お兄さまがアニエスに求婚しにいったと聞いて……!!」

「それについてはきちんと説明する。アニエス、俺は一度ローズとともに屋敷に戻る。君の明日の予定はどうなっている」

きちんと予定を確認してくれることが嬉しい。問題ないことを伝えると、迎えの馬車をよこす時間を教えてくれた。

「少しアニエスと話をしたいの。お兄さま、馬車で待っていて」

ローズに手を握って引き留《と》められて、見送りに行けない。アニエスに代わり、母親が見送りのためにクロヴィスとともに応接間から出ていった。

完全にクロヴィスの気配が遠ざかるのを待ってから、ローズはアニエスに詰め寄った。

「お兄さまがアニエスに求婚したって本当⁉　もちろん、受けてくれるわよね⁉　だってお兄さまは何を考えているのか非常にわかりづらい人だしあの威圧感はとても恐ろしいけれど、とても優しくて身分や立場に関係なく平等に人を見る人よ。それにむっつりしていても容姿はとてもいいし、すぐに殺されそうな気になってしまうけれど武術には秀でているし、ル・ヴェリエ侯爵として権力も財力もあるわ。未婚の女性にとってはこれ以上ないほどの優良物件よ！」

誉めているのか貶《けな》しているのか判別しがたい、息継ぎなしの怒濤の言葉に気圧され、アニエスは絶句する。アニエスの両手を握ったまま先ほどのフランソワのように瞳をキラキラさせる親友を見返し、アニエスは心を落ち着かせてから言った。

「……お受けできるわけがないわ。私は今はただの平民の娘よ。クロヴィスさまには家柄も身分ももっと相応しい方が……」

「あなたが自分の立場を考えて、お兄さまや私たちに迷惑をかけないよう身を引こうとするのもよくわかるわ。私だってあなたと同じ立場ならばそうしているもの。それに、この求婚を受ければ心ない言葉を投げつけられたり嫌がらせをされたり、苦労することもわかっているわ。それでもどうかお願い。お兄さまが嫌でないのならば、結婚したい人がいないのならば、この求婚を受けて欲しいの……!!」

アニエスは驚きと困惑で大きく目を瞠った。まさかローズがこの結婚にここまで乗り気になるとは思わなかった。

「お願い、アニエス。この機会を逃してはならないのよ……!!」

あまりの必死さに何か理由があるのだとわかる。アニエスは親友の手を力強く握り返した。

「ローズ、落ち着いて。そもそもこの求婚自体、変よ。私とクロヴィスさまに今まで接点はほとんどなかったわ。それが急にこんな……クロヴィスさまはどうかされてしまったのではないの……?」

こんなことを言っていいものか迷いながらも、言う。結婚は、間違いや気の迷いですることではないからだ。

「あなたが疑うのもよくわかるわ。でも恋は突然訪れるもの――お兄さまはあなたに一目惚れをしたのよ!!」

「……ひとめぼれ……?」

まるで異国の言葉を聞いているようだ。すぐに理解できず、茫然と反芻《はんすう》する。

ローズは何度も頷き、確信したように続けた。

「間違いないわ。お兄さまに昨夜のことを色々と聞いてみたの。どうもあなたの泣き顔に一目惚れしたらしいのよ。昨夜は本当に大変だったわ。一生話などしなくてもいいと思っていそうなお兄さまが、あなたの泣き顔について私に説明するときの饒舌《じょうぜつ》さときたら！　これまでの無口なお兄さまとの会話の量をゆうに超えていたわ！　しかも聞いている方が恥ずかしくなるほどあなたを絶賛していたし！」

（な……泣き顔に、一目惚れ……それは、いいことなの……？）

好きになる根拠がだいぶ一般からズレているように思えるのは自分だけだろうか。アニエスはどう返せばいいのかわからず、ただ無言でローズの話を聞く。

「でもね、私はそれに一目惚れしただけではないと思っているわ。お兄さまはニコラの卑劣《ひれつ》な申し出を毅然《きぜん》と撥《は》ね除けたあなたの強さを絶賛していたわ。侯爵家の跡継ぎを育てるにもその素質は絶対に必要だと、私に長々と説明したくらいよ。他にも弟のために働く健気さとか、不当な扱《あつか》いに憤る芯の強さとか、家族思いなところとか」

あの短い時間にいったいどれだけ自分を知ることができるのだろう。誉めてくれるのはとても嬉しいが、これは行きすぎだ。クロヴィスが勝手に理想像を作り上げただけではないのか。

（でも少し……ううん、かなり嬉しい……）

浮かれてしまいそうになり、アニエスは慌てて気持ちを引き締めた。心のままにこの求婚を受けてしまっては駄目だ。それにきっかけが一目惚れというのも問題ではないだろうか。

（一目惚れなんて、熱病と同じだわ。正しい薬を処方すれば、熱は冷めるもの……）

クロヴィスがそうでないと、言いきれない。そんなきっかけだけで好きになっても、もっとアニエスのことを知れば幻滅するかもしれない。アニエスは神妙な顔で言った。

「クロヴィスさまが一目惚れしてくださったなんて、とても光栄だわ。でもそれって一種の熱病ではないかしら」

ローズの手から少し力が抜ける。アニエスは親友を真っ直ぐに見つめた。

「私のことをもっとよく知ったら、その気持ちが間違いだったと気づくかもしれないわ。でも優しいクロヴィスさまは私のことを考えて、簡単に離縁はしないでしょう。だからその熱が冷めるまで、少し離れた方がいいと思うわ」

言いながらアニエスは眉根を寄せる。

クロヴィスの勢いに圧されて婚約者役を引き受けてしまったが、今からでも考え直した方がいいのかもしれない。結局のところ、憧れの気持ちに引きずられてしまったのだ。

「仕事として婚約者役を引き受けたけれど、もう一度考え直してもら……」

「仕事ってどういうこと？」

ローズの疑問に簡単に状況を説明する。すると鼻先が触れ合ってしまいそうなほど彼女は顔を近づけ、アニエスの瞳を覗き込んで言った。

「ならばお兄さまの傍にいて、一緒に過ごして。言葉を交わして、時には触れ合って――そういったやり取りをしなければ、今、抱いている気持ちが一時的なものなのかをお兄さまも理解できないわ。だから本気で、全力で、お兄さまの婚約者役をやって。お願い……！」

そうか。まずは今の気持ちが一時的なものかそうでないのかを、クロヴィス自身にしっかりと把握してもらわなければならない。クロヴィスはとても優秀な人だ。きっとすぐにこの求婚が間違いだと気づく。

憧れの人のため――そして親友のたっての願いだ。叶えなければならない。

アニエスは強く頷いた。

「わかったわ。クロヴィスさまが間違った選択をしないよう、精一杯この役を演じきるわ！」

翌日、アニエスはクロヴィスが手配してくれた馬車で、ル・ヴェリエ侯爵家に向かった。

いつもとは違い、ローズではなくクロヴィスに会うために向かっているせいか、妙に緊張する。身だしなみにはいつも以上に気を遣ったが、平時とあまり変化がないのが悲しい。それでもお気に入りの細いレースのリボンを髪に編み込んである。

手土産に、林檎《りんご》のパイを焼いた。この程度の土産しかいつも用意できないが、ローズも侯爵夫人も喜んでくれていたからだ。クロヴィスはパイを食べるだろうか。

（……私、クロヴィスさまのことを何も知らないんだわ……）

婚約者役をやるならば、彼のことをもっと知っておかないといけないだろう。そんなことを思いながら侯爵邸に到着すると、ローズと侯爵夫人に満面の笑みで迎えられた。

「今回の件、引き受けてくれて本当に嬉しいわ！　どうぞよろしくね。あなたが私の娘になってくれるともっと嬉しいわ！」

「お兄さまのこと、よろしくお願いするわ。お兄さまはこれまで恋愛したことがないせいか時折変なことを口走るかもしれないけれど、それがお兄さまなの。嫌いにならないでね。あ早くアニエスと姉妹になりたいわ！」

すでに結婚を前提とした出迎えようだ。面食らっていると、二人の背後からクロヴィスが姿を見せた。

「アニエス、来たか」

響きのいい低い声で呼びかけられ、ドキリとする。

これまでの呼び方とは違う。もっと親しみを込めた、優しい呼び方だ。

それだけでもドキドキしてしまうのに、今日の彼は軍服ではなくシャツとパンツ、ベストとクラヴァットというくだけた格好だ。シャツのみ白色で、他は黒い艶《つや》のある生地だ。すっきりと飾り気のない服装がよく似合っていて、見惚れてしまう。

クロヴィスがわずかに眉根を寄せた。

「どうかしたか」

ハッと我に返り、アニエスは慌ててスカートを摘んで腰を軽く落とす礼をする。

「こんにちは、クロヴィスさま。お招きいただきありがとうございます。こちら、お土産です。林檎のパイ、お好きだといいのですが……」

持ってきたバスケットを差し出すとクロヴィスが受け取ってくれる。被せてあったクロスを外して中を確認すると、彼が軽く目を瞠った。

「これは君の手作り、か？」

頷くと、ローズがバスケットを受け取ろうとする。

「とっても美味しいのよ。私もお母さまも、アニエスの作るお菓子が大好きなの。切り分けて差し上げるわ」

だがクロヴィスはバスケットを持ったまま、微動だにしない。どうかしたのかとローズが問いかけると、ようやくなんでもないとバスケットを渡した。

ローズたちと別れ、クロヴィスがアニエスを案内したのは執務室だった。

いきなりプライベートな部屋に連れていかれ、少し戸惑ってしまう。とはいえ、クロヴィスの私的な空間などこれまで垣間見たことすらなかったから、内心わくわくした。

（どんなお部屋なのかしら。ああでも、あまりじろじろ見ては駄目よね。ご不快に思うだろうし……って、何を浮かれているの！　私はクロヴィスさまに間違いに気づいて欲しくてここに来ているのよ！）

通された執務室は必要最低限の調度しかない、綺麗に整頓された部屋だった。来客用のソファとテーブルがあり、そこに座るよう促される。

失礼しますと一言断ってからソファに座ると、クロヴィスは重厚な執務机の上に置いてあった書類を持ってきた。

「今回の仕事に関する契約内容だ」

昨日、クロヴィスが口頭で伝えていた条件が箇条書きでわかりやすく記されている。他にも条件が加わっていたが、すべてアニエスに損のないようになっていて驚いた。

「これで大丈夫だとは思うが、不満があれば遠慮なく言ってくれ。善処する」

「ありません……!!　あの、本当にこの契約でいいのですか？　これではクロヴィスさまばかりが不利に……」

「君とその契約を結べることに最大の利点がある。サインを」

相変わらず反論を許さない物言いだったが、声音は優しい。こんなに好条件でサインしていいのかととても申し訳ない気持ちになりながら、アニエスはテーブルに用意されていたペンでサインした。すぐさまクロヴィスが契約書を取り上げ、確認する。

そして目元をわずかに緩ませた。

「これで一年間は、君は私の婚約者役だ。難しい仕事を引き受けてくれて感謝する」

契約書を大切そうに執務机の鍵付き引き出しにしまい、クロヴィスが真向かいに座った。するると軽やかなノックとともにローズがワゴンを押しながらやってきて、茶と林檎のパイを持ってきてくれる。アニエスを見ると魅力的なウィンクを投げ、すぐに退室した。……何か、妙な期待をされているような気がする。

改めて二人きりになると、クロヴィスが小さく嘆息した。

「母も妹も妙に落ち着かずにすまない。俺が結婚に興味を持ったことが初めてだから」

「……あ、い、いいえ……大丈夫、です……」

何が大丈夫なんだ、と心の中のもう一人の自分が突っ込んでくる。

クロヴィスは無言のまま茶を飲んだ。自然とアニエスも口を噤んでしまう。だが、居心地の悪さを感じる沈黙ではなかった。

いつもはひしひしと感じる近寄りがたい雰囲気を感じないからだろう。きっとクロヴィスがこちらに合わせてくれているのだ。その優しさに勇気を得て、アニエスは思いきって自分から話題を振ってみる。

「あの、よろしければ林檎のパイ、食べてみてください」

勧めるとクロヴィスが無言で頷き、食べ始めてくれた。もくもくと口を動かし味をじっくりと堪能する様子がとても生真面目でなんだか可愛く見え、頬が自然と綻ぶ。

（……可愛いだなんて、クロヴィスさまに失礼だわ！）

すぐに緩んだ頬を引き締め、アニエスは神妙な顔でクロヴィスの感想を待った。クロヴィスが軽く目を瞠り、小さく呟《つぶや》く。

「美味い」

それだけ言ったあと再び無言になってフォークを動かし、あっという間に食べきってしまう。……これは喜んでもらえたということか。

「お口に合ったようでよかったです。また作ってきますね。よろしければ私の分もどうぞ」

「いただこう。他にも作れるものがあるのか」

伯爵令嬢だった頃は時折母親とともに焼き菓子を作る程度だったが、今では料理の腕もずいぶん上がっている。家族が美味しいと言ってくれると嬉しいからだ。だが作れる料理は庶民的なものばかりだ。立派な料理人が作る食事に慣れているクロヴィスに言うのは少し恥ずかしい。

いくつか作れるメニューを教えると、クロヴィスはとても感心したように頷いた。そのときにはもう、ふた切れ目の林檎のパイは綺麗になくなっている。

こんなふうに気持ちよく食べてくれると、また作りたくなる。こうして見るとクロヴィスはよく食べる質なのかもしれなかった。

「クロヴィスさまの味の好みを教えていただければ、次にお伺《うかが》いするときにまた何か作ってきます」

「好き嫌いは基本的にない。だが、砂糖を食べているような甘いものは進んで食べたいとは思わない。この林檎のパイは甘すぎなくていい。果実の瑞々しさが強くて美味い」

知らなかったクロヴィスの一面が知れて嬉しい。アニエスは笑顔で頷き、しっかりと記憶した。

次の土産は、菓子よりも軽食のようなものがいいかもしれない。どんな料理を用意しようか考えるのも楽しくなってくる。

会話が途切れ、改めてカップを口に運ぼうとすると、クロヴィスが続けた。

「契約は結ばれたが、きちんと確認したいことがある。君に触れるのは、どこまで許してもらえる？」

真面目な声でとんでもないことを言われ、動揺でカップを落としてしまいそうになる。ガチャッ、と大きな音が立ち、ソーサーにほんの少し茶が零れた。

すぐさま粗相の謝罪をしようとしたが、先ほどまでいた場所に彼がいない。どこに行ったのかと慌てるより早く、すぐ隣でクロヴィスの声がした。

「見せてくれ」

いつの間にかアニエスの隣にいて、厳しい表情で両手を伸ばしてくる。そして火傷《やけど》はしていないか、服に茶がかかっていないかを確認してきた。

邪な様子は一切ない。怖いくらい厳しい表情だが、こちらを心配してくれているのだとよくわかる。クロヴィスの大きな掌に手の甲を撫でられると、なんとも言えない安心感が生まれてきた。

爵位を売り、没落して借金を抱え、父親が亡くなってからは家族三人で助け合いながら一生懸命生きてきた。長子として母と弟をしっかり支えなければと常に思っているし、現状を辛《つら》いとは感じないが、たまに誰かに寄りかかりたいと思うときはあった。

別に何をしてもらいたいわけではない。寄りかからせてくれ、優しく頭を撫でてくれればそれでいい。だが、ただそれだけでも母と弟はとても心配してしまう。だから二人に甘えることはできなかった。

「大丈夫そうだ。痛みはないな?」

クロヴィスの声にハッと我に返る。

「ありがとうございます。……あ、の……クロヴィス、さま……?」

クロヴィスは隣に座ったまま、手を離さない。こちらをじっと見つめたまま、なぜか硬い指先でアニエスの手の甲を丸く撫でている。

自分の手と違い、硬くて骨ばっていて大きい。すっぽり包み込まれ、本気で強く握られたら骨が折れそうだ。だがたまらない安心感もある。その一方で、ソワソワするような落ち着かなさがあった。

それがどういう気持ちなのか気づいて、アニエスは内心で小さく首を左右に振る。駄目だ。この気持ちは膨らませてはならないものだ。

クロヴィスに触れられたままではいけないと、アニエスはさりげなく手を離そうとする。だが気づいた彼が少し力をこめてきただけでなく、指を絡め合うように深く繋いできた。

クロヴィスの温もりをさらに強く感じることになり、慌ててしまう。戸惑いながら再度呼びかけても、離す様子はなかった。片手を繋いだままでクロヴィスは続ける。

「話を戻そう。婚約者役をしてもらうにあたり、君にどこまで触れていいのか教えてくれ。君の嫌がることはしたくない」

わざわざその確認をしてくれるとは、クロヴィスの誠実さがよくわかる。契約をいいことに男としての欲望を押しつけないようにしてくれる。アニエスを大切にしてくれている証だ。

「こんなふうに女性に興味を持ったのは君が初めてだ。どう触れればいいのか、正直、わからない。俺の思うままに触れていい、のか？」

クロヴィスの声にはほんのわずかだが、戸惑いが感じられた。彼自身、初めてのことに心が追いついていないようだ。アニエスはきゅ……っ、と唇を強く引き結ぶ。

（私が恥ずかしがっている場合ではないわ！　これこそまさに恋は盲目状態、ということよ。クロヴィスさまには正しい判断をしていただかなければ！）

アニエスは心の中で何度か深呼吸をしてから言った。

「クロヴィスさまは、私に……ひ、一目惚れしてくださった、と聞きましたが……」

クロヴィスが、ほんのわずか息を詰める。どこか動揺したような雰囲気を感じ取るが、その違和感も一瞬だ。すぐにいつも通りの厳しい面になる。

「初めての経験でよくわからないところも多いが、俺が君に突然執着するようになったこの状況は一目惚れだとローズが教えてくれた。俺も間違いないと思っている。一目惚れとは一目見た瞬間に、特定の相手に心を奪われる現象だ。俺は君のあのときの泣き顔をとても美しいと感じ、その涙に君の命の熱を感じ、君のことをもっとよく知りたいと強く思った。気づけば君にくちづけていたのが何よりの証拠だ。君が俺を受け入れてくれるのならば、君の心も身体もすべてを知り尽くし、俺のものにしたい。これは一目惚れに間違いないだろう」

うむ、とクロヴィスは最後に強く頷く。

教本の項目を読み上げるように淡々とした揺らぎのない声だったが、それがかえって気恥ずかしい。同時にこれまでのクロヴィスからは想像もつかないほど情熱的な言葉の数々に、胸がドキドキして頬に熱が宿ってしまう。

アニエスは必死に平常心を保つようにしながら言った。

「ですが、一目惚れには一種の熱病のような一面もあります」

「確かに君の言う通りだ」

「私への思いが気の迷いだったとわかったときには、遠慮なくそう仰ってください」

「君の配慮に感謝する。それで、どこまで触れていいんだ？」

再び話が戻された。本当に理解してくれたのかどうか心配になり、口ごもる。

「では、君が触れられて嫌だと思うところまで触れさせてくれ」

鋭い瞳で射貫《いぬ》くように見つめられながら言われると、反論は許されないような圧力を感じる。アニエスは気圧されて頷いた。

クロヴィスの青い瞳が、少し嬉しそうに細められた。触るぞとわざわざ断られ、妙に緊張する。いったいどこに触れられるのかわからない不安と期待がない交ぜになり、心臓が破裂しそうなほどドキドキする。

クロヴィスの指が、アニエスの髪に触れた。感触を確かめるようにゆっくりと撫でてくる。髪に感覚はないはずなのに、なんだかとても気持ちがいい。

「君の髪は、滑《すべ》らかで指通りがいい。癖がなくて真っ直ぐなのも、いい」

「……あ、りがとう……ございます……」

誉めてもらえるのは嬉しいが、同じくらい気恥ずかしい。

髪の感触を堪能するようにクロヴィスは指先に絡めたり、指の腹でじっくりと擦ったりしている。同性にすらこんなに執拗《しつよう》に髪を弄《いじ》られたことはない。

クロヴィスはしばらく髪を弄ると、今度は髪の中に指を潜《もぐ》り込ませ、耳に触れた。複雑な形を確かめるように、耳の窪みにも指を入れてくる。

「小さいな」

「そ、そうでしょうか。普通……です……あ……っ」

急に耳朶《じだ》を押し揉《も》まれ、びくりと身体が震えた。優しくマッサージするかのように揉み込まれると、慣れないせいで擽《くすぐ》ったい。アニエスは思わず小さく笑ってしまう。

「どうした」

「……も、申し訳ございません。あの、擽ったく、て……ふふ……っ」

「嫌ではないのか」

「はい。……あ、でも……だんだん気持ちよくなってきました……」

気恥ずかしくて目を伏せて答えると、クロヴィスがかすかに息を呑んだ。はしたなかったかもしれないと後悔しそうになると、耳から離れた指先が唇を撫でてきた。

感触を確かめるように左右に撫で、押し揉んでくる。唇がじんわりと熱を帯びてきた。

「君は唇も柔らかい」

食い入るように見つめられながら言われ、鼓動が跳ねる。クロヴィスの綺麗な青い瞳の奥に確かな熱が感じられ、息を呑む。

「とても柔らかくふっくらとして、ずっと触っていたくなる唇だ。女性の唇をこんなふうに感じたのは初めてだ」

新鮮な驚きをかすかに感じる声音に、小さな胸の痛みを覚える。それは彼が、女性の身体を知っているということだ。

クロヴィスの年齢を考えれば、女性とかかわりを持っていない方がおかしい。恋人はいなくとも、子息教育で子の成し方を教えられることもあっただろう。

（……何かしら……何か、胸がもやもやする……）

「もっと触れても……いいか」

沈む気持ちを振り払いたくてアニエスは小さく頷く。直後、クロヴィスの指が優しく――けれども容赦のない動きで唇を押し割り、口中に入ってきた。

歯列や歯茎、頬の内側や舌裏まで指の腹で撫でられ、衝撃を受ける。

「……ん、んぅ、んぅっ⁉」

（な、ななな、何⁉　こんな……こんなところまで触れられるなんて……っ）

何か言いたくとも舌上を優しく撫でられると、不思議な快感がやってきて戸惑う。口の中にこんなに気持ちいいと思えるところがあるのか。身体の芯がじんわりと熱を帯び力が抜けて、クロヴィスにもたれてしまいそうになる。

なんとか口中を弄られるのを止めてもらおうと、アニエスは唇に力を入れる。だがそれがまるでクロヴィスの指を自ら受け入れ、吸い上げるような仕草になってしまう。

「アニ、エス……っ」

直後、クロヴィスがアニエスの唇から指を引き抜き、代わりに頬を両手で挟んで強引に上向かせた。急にどうしたのかと訝《いぶか》しむ間もなく、くちづけられる。

「……っ⁉」

先日のくちづけのように強引に唇を押し割って熱い舌を差し入れ、アニエスの舌を搦《から》め捕《と》り、吸い上げてきた。反射的に胸を押しのけようとした手首はやすやすと摑まれ、指を絡めて強く握り締められてしまう。

ぴったりと重なった掌から伝わってくる温もりは、熱い。男女間のことに冷めていて不用意に触れ合うことをよしとしない印象の強いクロヴィスなのに、与えられる愛撫はどうしてこうも熱っぽいのか。

(好きな人にする、ことだから……？)

「……ん……っ‼」

先ほど指で口中をまさぐられたように、クロヴィスの舌が官能的に動く。本能的に逃げようとしても彼の舌が絡みつくたび――舌を吸われるたび、力が抜けて頭がぼうっとしてきてしまう。このままではいけないと思うのに、どうにもできない。

「……ん……んぅ、ふ……っ」

息苦しさに、ぎゅっと強く目を閉じて眉根を寄せる。クロヴィスがそれに気づき、名残惜《なごりお》し気に最後まで舌先を触れ合わせながら唇を離した。すぐには呼吸が整わず、アニエスは胸を大きく上下させた。だが、またすぐにくちづけられてしまう。

このくちづけは駄目だ。身体の奥が疼《うず》いて熱い。もっと触れて欲しくなってしまう。ひどく淫《みだ》らな気持ちになってしまう。

（これは、駄目……本気で好きになってしまいそう、で……怖い……！）

アニエスはきつく眉根を寄せ、クロヴィスの手の甲に爪が食い込むほど、その手を強く握り返した。無言の抗議に不満げに小さく唸《うな》り、彼が少しだけ唇を離してくれる。

「……どうした。嫌、なのか……」

「……これ、は……駄目、です……い、いけないくちづけ、です……」

頭の芯が蕩《とろ》けてしまっているせいか、自分でも何を言っているのかわからない。

クロヴィスがくちづけで濡れた唇を、ぺろりと舐める。それから神妙な顔で続けた。

「これでは短すぎていいか悪いかわからないだろう。もう一度だ」

「え……あ、んぅ……っ」

開きかけた唇を、再びクロヴィスの唇で塞がれた。

息苦しさで涙が滲《にじ》む。くちづけられたまま潤んだ瞳でなんとか見返すと、クロヴィスもこちらを見ていた。じっとアニエスの瞳の奥底を覗き込んでいる。

濃厚で淫らなくちづけをしているのに、厳しく険しい表情はそのままだ。なんとも言えない圧力が凄まじい。

だがその美しい青の瞳に、自分の顔が映っている。頬を赤く染め、瞳を潤ませてうっとりとくちづけを受け止めている、女の顔をした自分が。

（私、なんて顔をして……っ）

これでは自分もクロヴィスを好きだと言っているようなものだ。アニエスは力が入らないながらも身を捩《よじ》って逃げようとする。

逃げ道を塞ぐように、クロヴィスの片方の腕がアニエスを抱き締めてきた。拘束に似た抱《ほう》擁《よう》に、息苦しさが強まる。クロヴィスの舌先が、アニエスの歯列をねっとりと舐めてきた。

嫌ならば舌を噛んでもいいと言われているような気がする。だから、そうしなければ。これ以上触れられたら、もっと先まで許してしまう。

（……駄目……もう、触れない、で……）

心の中の箱に閉じ込めた気持ちを、これ以上育ててはいけないのに。けれど、触れ合う唇や舌、混じり合う唾液《だえき》の味すらも蕩けるほどの心地よさを与えてくる。

「……アニ、エス……もっと、君に……触れたい」

いつも厳しく険しい表情は石膏《せっこう》で作られたかのように変化を見せないのに、今のクロヴィスは目元を少し赤く染め、熱っぽい瞳でアニエスを見つめて餓《う》えたように唇を貪っている。

「……ん、ん……っ、ク……ロヴィス、さま……っ」

息継ぎの合間になんとか呼びかける。クロヴィスがほんの少しだけ唇を離して問いかけた。

「嫌、か……？」

嫌だと言えばいい。だがもっとして欲しい気持ちがそれを阻《はば》む。口ごもったのはわずかな時間だったのに、クロヴィスは押し被せるように続けた。

「嫌ならば俺の舌を嚙め」

「そんなことできませ……んんっ‼」

最後まで言わせず、クロヴィスが再びくちづけてくる。舌を搦め捕られる深いくちづけを与えられ続けて膝が震えた。とうとう自力で立っていられなくなり、彼にもたれかかる。

片腕で危なげなくアニエスの細腰を抱き支え、クロヴィスはゆっくりと身体を撫でてきた。背中に流れ落ちる髪を撫で下ろし、その下に潜り込んで背中を撫で上げられる。

肩の形をなぞったあとは腕を撫で下り、腰のくびれを優しく撫でられた。心地よさに小さく震える。クロヴィスは腰を何度か撫でてから前に回り、まるで子宮のある位置を確認するかのように下腹部を丸く撫でてきた。甘苦しい疼きが生まれ、身体がさらに震えた。

「……んん……っ」

クロヴィスの手がもどかしいほどゆっくりと、下腹から胸の膨らみまで撫で上げてきた。先端まで掌で撫でると、今度は服越しに形を確かめるように優しく揉みしだいてくる。秘所の奥に言いようのない甘い熱が生まれ、本能的に逃げ腰になる。

だがクロヴィスの腕にさらに強く抱き寄せられて、逃げられない。服の布地に阻まれてそれ以上進めないとわかると、クロヴィスが不満げに息を吐きながら唇を離した。

「アニエス」

低い声に呼ばれ、顔を上げる。身体は甘い疼きに小さく震えて、クロヴィスにしなだれかかったままだ。

クロヴィスの唇が、アニエスの耳に触れる。耳殻《じかく》を甘噛みされ、思わず小さく喘《あえ》いでしまった。

くちづけで濡れていた瞳から、一粒、涙が零れる。クロヴィスがそれを甘露でも味わうように舐め取った。

「まだ触れてもいいか。……君に、触れたい」

目元をくすぐる舌の動きも気持ちがいい。クロヴィスにもっと触れられたら、いったいどれほどの快感がやってくるのだろう。

(でも、このまま流されては駄目……)

こんな状態のクロヴィスの愛撫《あいぶ》を受け入れたら、引き返せなくなる。憧れのままでいいと止められていた気持ちが、それだけでは済まなくなる。

(好きになってはいけない人だから)

流されそうになる気持ちを必死で抑え、アニエスはクロヴィスを見返す。ここまでの愛撫で声を震わせてしまいながらも言った。

「駄目、です。これは……いけません。演技では済まなくなります」

「……演、技……」

クロヴィスが、ぎりっ、と奥歯を強く噛み締めた。いつもの険しい表情がますます鋭く硬質になる。心中でヒッと恐怖の悲鳴を上げるほどだ。

クロヴィスはアニエスから離れない。だがそれ以上触れないようにするためか、両手を拳にして、呻くように言った。

「俺は今、君に触れたくてたまらない。これは君に欲情しているということだろう」

あからさまな物言いに、アニエスは羞恥で大きく目を瞠る。

クロヴィスは穴が空いてしまうのではないかと不安になるほど強くアニエスを見つめながら続ける。睨まれているとしか思えない顔だ。

「君の肌に直接触れたい。俺の唇と舌を健気に受け止めている君は、とても淫らなのに可愛い。特に俺の愛撫に打ち震え、耐えられなくなって泣いている顔は俺のものを昂《たかぶ》らせる。こんなふうに思うのは、君が初めてだ」

証拠を見せるかのようにクロヴィスが腰を軽く押しつけてきた。

確かに股間部分が硬く熱い。アニエスは真っ赤になって身を強張《こわば》らせた。……だが。

(私……愛の言葉を囁《ささや》かれている、のよね……？)

表情が熱を孕《はら》んだ言葉と一致していない。甘さがまったくない表情で——だが瞳の奥にはなんだか恐怖を覚えるほど熱をちらちらと見せながらクロヴィスは続ける。

「君の泣き顔はとてもいい。先日の泣き顔も好みだが、今、俺の愛撫で困惑した泣き顔はそのときよりも可愛くて……いい。もっと触れたら、君の素敵な泣き顔が見られるのだろう？　見たい。見せてくれ」

（な、泣き顔がいいってどういうこと……!?）

愛撫の衝撃で思考が蕩けているせいか、上手く考えがまとまらない。だがとんでもないことを言われたのはわかった。アニエスは困惑したまま首を左右に振った。

「だ、駄目です！　今のように触れられると私がおかしくなってしまいます。この仕事を全うできません！」

クロヴィスが息を詰める。こちらを見据える眼力が、恐ろしいほど強くなった。気を失いそうだ。

「……それは、俺の触れ方が下手だということか」

彼の自尊心を傷つけてしまったのか。なんだかもう、わけがわからなくなってきた。

アニエスは慌てて言う。

「クロヴィスさまの触り方はとても上手です！　クロヴィスさまに触られて、わ、私、はしたなくも気持ちよくなってしまって……っ」

「ならば問題ない」

直後、視界がぐるんと回転した。

驚く間もなくソファに押し倒されている。慌てて身を起こそうとしてもクロヴィスが覆い被さってきてできない。体重をかけているわけではないのに、岩がのしかかっているような圧迫感がある。

「それは君の身体が俺の愛撫に悦《よろこ》んでいる証だ。つまり、俺が君にもっと触れてもいいということだ。ならば次は……そうだな。君の胸を可愛がらせて欲しい。今は胸だけだ。それ以外は触れない。まだそのくらいは耐えられる」

「あ……駄目……っ」

クロヴィスがブラウスの胸元をはだけさせた。胸元が解放感に包まれると、クロヴィスの片手が直接乳房に触れた。

「素晴らしい胸だ」

表情は相変わらず硬質なままで感嘆し、クロヴィスが深くくちづけてくる。再び舌を絡め合う熱いくちづけを与えられ、心が蕩けた。

肩をしっかりと抱かれ、片手で胸の膨らみを摑まれ、柔らかく揉みしだかれる。骨張った固い指のそれぞれに力をこめられ捏《こ》ね回されると、たまらなく気持ちいい。快感を覚えている証拠のように胸が張ってくる。

（あ……このまま、じゃ……）

胸の頂《いただき》が、ぴんっ、と固くなっていくのがわかった。クロヴィスが気づき、すぐさま指で頂を弄ってくる。

摘んで指の腹で擦り、押し込んで戻ってきた頂を指先でいたずらに弾く。これまでにない強く甘やかな刺激に、アニエスはクロヴィスの口中に喘ぎを漏らす。

クロヴィスが唇を離し、アニエスの顔を食い入るように見つめながら頂への愛撫を続ける。唇を強く引き結んで喘ぎを飲み込むと、代わりに涙が溢《あふ》れてきた。

「素敵だ、アニエス。その泣き顔がとても……いい」

硬くなった乳首を指の腹で激しく擦られる。身を捩って首を左右に振り快感を散らそうとしても、難しい。アニエスは堪《こら》えられずに甘い喘ぎを零しながら、身もだえる。

（あ……もう、駄目……）

クロヴィスが、硬くなった乳首をきゅっ、と押し潰すように強く摘んだ。軽く引っ張られる仕草も加わり、アニエスはびくっ、と大きく身を震わせて小さな絶頂を迎える。

そしてそのまま――意識を失った。


目覚めると、アニエスは見慣れない部屋にいた。

落ち着いた色彩の壁紙とカーテン、必要最低限ではあったがアニエスが見ても高価なものだとわかる調度品が品よく配置された寝室だ。ベッドはふかふかでシーツも清潔だ。ほんの少しだけ、クロヴィスがまとう爽やかな新緑の香りがした。

いったい誰のベッドだろうと思いながらゆっくり起き上がる。

「目が覚めたか」

すぐ傍でクロヴィスの低く厳しい声がして、ビクッと大きく震えてしまう。慌てて見やれば枕元にある椅子に長い足を組んで座っていたクロヴィスが、じっとこちらを見ていた。

時間を問えば、もうすぐ午後の茶の時間だと教えてくれる。あの触れ合いから数時間が経ったのか。

（まだ、身体がふわふわふわしてる気がする……）

「あ、あの、クロヴィスさまはずっとここにいてくださったのですか……？」

無言でこくりとクロヴィスが頷く。数時間もの間、ずっと寝顔を見られていたのだろうか。

（……ああ、駄目だわ。深く考えてはいけないような気がする……！）

クロヴィスが厳しい表情のままで、ふいに頭を下げた。

「すまなかった。いくら君の身体が俺の愛撫を悦んで受け入れてくれたとはいえ、やりすぎだった。欲望に負けたことを詫《わ》びる」

クロヴィスほど立場も権力もある人が自分などにこうも容易く頭を下げるなど、見てはいけないものを見たような気がしてしまう。アニエスは慌てて止めた。

「い、いけません！　クロヴィスさまがそのようなこと……‼」

「俺の配慮が足りなかった。謝るのが筋だ」

男女の仲について未熟すぎた自分もいけないはずだ。もっとうまくクロヴィスの暴走を止めなければならなかったのに。

「で、でも、クロヴィスさまほどの御方が……このくらいのことで頭を下げる必要はないと思います……」

「立場の上下は関係ない。自らに非があれば謝罪する。当然のことだ」

クロヴィスの言葉は正しい。だが彼ほどの権力と立場のある人がこれほどあっさりと非を認め、謝罪してくるとは思わなかった。

(何を考えているのかわからないときもあるけれど……でも、お考えはとても公平で、誠実なんだわ)

尊敬の念が強まった。同時に、胸がとくん、と、ときめく。

(……駄目よ。好きになっては駄目)

尊敬の気持ちはいい。だが、恋慕の気持ちは駄目だ。心の中で首を激しく左右に振り、後者の気持ちは吹き飛ばす。

クロヴィスが後悔したように眉根をきつく寄せた。

「ローズに加減をしろと叱《しか》られた。反省している。すまない」

ローズに叱られてしょんぼりしているクロヴィスを想像してしまい、アニエスは思わず小さく笑った。なるほど、無敵と思われるクロヴィスも妹には勝てないのか。

場が和み、クロヴィスもほんのわずか、形のいい唇の端を緩める。たったそれだけの変化が、不思議ととても嬉しい。

クロヴィスの端整な顔が、ふと近づいた。あ、と思ったときにはもう、優しく唇を吸われている。

一度離れ、次に優しく触れられる。驚いたが、この柔らかい触れ方はなんだか心がぽわぽわと温かくなる。

（でも……失神してしまうくらい激しいのも、それはそれでよかった、ような……）

なんてことを思うのだと内心で慌てるが、表情は平静を保つように心がける。クロヴィスが間近で見つめながら言った。

「この程度の触れ方ならば、どうだ」

「だ、大丈夫です」

「君への触れ方が、だいぶわかってきた」

どこか嬉しそうにクロヴィスが言う。そして優しくそっと唇を重ね、温もりを分け与えるように柔らかく啄んできた。

「……ん……っ」

アニエスの呼吸に合わせ、クロヴィスがくちづけの仕方を考えてくれているのがわかる。

アニエスがうまく呼吸をし始めると、クロヴィスは角度を変えつつ、くちづけを続けた。

くちづけながら掛け布に置いた手に触れ、指で手の甲、指の間、指の股まで優しく撫でてくる。心が擽ったい甘い愛撫だ。

時間の感覚が薄れてしまうほどに優しく甘いくちづけが終わると、クロヴィスが頬を優しく撫でながら言った。

「しばらくはこの程度で我慢しよう。だがこれだと君の涙は見られないか……まあ、いい。徐々に慣れてくれ」

甘く柔らかいくちづけに酔った思考では、クロヴィスのその要望に応える必要性はないということに気づけない。小さく頷いたあと少し小首を傾げてしまったが、続けられた言葉に疑問は遠のいてしまった。

「俺の婚約者役をしてもらうのだ。この際、改めて令嬢教育を受けるというのはどうだ」

それはアニエスがクロヴィスに頼もうとしていたことだった。

没落して働くようになってから、令嬢としての勉強はしていない。流行は日々変化していくうえ、社交界デビューしたばかりで公の場でのマナーやダンスを実践した場数はあまりにも少なかった。

幸い、クロヴィスから充分すぎる給金だけでなく、前払いで支度金を渡されていた。教師を紹介してもらい、そのお金で学び直したいと思っていた。

アニエスの頬に自然と明るい笑顔が浮かぶ。

「ありがとうございます！　謝礼は支度金で支払いますので、教師を紹介していただけないでしょうか」

「わかった。だが金はいらない。俺の婚約者役として必要な経費だ。……もしかして、俺が提案する前にすでに検討していたのか？」

頷くと、クロヴィスがどこか満足そうに頷いた。

「すぐに手配しよう。ダミアン」

扉がそっと開き、ダミアンが姿を見せた。まさか彼は扉の外にずっと控えていたのか。

（……そ、それって、クロヴィスさまとくちづけしていたときの様子が聞こえていた可能性があるということでは……⁉）

ひどく居たたまれない気持ちで真っ赤になるが、ダミアンはいつも通りだ。何も聞かれなかったと思うことにする。

「アニエスに令嬢教育を受けさせる。彼女の部屋を用意してくれ」

ダミアンが頷き、すぐに部屋を出ていく。だが、部屋を用意する意図がわからない。

クロヴィスが困惑するアニエスに向き直った。

「週末を中心に、週の半分は我が家に滞在してくれ。夜会やパーティーは週末の夜だと明け方まで続くことも多い。パーティーが終わってから君を家に帰すよりも我が家に宿泊して身体を休めた方がいい。令嬢教育はローズと一緒に受けるのがいいだろう。競い合う相手がいると、やりがいも出てくる」

　本当に至れり尽くせりだ。アニエスは嬉しさよりも申し訳なさが勝って身を縮める。

「そんなにお世話になってしまっていいのでしょうか……」

「君の仕事に対する対価の一部だ。堂々と受け取れ」

　揺らぎのないクロヴィスの言葉に再度恐縮してしまいそうになったが、慌てて思い直す。これは自分への投資だ。婚約者役として彼はとても期待してくれている。ならばきちんと成果を上げることが恩返しになるはずだ。しっかり勉強し、クロヴィスの婚約者役として相応しい教養と品位を身に着けることが最優先だ。恐縮するのはそのあとだ。

　アニエスは強く頷いた。

「頑張ります！　たくさんお金をかけていただいた以上、ご満足いく結果を出します！」

　クロヴィスが驚いたようにわずかに目を瞠り、すぐにまた目元を緩めた。ほんのわずかな変化なのに、妙にドキリとしてしまう仕草だ。

「期待している。こちらの準備が整い次第、君に一報する。では、茶に行こう」

　慌ててベッドから降り隣に並ぶと、クロヴィスが身を屈《かが》め、アニエスに柔らかくくちづけた。不意打ちのくちづけに驚き、耳まで赤くなってしまう。

　クロヴィスがそっと唇を離して嘆息した。

「俺がこうして君にくちづけるたびにそんなに顔を赤くしていては、周囲に不審がられてしまう。うるさい女たちが俺に声をかけてこないようにするためには、俺と君がとても仲睦《なかむつ》まじい婚約者同士だということを知らしめなければならない。この程度ならば触れても問題はないのだろう？　先ほど、君がそう教えてくれたはずだ」

正論だ。アニエスは己の不甲斐《ふがい》なさにに身を縮める。クロヴィスが本当に相応しい令嬢と出会い結ばれるためにこの婚約者役を引き受けたのだから、この程度でいちいち動揺していては駄目だ。

それにこれまでのクロヴィスとの触れ合いで、気づいたこともある。クロヴィスは好意を寄せた女性に対する触れ合いの仕方が極端すぎるのではないか。

窒息寸前、あるいは失神してしまうほどのくちづけや愛撫は、普通の貴族令嬢が初めて受けるには刺激が強すぎる。これから出会うクロヴィスに相応しいご令嬢がそのせいで彼との触れ合いに恐怖したりすれば、ル・ヴェリエ侯爵家の跡継ぎ問題にも大きく関わるのではないだろうか。

（きっと私には、その辺りの軌道修正をする役目もあるはずだわ）

「申し訳ございません。こういった触れ合いを男性とするのは、クロヴィスさまが初めてなので……」

「俺が、初めてだと……？」

クロヴィスの青い瞳が、アニエスを見返す。これまで以上に威圧感が強く、アニエスは小さく息を呑む。

クロヴィスが瞳の奥底を見つめるように顔を近づけた。鼻先がつん、と触れ合う。

「男性と触れ合うのは俺が初めてなのか」

「は、はい。クロヴィスさまが初めてです。……あ、あの、クロヴィスさま。少し近づきすぎです……」

「これが仲睦まじい婚約者同士の距離感だ。慣れてくれ。それよりも大事なことを確認している。君は俺以外とこうして触れ合ったことはないんだな？　あの胸くそ悪い男にも、ここまで許していないんだな？」

胸くそ悪い男とはいったい誰のことかと軽く眉根を寄せて考える。答えはすぐに出た。ニコラのことか。

押し倒されたときのことを思い出し、怖気《おぞけ》で震えながら、アニエスは激しく首を左右に振る。クロヴィスが内圧を下げるように深く息を吐いた。

「……そうか、ならばいい」

言ってクロヴィスがまた軽く、くちづけてくる。触れた唇の甘い熱に一瞬びくりと震えるが、それ以上の反応をしないように必死に堪える。

唇を離して、クロヴィスが小さく笑った。

「その調子だ」

「は、はい。……ん」

ちゅっ、ちゅ……っ、とまた何度も啄まれてしまう。時折もっと深いくちづけをしたそうに唇を舌で舐められ、背筋が震えた。

しばらくされるがままになっていたが、そっとクロヴィスの胸を両手で押しのける。

「……なんだ。この程度ならばいいと許可してくれたはずだ」

「そ、それはそうですが……でも、お茶に行くのではなかったのですか。いつまで経っても姿を見せなければ、ローズたちを心配させてしまいます……」

む、とクロヴィスが顔をわずかに顰めた。

【第三章　侯爵夫人教育は断固拒否します！】

クロヴィスは翌々日には令嬢教育の準備を整え、ダミアンを迎えによこした。それなりに時間がかかると思っていたので驚いてしまう。

ル・ヴェリエ侯爵邸に到着するとローズが出迎えてくれ、屋敷の中を案内してくれた。没落する前はローズの友人として何度も遊びに来たことがあるし、ローズの話し相手を務めるようになってからも通ってきていたが、応接室や庭、そしてローズの部屋にしか行ったことはない。だが今後は週の半分はこの屋敷で生活するのだ。

アニエスのために用意された部屋は若い娘が好む控えめな小花模様の明るい壁紙と、淡いピンク色のレースのカーテンと同色の遮光《しゃこう》カーテンで可愛《かわい》らしくまとまっていた。だが子供っぽい印象はない。机やチェスト、本棚とベッドなどの家具は艶《つや》のある木造りの重厚なものだからだろう。素朴なデザインながらも職人の技があちこちにちりばめられている調度だ。

隣にクローゼットルームがあり、そこにはたくさんのドレスや普段着、靴や帽子、手袋や鞄《かばん》などが揃えられていた。貴族令嬢であったときですら、これほどの量は持っていなかった。

アニエスは説明してくれるローズの傍《そば》で、茫然《ぼうぜん》と室内を見回してしまう。

「これはすべてアニエスのものよ。契約が終わったとしても持ち帰っていいから遠慮しないで使ってね」

「……これを全部⁉　多すぎよ⁉」

「このくらい普通よ。他にも何か欲しいものや足りないものがあれば遠慮なく言って」

改めて、侯爵家の財力に目眩《めまい》を覚える。伯爵位を持っていた頃も、時々驚かされることがあった。

「ダンスやマナーのレッスンのときは、この辺りのドレスを着てね。普段着用のドレスよりも、実際に夜会やパーティー用のドレスでした方がいいわ。動きにくさがまったく違うから」

なるほど、確かにその通りかもしれない。

早速ローズがドレスを選び、着替えさせられる。ドレスを着るだけかと思ったら、髪も流行りの形に整えられ化粧もされてしまった。まるでこれからどこかの夜会に出かけるかのようだ。

やりすぎではないかと言うものの、ローズが使用人たちと一緒に誉めてくれると悪い気はしなかった。

「素敵よ、アニエス！　そのドレス、とてもよく似合うわ！」

照れながら礼を言うと今度はホールに連れていかれた。

「最近、新しいワルツ曲が社交界で流行り始めたの」

ローズと一緒にホールに入ると、男性が二人いた。一人は壮年の男性で、もう一人はクロヴィスだ。クロヴィスは白いシャツと黒地に細かいツタ模様の刺繍《ししゅう》が入ったベストと同色のパンツという堅苦しくない格好だったが、見惚《みほ》れるほど立ち姿が綺麗《きれい》だ。

クロヴィスがアニエスたちに気づき、こちらを見た。軽く目を瞠《みは》ったあと、あっという間に大股でアニエスに近づいてくる。その間、ほんの数秒だ。そして目の前で立ち止まると、アニエスの頭から足の先までじーっと見つめてきた。

視線が凄まじく強い。無言でずいぶんと長く見つめられ、不安になってくる。

（に、似合わなかったのかしら……？　ローズたちは誉めてくれたけれど……）

「……お兄さま、何か仰《おっしゃ》って。アニエスが不安がっています」

呆《あき》れたローズの声に、クロヴィスがふむ、と深く頷《うなず》く。

「綺麗だ」

誉められたのだとわからず、ぽかんとしてしまう。相変わらず表情と言葉が一致していない。

少なくとも外側はそれなりということだ。嬉しくて、少し恥ずかしい。だが、やる気も出てくる。

「クロヴィスさまがどうしてこちらに……？」

「君のダンスの力量を知りたかった。二週間後の週末にはパーティーに参加する」

それは早すぎるのではないかと慌《あわ》てるアニエスの手をクロヴィスが取ると、バイオリンの音が響いた。いつの間にそこにいたのかダミアンがバイオリンでワルツを弾き始める。

そして見知らぬ男性が拍手で拍子を取り始めた。どうやら彼は、ダンス教師だったらしい。

クロヴィスがアニエスの腰に腕を回し、ぐっと引き寄せた。下腹部がぴったりと密着するほどの至近距離に頬が熱くなる。

「密着しすぎではありませんか……っ？」

照れ隠しに少し焦《あせ》って言うと、クロヴィスは平然と返した。

「足りないくらいだ。俺を誘惑してくる女たちは、もっとべたべた触れてくる」

なんてこと、とアニエスは大きく目を瞠った。

クロヴィスが女性から人気があることはよくわかっていたが、具体的に迫られているのを目撃したことはない。自分が知らぬところでそんな目に遭《あ》っていたのか。今更ながらにクロヴィスの苦労を思い、アニエスは眉根を寄せた。

不躾《ぶしつけ》な女性たちがクロヴィスに不用意に触れないようにすること。それには常に婚約者が寄り添っていればいい。

アニエスはきゅ……っ、と唇を強く引き結び、気恥ずかしさを堪《こら》えてクロヴィスに身を寄せた。勢い余って彼の胸に胸の膨らみを押しつけるような体勢になってしまい内心ではししたないと慌てたが、平静を装って言う。

「これくらいならばどうでしょうか」

「……もっとだ」

さらに強く引き寄せられる。胸の膨らみがクロヴィスの胸で押し潰されるほどの密着度だ。この体勢で顔を覗き込まれると、自然と軽く唇が触れ合ってしまう。様子を見守っていたローズが声にならない悲鳴を上げた。

ダンス教師は零れんばかりに大きく目を見開いたまま、硬直している。今、見たことが信じられないようだ。そしてダミアンは演奏を止めない。

「行くぞ」

クロヴィスが言って、一歩踏み出す。ふわりと軽く浮き上がるような感触を覚えた直後、ステップが始まった。

以前踊ったことのあるワルツ曲より少しテンポが速い。しばらく踊っていないから、足がもつれそうになる。だがクロヴィスのリードについていくうちに、不安は消えた。

「背筋をしっかり伸ばして。アニエスさま、パートナーの顔を見るように」

教師の指示に従い、クロヴィスの横顔を見つめるように背筋を伸ばして胸を張る。すると、クロヴィスがこちらを見つめていることに気づいた。

正確なステップを踏みながら、瞳はこちらを見つめている。そんなことができるのか。いや、彼ならばできるかもしれない。

(見、見すぎです……っ)

緊張が高まるが、不思議と心地よい。本当は一度でいいからクロヴィスと踊ってみたかったのだ。その夢が、叶っている。

(夢みたい……)

いいや、夢ではない。それはいいことなのだろうか?

あっという間に曲が終わってしまった。クロヴィスが目元に満足げな微笑を滲《にじ》ませる。

「期待以上だ。踊りやすい」

誉めてもらえて嬉しい。アニエスは控えめな笑みを返す。クロヴィスが上体を傾け、アニエスの唇に軽く啄《ついば》むくちづけを与えた。

ローズとダンス教師が慌てて驚きの声を飲み込む。アニエスは必死に動揺を抑え、礼を言った。

(こ、これがクロヴィスさまの求める婚約者の姿よ。このくらいの触れ合いは当たり前なのよ)

アニエスの気合いが伝わったのか、クロヴィスが、ふ、と小さく笑った。よく見ていなければわからないほどのかすかな微笑みだったが、胸がドキリとした。

「クロヴィスさま、そろそろお時間が……」

ダミアンがとても申し訳なさげな顔でそっと言う。クロヴィスがベストのポケットから懐中時計を取り出して時間を確認し、軽く息を吐いた。その仕草が残念そうに見えるのは、気のせいだろうか。

「俺はもう行くが、頑張ってくれ。怪我だけはしないように」

もう一度アニエスの唇に触れるだけのくちづけを与え、クロヴィスはダミアンとともにホールを出ていく。

言葉少ない二人の会話の中で、彼がこれから公務で王城に向かうことがわかった。アニエスのためにわざわざ時間を取ってくれたのか。

戦がなく落ち着いた時期だとしても、クロヴィスは軍の頂点に立つ者としてやはり忙しいようだ。そんな中、アニエスのために様々な配慮をしてくれ、さらには自ら令嬢としての力量を試してくれる。

（厳しくて硬質な雰囲気ばかり目立つけれど、優しい方だわ）

じんわりと全身に広がるようなときめきが生まれ、アニエスは慌てて首を左右に振り、それを振り払った。

身の程を弁《わきま》えるべきだ。クロヴィスが向けてくれる気持ちは一過性のものである可能性が高い。その熱が冷めたとき、なんの後腐れもなく彼の前から姿を消せるように準備をしておくことが大切だ。

だが今は、クロヴィスの婚約者として完璧にふるまわなければならない。そのためにも、もっと彼のことをよく知っておかなければ。そう思ってアニエスは心を強張《こわば》らせた。

（クロヴィスさまのことをもっとよく知ったら、私の気持ちはどうなるの？　もっと……もっと、あの方のことを好きになってしまうのではないの……？）

怖い、とアニエスは小さく身を震《ふる》わせた。惹かれてはいけないのに、彼を知れば知るほど惹かれてしまう。心を強く持てば、やり過ごせるのだろうか。わからない。

アニエスは表情を引き締め、期待感に瞳をきらめかせているローズと未だ面食らっている教師に向かい、厳しく指導してくれるよう頼む。厳しくしてもらえれば、揺らいだ気持ちも立て直せるはずだと信じるしかなかった。

二週間後のパーティーに向けて令嬢教育を受け続け、完璧とまではいかないまでもある程度自信が持てるまでになった。没落前までは令嬢教育を受けていたからだろう。昔覚えたことを思い出し、新しいものを抵抗なく吸収できている。

教師陣だけでなくローズも、アニエスの鬼気迫るほどの真剣さで努力する様子を心配してくれたが、急成長ぶりを認めて誉めてくれた。

クロヴィスは時折授業の様子も見に来てくれ、時間が合えばダンスの相手もしてくれた。

そして言葉を尽くしてアニエスの努力と成果を誉めてくれる。相変わらず表情の変化は乏《とぼ》しかったが、嬉しかった。

厳しい表情の下に隠されているクロヴィスの優しさに触れると胸がときめき、彼に惹《ひ》かれていることをいやでも自覚させられてしまう。これ以上は駄目だと自制しているのに、まったく効果がない。どうしたらいいのかわからないまま、彼との触れ合いが増え続けていく。

パーティーでは打ち合わせ通り、婚約者として紹介された。参加者たちは誰もが驚き、絶句した。そんな中、クロヴィスはいつもと同じ硬質な表情だったがアニエスを傍から決して離さず、周囲と言葉少ないながらも雑談をし、アニエスとだけ何曲かダンスを踊って帰った。

周囲からの突き刺さるような視線に晒《さら》され気が遠くなってしまいそうだったが、自分がいたせいか必要以上にクロヴィスに話しかけてくる女性はいなかった。帰りの馬車の中では彼からずいぶんと感謝された。

「こんなに穏やかな社交は初めてだ。君のおかげだ。ありがとう、アニエス」

（とりあえず、お役に立てたようでよかったわ）

だがそれも長くは続かないだろう。今回は初めてだったので皆驚いてしまい、誰も踏み込んでこなかっただけだ。

クロヴィスの近よりがたさはいつも通りで、急に発表された婚約者について根掘り葉掘り聞くことは難しかっただろう。次のパーティーは、今夜のようには終わらないかもしれない。

そのときにはどんなふうに風除けの役目を果たせばいいだろうかと考えながら、アニエスは言う。

「では、次の社交の場への参加予定が決まりましたら教えてください。令嬢教育を受けさせてくださり、ありがとうございました。これからは、お呼びいただければ私の方がお伺《うかが》いいたしま……」

「駄目だ。まだ我が家に留《とど》まれ」

「え……？」

教師たちは皆、アニエスを高く評価してくれ、あとは実践を積むだけだと太鼓判を押してくれた。ならばもう、侯爵邸に留まって令嬢教育を受け続ける必要はない。

あくまで契約上の婚約者だ。侯爵邸に留まり続けていいわけがない。

何よりも、これ以上クロヴィスとともに過ごす時間を増やして、自分の気持ちが彼に傾き続けてしまうことが怖い。ここは一度、少し距離を取った方がいい。

クロヴィスは神妙な顔で続けた。

「まだまだ君が学ぶことはある。次は侯爵夫人としての心得、我が家のしきたりなどを母上から学んでくれ」

それは結婚相手が学ぶべきことだ。アニエスは慌てて首を横に振る。

「そ、その勉強はする必要がありません……!!」

「なぜだ」

　真向かいに座ったクロヴィスが少し開いた膝の上で肘をつき、前のめりになってアニエスを見返す。険しい視線にびくりと背が震えたが、アニエスは間違いを正すために背筋を伸ばして言った。

「以前にも申し上げましたが、クロヴィスさまの私への気持ちが続くとは限りません。やはり妻にすることができないとなったときのために、私が侯爵家に深く関わることはよくありません」

「君は俺の気持ちが冷めることを確信しているのか？　その根拠はなんだ」

「私のすべてです。容姿が優れているわけでもなく、何か突出した才能があるわけでもありません。家名も伯爵位の中では末端でした。今ではその家名すらなく、ただの平民の娘です。クロヴィス様が私を妻にすることの利点が一つもありません」

　事実を口にしているだけだが、なんだか悲しい。改めて、自分はクロヴィスに相応《ふさわ》しい存在ではないのだと実感する。

　クロヴィスは神妙に頷いた。

「君が言っていることは正しい。確かに結婚は未来を見据《みす》えて決断するべき案件だ。だが、できる限り互いの気持ちが寄り添っていた方がいい。貴族の結婚では、互いの家を存続させるために跡継ぎをもうけることも必要となる。まったく好意のない者同士では、閨《ねや》での営みは苦痛でしかない。また、人の身体は心に連動するところがある。気持ちが伴ってこそ性交で子も早くできるかもしれない」

淀《よど》みなく続けられるクロヴィスの言葉に、アニエスは気まずい思いで黙り込んだ。とても正しいことを言っているが、赤裸々すぎる言葉が多くて気恥ずかしい。

「そして俺の君への想いだが……冷めるどころかますます強くなっている。今回の令嬢教育の成果を見て、君がとても努力家で優秀な女性だとわかった。それはル・ヴェリエ侯爵の一員として迎え入れるに必要な素質の一つだ。君は自分の才に気づいていない。正しい教育を受ければ、君はさらに素晴らしい女性に成長する。容姿についても同様だ。君は自分の魅力に気づいていない。君は美しい。光らせる方法を知らないだけだ」

肩口に落ちている髪のひと房をクロヴィスが片掌で優しくすくい取り、口元に引き寄せてくちづけた。目だけはじっとこちらを見つめたままで、それが妙に男の艶を感じさせてドキリとする。

「今夜の君は、あの会場の中で一番綺麗だった。だが、その流行のドレスは少し肌を見せすぎる。俺以外の男の目を楽しませるな」

眼光の厳しさの奥に滲む独占欲に、鼓動が大きく跳ねる。

（ああ、どうかもうここまでにして。これ以上好きにさせないで……！）

顔が赤くなっているのを知られないよう、目を伏せる。

「ですが、絶対的な身分の差はどうしても……」

「極論ではあるが、俺は今のところ君以外に欲情したことがない。つまり、君以外を妻として、俺が妻となった女に子種を注げるのかと言えば、現時点では絶対にないと断言できてしまう。これはル・ヴェリエ侯爵家にとって、由々しき問題ではないか」

またまた硬質な表情でとんでもないことを口にしているクロヴィスに、アニエスはどう言い返せばいいのかわからない。うっ、と言葉を詰まらせて、話を聞くしかなくなる。

「それに君に触れたいと思う気持ちは日々高まっている。触れるだけのくちづけでは物足りない。君が許してくれるのならば、もっと深いくちづけもしたい。君の柔《やわ》らかな身体を撫《な》で回したい。君の肌も味わってみたい。胸だけでも放ってしまいそうなほどだった。そう……あのときの君の泣き顔も素晴らしかった……。おそらく俺は、その泣き顔だけでも子種を放てる。これは君への気持ちが一過性のものではないということだ」

なんだか引っかかる言葉があったが、それを問い詰める隙を与えられない。押し被せるように怒濤の如く、クロヴィスは続けた。

「もし万が一俺の気持ちが冷めたとしても、侯爵家の女主人として学んだことは母上とともに私の妻となる者に教えてやって欲しい。母上もそれなりに忙しい人だ。また新たに教育するのはうんざりするだろう」

（こ、これは何を言っても考え直してくださらないようね……）

クロヴィスは一目惚れの熱により、まだアニエスを妻にする不利益に気づけていないようだ。また折を見て話をした方がいい。このまま言い連ねても、意固地になってしまいそうな気がする。アニエスは仕方なく頷いた。

「……わかりました。クロヴィスさまがそのように仰るのでしたら……」

（違う、これは言い訳だわ。まだクロヴィスさまと一緒にいられることを、私は喜んでいる……）

浅ましさに自己嫌悪したとき、石にでも乗り上げたのか馬車が大きく揺れた。体勢を崩し前に投げ出されそうになったアニエスをクロヴィスが抱き留《と》めた。

「あ、ありがとうございます」

「危ないから俺の膝に座れ」

どんな提案だと断る間を与えず、クロヴィスがアニエスをあっという間に自分の膝の上に横抱きに座らせてしまった。そして当然のように唇を軽く啄《ついば》まれる。

触れるだけのくちづけにはだいぶ慣れた。それだけクロヴィスが折に触れ——あるいは隙を見て頻繁にくちづけてきたからなのだが。

だいぶ加減を覚えたようだ。クロヴィスの唇が優しく擦りつけられ、軽く音を立てて啄まれる。心地いい。自然と目が閉じられ、彼の広い胸に身を委ねてしまう。

クロヴィスがアニエスの背中を撫でながら唇を離した。

「……やはりこの程度のくちづけでは君の涙は見られないか……」

何を言われたのか一瞬わからず、アニエスは目を瞠る。

「アニエス、舌を出せ」

命じることに慣れた低く響きのいい声は、すぐに従ってしまうほどの力を持っている。言われるままにそうしたあと、何かおかしいと気づいたときにはもう遅い。クロヴィスが舌を舐《な》め合わせてきた。

「……ん……っ？」

唾液《だえき》でぬめった舌が、ぬるぬると擦りつけられる。唇を重ねず舌先だけを触れ合わせるくちづけは、とてもいやらしい。

舐められ続けていると、自然と唾液が滲んでくる。滴《したた》り落ちそうになって慌てて舌を引っ込めようとすると、クロヴィスがアニエスの舌先を吸った。

「……んんっ⁉」

前歯で軽く甘噛みされ、柔らかく何度も吸われる。滲んだ唾液はクロヴィスの口中に吸い取られた。もっと欲しいとでもいうように、彼の甘噛みが繰り返される。

「……ふ、う……ん……っ」

頭がくらくらして、自然と涙が滲む。馬車の中とはいえ往来だ。道行く人々と扉一枚隔てただけの場所で淫蕩《いんとう》なくちづけを受け続けていることが、とても淫らなことに思える。

「……アニ、エス……ああ、いい……」

わずかに熱のこもった声で名を呼び、クロヴィスが唇で涙を吸い取った。そしてドレスの胸元に片手を這《は》わせる。

膨らみの形を確かめるように優しく胸を撫で回してくる。以前のように性急で痛みを覚えるほどの動きではない。柔らかい撫で方は不思議ともどかしさすら覚えるほどだ。

驚いて身を引こうとすると再び深くくちづけられ、甘い心地よさに呑《の》まれてしまう。馬車の揺れも胸を撫でる掌も、触れ合う体温も――すべてが、気持ちいい。

「……あ……ふ、ぅ……っ」

クロヴィスの固い指先が、ドレス越しに胸の頂《いただき》を正確に捕らえ、丸く撫でてきた。直接触れられているわけでもないのに、そこがジンジンしてくる。

同時に下腹部の奥――秘められた場所も、疼《うず》き始めた。

（……優しい、のに……どうして……もどかしい、なんて……）

もっと触って欲しいと思わず口走ってしまいそうになる。

胸を弄《いじ》っていたクロヴィスの片手が下腹部を撫で、子宮の位置をぐっ、と押した。ただそれだけで甘い疼きが強くなり、小さく喘《あえ》ぐ。

クロヴィスがわずかに唇を離し、瞳を覗き込みながら低く言った。

「ここに触れられるようになったら、どんな泣き顔を見せてくれるのか……」

楽しみでならない、とそのあとに続けられたような気がする。だがすぐさま胸の愛撫《あいぶ》が強くなり、激しく舌を搦《から》め捕《と》られるくちづけを与えられ、追及できなかった。

馬車が侯爵邸に到着するまで、クロヴィスは優しいけれども淫らなくちづけと胸への愛撫を与え続けた。それ以上のことは決してしてこないが、それがとてももどかしい。ひたすらに疼く熱を与えられ続ける愛撫だった。

馬車が止まるとどこか名残惜《なごりお》しそうにしながらも解放された。御者《ぎょしゃ》が扉を開けてくれたときには淫らなことをしていたとは思えないほどいつも通りの様子でクロヴィスは馬車を降り、アニエスを自室までエスコートしてくれる。

頬の火照《ほて》りはまったく引いてはいなかったが、明るい時間帯ではないため誰かに気づかれたりはしないだろう。ローズに見つかりませんように、と願いながら自室に辿《たど》り着く。

「よく休んでくれ」

「は、はい。おやすみなさいませ」

軽く頷いてクロヴィスが立ち去っていく。彼の背中が見えなくなるまで見送ったあと、アニエスはやってきた使用人たちに寝支度をしてもらった。

ベッドに入って目を閉じるが、身体の疼きは収まっていない。アニエスは自分を抱き締めて、身体を丸める。

（嫌だ……クロヴィスさまは終わったあと、いつも通りだったのに……）

立ち去る姿に揺らぎは一切見られなかった。それは熱が冷め始めた証ではないか？

（きっとそうだわ。やはり女性と触れ合うことに慣れていないだけで、それに慣れさえすればすぐに平常心を取り戻すことができるようになるということだわ）

そして正しい判断が下せるようになる。アニエスを妻にするなどと、馬鹿げたことを二度と口にしなくなる。それが正しい未来だ。

（たとえ侯爵夫人やローズが私を認めてくれても、周囲が認めてくれな……ち、違うわ。私はクロヴィスさまの妻になりたいと思っているわけではなくて……!!）

――本当に？　ともう一人の自分が問いかけてくる。

「……本当よ」

わざわざ声に出してアニエスは言う。

身の丈に合った結婚は大事だ。好きだという想いだけで成立させてはいけない。特に、どちらか一方にだけ負担や苦痛を強いる結婚はいけない。自分では、クロヴィスに迷惑をかけるだけになってしまう。

いつかきっと、この恋が一時の気の迷いだったことにクロヴィスも気づいてくれる。彼は聡明な人だ。

（どうか、早く気づいて……）

そしてどうかこれ以上好きにさせないで、とアニエスは願う。

【第四章　もう誤魔化せない気持ち】

クロヴィスに婚約者ができたという話は、翌日にはほとんどの貴族が知るところとなった。

相手はどんな令嬢なのかと、皆、競い合うように情報交換をしているという。そのため、クロヴィスよりも『アニエス・シルヴェストル』という人物について良くも悪くも様々な情報が飛び交っているらしいと、貴族令嬢たちの茶会に参加して帰ってきたローズは、どこか悪巧みをするようなキラキラした瞳で教えてくれた。

アニエスが没落したシルヴェストル伯爵家の娘だということは、すぐにわかることだ。本当にそんな相手と結婚するのかと、皆、疑問を抱いているらしい。だがクロヴィス本人に話を聞ける勇気ある者はおらず、代わりにローズや侯爵夫人に詰め寄っているそうだ。

今夜も夜会の予定がある侯爵夫人の心労を思うと、アニエスはとても申し訳ない気持ちになる。貴族たちの注目の的になることは、大抵において気苦労が多い。

「ごめんなさい、ローズ……。侯爵夫人にも噂でご迷惑をおかけしてしまって……」

だがローズはまったく気にしておらず、それどころかむしろ楽しんでいるようだ。

「あれだけお兄さまに媚《こ》びを売ってきたご令嬢方が、アニエスにお兄さまを取られたことをとても悔しがっているの。あなたの悪口をここぞとばかりに言っていて、滑稽《こっけい》だわ。そんなことをすればお兄さまの機嫌を損ねることになるってどうして気づかないのかしら。本当に頭の悪い方ばかり。その程度の考えしかないご令嬢がお兄さまの心を射止められるわけがないのにね」

楽しげに笑いながらも瞳は笑っていない。親友の悪口を言われてローズが黙って済ますことはしない。必ず彼女たちになんらかの報復を与えるのだろう。

怒ってくれるのは嬉しいが、ほどほどにして欲しいと一応頼んでおく。

「でも、笑えない悪口もあったわ。あなたが没落して身体を売り、その方法でお兄さまを陥落させたという噂《うわさ》よ。娼婦に成り下がった女を侯爵夫人にするのかと憤っているご老体もいると聞いたわ」

「……そう……やっぱりその手の噂は出てきてしまうわね……」

覚悟をしていたとはいえ、やはり衝撃は受ける。アニエスは軽く唇を噛みしめた。

自分のことは構わない。悪口程度で済んでいるならばましな方だ。だがクロヴィスは大丈夫だろうか。そのせいで、不必要な苦労をしていないだろうか。

「クロヴィスさまは大丈夫かしら……」

アニエスが見る限り、クロヴィスが妙な心労を抱えている感じはしない。だが彼は表情の変化がほとんどない。こちらを慮《おもんぱか》っている可能性もある。

ローズは気にすることはないと、あっけらかんと笑った。

「お兄さまに悪意をぶつけるならばそれなりの覚悟を持ってしないと大怪我をすることになるとわかっている人がほとんどだし、お兄さま自身はその程度の悪意なんてまったく気にならないわ。……もっと大きな悪意に晒《さら》されたことがあるから」

もっと大きな悪意に、とはどういうことなのか。確かに不愛想でよくわからない人という印象を他者には与えるが、誰かに恨まれるような人ではない。それともアニエスの知らない何か別の事情があるのだろうか。

心配になって問いかけてみたものの、ローズはすぐに笑顔で話題を変えてしまい、詳細は聞けなかった。

王城の一角に、軍施設がある。クロヴィスは平時はそこの執務室で近隣諸国情勢に関する報告を受けたり、軍組織の改変について議論したり、時には鍛錬場に赴いて兵を指導することもある。平時だからこそ、有事への備えをする必要があり、それなりに忙しい。

執務机の上に置かれた決裁書類にサインをしながら、向かいに立つダミアンからの報告を受ける。耳と手を一切止めずにこなしていれば、午前中にある程度の仕事は終わった。

昼食を挟んで午後は鍛錬場に顔を出し、新兵の様子を見ることになっている。訓練学校を出た者が基本的に新兵として軍に所属するが、はじめの数か月の間にクロヴィス自身が一度は必ず指導するように心がけていた。

自分の力に傲《おご》っている者はそれ以上の力で一度ねじ伏せ、戦いに怯《ひる》んでいる者がいれば鼓舞する。そんなことは他の誰かにやらせればいいことかもしれないが、クロヴィスは必ず自分が行うようにしていた。

兵は道具ではない。家族を持ち、明日という未来を持つ命ある存在だ。それを国のために使役するのが軍だ。国が失われてはそこに住まう民の生活も脅《おびや》かされるとはいえ、彼らを捨て駒のように使うことはしたくなかった。

（――彼らは、俺とは違う）

彼らは大体において望まれて生まれ、望まれて生きている者たちだ。クロヴィスとは違う。

（俺は、望まれて生まれてきたわけではないからな……）

そもそも、クロヴィスはル・ヴェリエ侯爵家の血を一切引いていない。クロヴィスの実父は実は現国王だ。だがその出自について完全なる緘口令《かんこうれい》により秘匿《ひとく》されている。

自分とは違う彼らを、できることならば死地に追いやることはしたくない。甘いと言われるかもしれないが、そのための努力を止めることはしたくなかった。

昼食は基本的に執務室で摂る。食事に拘《こだわ》りを持っていないため、手軽に食べられるものをいつもダミアンに用意してもらっていた。いつものようにトレーで差し出されたサンドイッチを無造作に摑んで口に運びながらサインをし——ふと、いつもと違うことに気づいた。

（……美味《うま》い）

パンは柔《やわ》らかく、クラストが丁寧に取り除かれている。挟まれているのは、卵を潰し少し酸味のあるソースをまとわせた、薄切りの蒸した鶏肉だ。

皿を見ると、他にも数種類のサンドイッチがあった。肉厚のベーコンと葉野菜のもの、みじん切りにした数種類の野菜を辛味のあるソースで混ぜ合わせたものなど、バリエーションに富んでいる。そしてそのどれもが、美味い。

空腹を満たし、栄養を確保できればいいと思っていて、その内容など気に留《と》めたこともなかったが、これは明らかにいつもの昼食とは違う。クロヴィスは手にした卵のサンドイッチを二口で食べ終えると、ダミアンに問いかけた。

「いつもと昼食が違う」

「お気に召しませんでしたか？」

ダミアンは二つ年上で、クロヴィスが五歳のときに遊び相手や相談相手、勉強相手などのすべての役を担うよう、養父がつけた従者だった。クロヴィスと長く一緒にいすぎたためか、ずいぶんと物静かで、今では空気のように傍《そば》にいる存在となっている。

「いや、気に入った。どうしたんだ」

彼が今日自分のために特に手の込んだ食事を用意したとは思えない。ダミアンも食事は栄養が取れればいいと、クロヴィスと似た考えの持ち主だ。

「これはアニエスさまがお作りになり、私に持たせてくださいました」

クロヴィスは軽く目を瞠《みは》る。

今朝、アニエスがいつもより早く起きて厨房にこもっていたことは知っている。それが自分用の昼食を作るためだったとは。そんなことは一言も口にせず、いつも通り婚約者として見送ってくれただけだった。

クロヴィスにこれまで近づいてきた女たちは、こんな場合の自己主張を絶対に忘れなかった。こちらが望んでいるわけでもないのに、勝手に奉仕したがる。そしてその奉仕のあとに、クロヴィスに感謝するよう求めるのだ。

「これをお前に渡すとき、アニエスは何か言っていたか」

「口に合わなければ無理して食べなくていいと」

「それだけか」

「それだけです」

ダミアンの頷《うなず》きにクロヴィスは伏し目がちにかすかに微笑んだ。やはり、アニエスはいい。

新たなサンドイッチを手に取って口にする。これもあっという間に食べきってしまった。とにかく美味い。不思議と次に手を伸ばしたくなる。だからクロヴィスは首を傾げる。

「この料理には、何か……食欲を増進させる薬でも入っているのではないか？」

「アニエスさまがそのようなまねをするお方だとお思いですか？」

変わらず静かにダミアンが問い返す。クロヴィスは無言で首を横に振った。

ダミアンが茶を注ぎ足しながら言った。

「不思議なもので、私は妻や子供たちが作った料理はそうだとわかります。高名な料理人が作った食事ももちろん美味だと感じるのですが、妻たちが作ったものはそれ以上なのです。なぜなのかと妻に聞いてみたところ、私への愛情を込めて作っているからだと言われました。とても重要な調味料だそうです。それが入っているのではありませんか」

「……愛情……」

何か妙に心をざわつかせる言葉だった。それは不快ではなく、むしろ心がほわりと温かくなるものだった。

初めての感覚だ。だが不思議と悪い気はしない。自分と同じ種類の気持ちではないかもしれないが、それでもアニエスからの好意は感じ取れる。

だからこそ、思ってしまうのだ。自分の秘密をアニエスに話したい、と。彼女のすべてを知りたい気持ちと同じほどに、自分のことをもっと知って欲しいという欲が生まれる。

「帰宅したら、礼を言っておく」

ダミアンが優しく微笑んだ。

三つ目のサンドイッチも瞬く間に食べ終えると、扉がノックされた。食事中ではあったが構わず招き入れる。

やってきたのはアリンガム国の内乱をおさめる戦で捕虜にされていたのを助け出した兵士だった。その際に折った右腕はまだ完治しておらず、布で吊っている。だが顔のアザや傷は、だいぶよくなっていた。

敵に囚《とら》われ拷問《ごうもん》にかけられ、情報を引き出されようとしていたところを、クロヴィス自ら精鋭を選び、敵陣に乗り込んで助けた。あまりにも危険すぎる救出作戦には多くの反対があったが、見捨てることはできなかった。

囚われた青年たちには家族がおり、中には子供が生まれたばかりなのに戦地に赴いている父親もいた。勝算があったからこそ決行した作戦だった。

「お食事中、申し訳ございません。あのとき助けていただいた者たち皆、本日付けで職務に復帰いたしました。そのご報告です」

「構わない。怪我の方はどうだ」

「皆、もう動き回ってもいいと言われました。私は腕がまだ使えませんが、他のことはできます。お役に立ちますのでなんでもお申し付けください！　皆、私と同じ気持ちです」

それでは、と深く一礼して、青年は執務室を出ていく。その背中を見送り、クロヴィスは唇の端をほんのわずか、微笑みの形にした。

助けた者は恩を忘れず、役に立とうと奮闘してくれる。ありがたいのだがどこか後ろめたい気持ちもある。

（お前たちのためにしたわけではないから、な……）

彼らを助けたいという気持ちは本当だ。けれどそこに、別の意味もある。

危険な作戦に参加して、もし、自分の命がそこで途絶えたら――死という誘惑が、常にクロヴィスの前にちらついている。おそらく生まれてから、ずっと。

自ら死にたいとは、思っていない。……多分。こんな複雑な生まれの自分を引き取り、実の子として育ててくれたル・ヴェリエ侯爵家の皆にはとても感謝している。けれど、その感謝の裏で、もしここで命を落とすことができるならばと考える自分を感じるのだ。

死にたがりのもう一人の自分がいる。それはきっと、望まれて生まれてきたわけではないからだろう。

実父となる国王もクロヴィスを息子とは思わず、臣下としてしか扱《あつか》わない。王妃に至っては顔を見るのも嫌なのか、なるべく顔を合わせないようにしている。

侯爵家の皆が自分を大切にしてくれればくれるほど、自分は生まれてきてはならない存在のように思えた。自分が引き取られたせいで、本来ならばローズが継ぐはずだった侯爵家を自分が継いだことも、未だに心苦しい。

そんな自分を庇《かば》って養父は命を落とした。クロヴィスを狙って放たれた矢から身を挺《てい》して守ってくれた。クロヴィスの剣技をもってすれば、飛んでくる矢を剣で弾き防ぐこともできたのに。

養父は、息子を守るために身体が勝手に動いたと言った。すぐに手当てが施されたが、帰国し、ル・ヴェリエ侯爵邸に運ばれてまもなく、養父は息を引き取った。死に顔は満足げなものだった。

（世界は、ままならない……）

死にたいと思うときに死ねない。だがそう思うことが罪だともわかっている。

それを口にすることは、自分を家族として見てくれている侯爵家の皆に対して失礼なことだと、わかっている。だが――心の奥にそれはずっとこびりついている感情だ。

青年の気配が完全に消え去ってから、ダミアンが言った。

「一つ、お耳に入れておきたいことが……アリンガム国の戦後処理をさせている者たちから、残党に怪しい動きがあると」

残党がまだいるとはいえ、内戦はおさまったと言える状況だ。あとはアリンガム国が後始末をすべきだが、クロヴィスは部下をかの国に留《とど》めていた。

「ジェイドの行方がまだわかっていないのか」

内乱時、一番厄介《やっかい》な犯行組織があった。そのリーダーをしていたのがジェイドという男だった。クロヴィスが男に相当な痛手を与えて捕らえたが、尋問のために監禁していたところ、逃げられてしまったという。

　筋肉隆々としたいかにも戦士という体軀《たいく》を持つ男のことを思い返す。男の片目を潰すように顔面に斜めに切りつけた傷は、相当の深手だったはずだ。命があるとは思えないが、あの男ならば生き延びるかもしれない。

　顔半分を覆う包帯を乾かない血で赤く染めながら、ジェイドは追っ手に向かって笑いながら宣言したという。

『あいつに首洗って待ってろって伝えといてくれや！　この礼は必ずする。何倍にして返すかは検討中だってな‼』

　生き長らえれば、必ずクロヴィスの命を狙ってくる。そう思わせるだけの執着がジェイドからは感じられたと報告を受けていた。

「申し訳ございません。まだ……」

　予想していた答えだ。クロヴィスは引き続きジェイドの行方と、その組織の動向を調査するように命じた。つまり、あの男はまだ生きているのだ。

「どうか充分にお気をつけください」

　厳しい表情でクロヴィスは頷いた。

（お昼……食べていただけたかしら。お好みの味だったかしら）

これまでのクロヴィスとの食事の様子から、彼の好みと思われる味のものにしたつもりだ。少しでも気に入ってもらえればいいのだが、反応が気になってなんだかそわそわしてしまう。

夕方になるとクロヴィスが帰ってきた。予定よりも早い帰宅だ。

真っ直ぐにアニエスの部屋にやってきたクロヴィスは、こちらが帰宅の挨拶《あいさつ》を口にする前に言った。

「今帰った。君の作ってくれた昼食はとても美味かった」

それだけ言うとクロヴィスは背を向け、自室に戻ろうとする。用件だけを告げる味気ない言葉の中にそれでも彼が喜んでいる様が見えていて、嬉しかった。

アニエスは微笑んで言う。

「クロヴィスさま、着替えをお手伝いします！」

「では、頼む」

クロヴィスとともに彼の自室に向かうと室内に使用人が控えていたが、事情を知るとすぐに退室した。

クロヴィスが軍帽を脱いで渡す。彼が上着を脱ぐのを手伝って、それらを隣室のクローゼットルームの所定の位置に置く。

そしてクロヴィスのところに戻ると、彼がシャツを脱いだところだった。

突然目の前に裸の背中を見ることになり、アニエスは声にならない悲鳴を上げて硬直した。クロヴィスは特に気にせずシャツを脱ぎ、アニエスに手渡す。

「どうした」

それどころか不思議そうに問いかけられてしまい、動揺したことが恥ずかしくなる。伏し目がちに受け取ったシャツを腕にかけると、ふと気づいた。

クロヴィスの背中は、大小様々な傷跡がある。古傷はもちろんのこと、つい最近治ったばかりと思われる傷もある。いや、背中だけではない。二の腕、脇腹、肩、胸元などにも古い傷跡がある。アニエスは小さく息を呑《の》んだ。

アニエスの様子に気づき、クロヴィスは少々気まずそうに眉根を寄せた。

「見苦しいものを見せた。悪かった。君からすれば、気持ち悪いだろう」

刻印のようにあちこちに残る傷は、クロヴィスがいくつもの戦いを経てきた証拠だ。彼の働きにより、この国はどの国にも蹂躙《じゅうりん》されずにいる。

アニエスは真剣な声と瞳で言った。

「気持ち悪くなどありません。これは、クロヴィスさまがこの国を守ってくれた証です。この国をいつも守ってくださってありがとうございます」

使用人が用意しておいた新しいシャツを広げ、袖《そで》を通してもらう。前に回ってボタンを留めようとするとクロヴィスは片手を軽く上げて断り、自分でし始めた。そうしながらこちらをじっと見下ろして言う。

「礼を言われることではない。死ぬことは、怖くない」

心の強さに尊敬の目を向ける。ボタンを留め終えたクロヴィスは、しかし困ったように微苦笑した。

「……そういう目で見ないでくれ。俺は尊敬されるようなことをしてはいない」

「そんなことはありません。クロヴィスさまの心が強い証です。その強さが、この国を守ってくださるのですね」

「違う。……俺は多分、死にたがっているだけだ」

（死にたがっている……？）

不穏な言葉にアニエスは眉根を寄せる。どういう意味なのか問いかけようと口を開きかけ、しかし躊躇《ためら》った。それはクロヴィスの心に触れることではないか。

頭の奥で、もう一人の自分が踏み込んでは駄目だと告げている。このままさりげなく退室して、彼との話を終わらせた方がいい。そうすればこれ以上好きになることもない。

（そうよ。このまま着替えの手伝いだけをして、話は他愛もない世間話を……）

クロヴィスがじっとアニエスを見下ろして言った。

「面白い話ではないが、君に聞いてもらいたい」

そんな前振りをされ、心の中で警鐘がさらに強く鳴った。だが、気づけばアニエスは強く頷いていた。

「——俺は、ル・ヴェリエ侯爵の実子ではない」

「……え……？」

心臓がわし掴みにされたような衝撃を受けた。アニエスは大きく目を見開き、絶句する。万が一にも他者に聞かれないようにするためか、クロヴィスがアニエスの腕を掴んで抱き寄せた。覆い被さるように耳に唇を寄せ、低い声でそっと囁《ささや》く。

「……っ⁉」

先ほどのものを上回る衝撃を受け、アニエスは真っ青になってクロヴィスを見上げた。相変わらずの無表情だったが青い瞳が底冷えし、背筋が震《ふる》え上がるほどの冷酷さを孕《はら》んでいた。クロヴィスと親密になってから、初めて見る瞳だった。

「俺の父は荷運びをしていた母をたまたま目に留めて、手籠《てご》めにした。そして生まれたのが俺だ。当時はまだ現王妃との間に子がなかったから、俺を殺すつもりだったらしい」

淡々と告げられた言葉はあまりにも短い。けれどその事実の裏でどんな愛憎劇が繰り広げられていたのかは、少し考えればわかる。

現国王に庶子がいたとは、噂でも聞いたことがない。当時、緘口令を敷いたのだろう。

「実母は俺を殺させないために相当苦労して逃げてくれていたらしい。そのせいで身体を壊して早逝し、俺は王妃たちに捕まった。実父は、さすがに殺すのは寝覚めが悪いとでも思ったのか、そのときまだ子供のいなかったル・ヴェリエ侯爵に俺を預けた」

現国王は若い頃、女性に対して節操がなかったと聞いたことがある。だが今はそんなこともなく、特に王妃との仲が悪いという噂もない。その分、仲睦《なかむつ》まじい様子を見ることもなかったが、二人の王子に恵まれている。それはこの事件による変化なのかもしれない。

二人の王子はアニエスと同世代だ。彼らはクロヴィスが異母兄弟であることを知っているのだろうか。……いや、知らないだろう。

徹底的な緘口令は、クロヴィスの出自を完璧に隠している。それを今更公にしたところで不幸しか生まれない。クロヴィスはもうル・ヴェリエ侯爵として功績を上げ続け、国は安定し、二人の王子も跡継ぎとしてそれぞれの役目を全うしている。

過酷な状況で子を産み、乳《ち》飲《の》み子を守りながら逃げ続けたクロヴィスの実母の苦労は、いかほどのものだったのか。非情で不当な仕業によってできた腹の子を守りながら逃亡するだけでも、大変だったはずだ。

決して望んでできた子ではない。だが自分の子として守り続けた彼女はとても心が強く、愛情深い人だったのだろう。会ったこともない女性に、アニエスは尊敬の念を抱く。

「俺は実母のことを覚えていないが相当の苦労をしたはずだ。それは俺を身《み》籠《ご》ったからこその苦労だ。俺が宿らなければそんな苦労もなく、早逝することもなかっただろう」

変わらず静かで淡々とした物言いだ。だがアニエスは、クロヴィスの腕をそっと摑んだ。

（だってその言い方ではまるで、クロヴィスさまが生まれてきてはいけなかったと言っているのと同じ……）

「父は物心つくとすぐに俺の出自を教えてくれた。そのうえで大事な息子だと折に触れて伝えてくれていた。侯爵家に受け入れられ、可愛《かわい》い妹に優しい母、尊敬する父を得ることができた。それはとても得難い幸福だと感じている。だが、俺よりももっと幸福になるべき相手がいる。例えば、国のために命を賭《と》してくれる者だ。彼らを必ず生きて国に戻すことは、俺に課せられた絶対的使命だと思っている」

静かで落ち着いた声音の奥に、彼に似つかわしくない熱が感じ取れた。アニエスはクロヴィスを見上げ続け、不思議な違和感と不安感を覚える。

「誰かに必要とされている者を必要以上に命の危険に晒すことは、決して許されることではない。それならば俺が彼らの盾になる。それだけの力はある。この身体に傷が増えても、それは俺が彼らを守れた証だ。勲章ではない。彼らを守ることができたと安心したいがための、単なる自己満足でしかない」

クロヴィスが心を見せてくれている。それがとても嬉しいのに、寂《さび》しくて悲しい。クロヴィスの唇から零れる言葉がすべて、彼自身の命を軽んじているからだ。

アニエスは泣きたいような気持ちになりながら、クロヴィスに言った。

「では、クロヴィスさまを必要としている方はどうするのですか？」

クロヴィスがゆっくりと瞬きした。問いかけの意味がよくわかっていないような表情だ。

「クロヴィスさまのお考えは、我欲のない尊いものかもしれません。ですが、ご自身についてどうしてそんなに無頓着なのですか。ローズも侯爵夫人も、クロヴィスさまが無事に帰ってこられるのを、いつだって待っていらっしゃるのですよ」

戦地にクロヴィスが向かうとき、ローズはいつも不安で心配だとアニエスに話していた。侯爵夫人はそんな素振りをアニエスに見せたことはなかったが、いつもよりも会話は少なくなっていた。

（クロヴィスさまは、ご自分の命を大事にされていない）

それに気づくと、悲しさと憤りを覚えた。素晴らしい資質を持つ人が、こんな簡単なことに気づかないなんて。

「クロヴィスさまはもっとご自分のことを大事にしてください。死にたがっているなんて、そんな考えはいけません。私も、クロヴィスさまの元気な姿を見ていたいです……！」

クロヴィスの瞳が瞠られた。知らない国の言葉を聞いたかのような表情に、アニエスはハッとする。

これでは一方的に気持ちを押しつけているだけだ。高位貴族の令嬢としてはマナー違反だし、偽りの婚約者であっても誉められたことではない。

夫となる者に静かに控えめに付き従う――それが、高位貴族の妻として求められる素養の一つなのだ。

「申し訳ございません。言いすぎました……」

「いや」

クロヴィスは軽く首を横に振る。だが答える声はいつもより強張《こわば》っていて、ここ最近で少しとはいえ感じ取れていた彼の気持ちが、まったく見えなくなっていた。

アニエスは内心で青ざめた。相当不快にさせてしまったらしい。

もう一度謝ったら、許してくれるだろうか。アニエスは目を伏せる。クロヴィスがじっとこちらを見つめている強い視線だけを感じて不安になる。

（でもこれはとても大事なことだと思うわ。クロヴィスさまの発言は命を粗末にするのと変わらないもの）

たとえクロヴィスに嫌われたとしても、その考えは改めてもらいたい。だがそのために嫌われてしまうのは辛《つら》かった。

アニエスは心の中で自嘲《じちょう》の笑みを浮かべる。

（私……クロヴィスさまに嫌われたくないのね……）

――彼のことが、好きだから。

クロヴィスがふいにアニエスを抱き締めてきた。抱擁《ほうよう》の意図がわからず、困惑《こんわく》して身が強張る。クロヴィスがアニエスの髪に頰を埋め、小さく嘆息した。

「やはり、この気持ちが一時的なものだとは思えない。俺は君が好きだ。君は今の話を聞いても俺のことを気遣う言葉をくれる。その優しさが……とても心地よくて好きだ」

淡々とした声音の奥に、確かな熱を感じ取る。カッ、と頰が熱くなり、アニエスは反射的にクロヴィスを押しのけようとする。だが彼の腕はびくともしない。

「君が俺の立場や身分を考えてくれていることはよくわかっている。だが余計なことはすべて忘れて、君の気持ちをもう一度よく考えてみてくれないか」

言いながらクロヴィスの右手が髪を梳《す》くように撫《な》でてくる。唇は時折耳殻《じかく》に触れて、静かな熱を孕んだ低い声が耳中に忍び込んでくる。ぞくりと身が震え、アニエスは流されないようにぎゅっと強く目を閉じた。

直後、扉が遠慮がちにノックされた。

「お着替えはお済みになりましたか。食堂で皆様がお待ちです」

「……い、今すぐ行きます！」

慌《あわ》ててクロヴィスの胸を押し、身を離す。アニエスはなんとも言えない気まずさを胸にしまい込み、彼に笑いかけた。先ほどの言葉を聞かなかったふりをして。

「行きましょう。皆様をお待たせしてはいけませんから」

クロヴィスが仕方なさげに小さく頷き、アニエスとともに食堂に向かう。それ以上迫られなかったことにホッとし、けれど言ってもらえた言葉は、とても嬉しかった。

二つの相反する気持ちを強く感じながら、アニエスは必死に言い聞かせる。

（これ以上好きになってしまっては——駄目よ）


ル・ヴェリエ侯爵邸に滞在し、毎晩のようにパーティーに参加するようになった。クロヴィスはローズと一緒に行くパーティーにもできる限り都合をつけ、同行してくれた。

パーティーに参加するたび、ドレスとアクセサリーが用意される。毎回新しく準備しなくても大丈夫だと何度も言っているが、クロヴィスは気にしない。この程度の出費は痛手にならないから遠慮しなくていいと言い返されてしまう。アニエスに似合うものをローズと一緒に仕立て屋に発注するのを楽しんでいるようにも見えるから、強くは拒めなかった。

クロヴィスが用意してくれるものは本当によく似合っていて、アニエス自身も驚くほどだ。使用人たちもいつも髪型と化粧を完璧に整えてくれる。見た目だけはクロヴィスに似合う令嬢になっているのが、なんとも不思議だった。

社交界でのアニエスに対する陰口は相変わらずだったが、クロヴィスが傍にいるときはその声も非常に小さい。そのために同行してくれているのかもしれない。

しばらくすると、今度はクロヴィスが頻繁にパーティーに参加するのは婚約者を見せびらかしたいからだ、という噂が立ち始めた。

貴族男性たちはアニエスの美しさを誉めながらも、シルヴェストル伯爵家の実情を知っているために本当に妻になれるわけがないと嘲笑《あざわら》う。さらには女に目覚めたクロヴィスがアニエスを隠れ蓑《みの》に他の令嬢たちと楽しむつもりなのだろうという、下世話な噂もあった。

貴族女性たちはアニエスの欠点を探すことに躍起になっていた。ドレスの色が流行遅れだ、化粧も色遣いが男に媚びたものでみっともない、会話選びが洗練されていないなど、とにかく些細《ささい》な理由を勝手につけてアニエスを貶《おとし》める。

今やアニエスは、クロヴィスの婚約者ではなく愛人ではないかとも言われていた。

皆、細心の注意を払ってクロヴィスの耳に入らないよう噂を拡散していたが、逆にアニエスにはしっかりと聞こえるようにしている。そうした噂を知ると、アニエスは念のため、クロヴィスとローズに報告していた。

一番心配しているのは、クロヴィスの立場が悪くなることだ。放置していい噂とそうでないものを判別してもらわなければ、最終的に彼が難しい状況に追い込まれてしまう。だがクロヴィスはいつもどこからか噂を仕入れていて、アニエスが話す前に知っていた。

クロヴィスの愛人だという噂には非常に冷酷な怒りを示し、その噂を立てた人物をすべて調査させ、報復する寸前だった。アニエスが気づいて止めなければ、彼女たちは死体になっていたかもとローズが苦笑したほどだ。

今夜のパーティーでも、アニエスに蔑《さげす》みの目を向けながら扇の内側でひそひそと囁き合う令嬢たちがいる。かすかに愛人という言葉が聞こえた。アニエスは内心で疲れた溜息を吐いたが表情は決して変えず、クロヴィスの隣で婚約者としての演技を続けていた。

クロヴィスと世間話をしていた貴族男性は微笑を浮かべて寄り添っているアニエスに興味があるらしく、何度もチラチラと視線を送ってくる。これは一晩どうかと誘われている視線だと、経験はなくともわかるようになってしまった。

アニエスは笑みを崩さず、冷ややかに彼を見返す。

（私に触れられるのは、クロヴィスさまだけ）

その強い拒否感は、彼に伝わったようだ。残念そうに嘆息しながら肩を竦《すく》められる。あからさまな態度にアニエスは不快感を覚えたものの、微笑みは絶やさない。

だがクロヴィスはそうでもなかったらしい。アニエスの腰に腕を回して抱き寄せ、密着させる。自分の婚約者だと知らしめるような親密な仕草だったが、端整な顔は険しい。それどころか世間話に頷きながらも青い瞳は男を凝視し、威圧している。居たたまれなくなったのか、やがて彼はそそくさと立ち去った。

他にもアニエスに話しかけようとする者たちがいて、何度もこちらに視線が向けられる。だがクロヴィスの威圧感に尻込みし、誰にも話しかけられなかった。アニエスは微苦笑した。

「クロヴィスさま、他の方とお話されてきてはいかがでしょう」

「君を一人にすることはできない。君を娼婦扱いする男がこれほど多いとはな……」

声音に怒りと苛立《いらだ》ちが滲《にじ》んでいる。自分の代わりに怒ってくれることをとても嬉しく思いながらも、アニエスは努めてなんでもない表情と声を作って続けた。

「お気遣いありがとうございます。ですが仕方のないことです。没落した私がこのようにクロヴィスさまのお傍にいられることは奇跡です。それに、これくらいの嫌がらせは予想していました。それどころかもっと悪く言われると思っていましたから……この程度で済んでいるのはクロヴィスさまが目を光らせてくださっているからですね」

「腹立たしくは思わないのか」

「思います。でも、私は私自身に、そしてクロヴィスさまと私を大事にしてくれる家族や友人に恥じないでいればいいのだと思います。そういう仕事だと納得してお引き受けしました。だから大丈夫です」

（そう、これは仕事）

そのためにクロヴィスからは高い給金が支払われている。その金で着実に借金は減り、完済も間近だ。生活はずいぶん楽になったし、フランソワが変に虐《しいた》げられることもなくなった。

クロヴィスが薄い唇を強く引き結ぶ。じっとこちらを見つめる青い瞳に浮かぶ感情は、読み取れない。だがほんのわずか、苛立ちが滲んでいるように見えた。

「君の凛《りん》としたその姿勢はとても好ましい。それに仕事をきちんとこなそうとする心意気も素晴らしい」

「……ありがとう、ございます」

誉めてもらっているのにあまり嬉しくないのは、クロヴィスが苛立っているような――怒っているような空気を放っているからだろうか。だが、理由がわからない。

ふと、クロヴィスが会場内にいた男性に気づいた。

「少し話をしてきたい相手がいる」

「わかりました。では私はここでお待ちしていますので」

「いや、女性用休憩室にいてくれ」

このパーティーでは女性用と男性用、それぞれに休憩室が用意されていた。もちろん、男女一緒に入れる部屋もある。てっきりこの場で待っていればいいとばかり思っていたのだが。

「彼との話が終わったら、今夜はこれで帰る」

「わかりました。お待ちしております」

軽く頷いてクロヴィスが目的の男性へと近づいていく。アニエスは二人が話し始めるのを確認してから、会場を出た。

参加者たちの視線が一気に全身に突き刺さってくるが、クロヴィスがまだ会場内に留まっているため追いかけてくる者はいなかった。気づけばホッと息を吐いていた。

パーティーはまだ始まったばかりだ。この時間帯では休憩室に人はほとんどいないだろう。もしかしてクロヴィスは、アニエスの心労を慮ってくれたのかもしれない。

（いつもクロヴィスさまに気を遣っていただいて……駄目ね、私）

演技は完璧なはずだったのに、クロヴィスには気取られてしまう。彼に心配されないようにするためには、もっと演技力を鍛えなければならないと改めて思う。

（どんな陰口を叩かれても冷静に的確に対応して……それから何よりも、クロヴィスさまへの気持ちを悟られないように……）

それが一番難しい、とアニエスは嘆息した。

休憩室は会場から見事な庭園の回廊を渡った先にある。小さなドーム型の一階建ての建物があり、そこが男女そして、共用の休憩室として仕切られていた。会場から距離があるため、パーティーのざわめきも届かない。

回廊を渡っていると、庭の美しさに目を奪われた。庭師が丹精こめて作り上げたであろうそれに吸い寄せられるように、アニエスは庭園の中に踏み入った。

宵闇《よいやみ》が徐々に濃くなっていく空間で転んだりしないよう、一定の間隔で地面に小さなランプが置かれている。それが淡い灯となり、庭園をとても幻想的に見せていた。

蔓薔薇《つるばら》が絡みつくアーチとアニエスの背丈ほどに剪定《せんてい》した立木の壁ができていて、なんだか小さな迷路に入り込むようなわくわく感もある。薔薇の清楚な甘い香りを胸いっぱいに吸い込むと、自己嫌悪に陥《おちい》っていた気持ちも少し上向きになった。

クロヴィスがやってくるまでにはまだ少し時間があるはずだ。アニエスは一応周囲を確認してから、庭園の奥に進む。少しここでのんびり散歩でもして英気を養っておこう。

人の気配はこのときはまだ感じ取れず、アニエスは薔薇の香りと色合いの美しさを楽しみながら、どんどん奥に入り込む。やがて、小さな悲鳴が聞こえた。

「やめてください……！」

若い女性の声だ。驚き、声の方へと警戒しながら進む。

まさかこんなところで命を奪われるようなことは起きないはずだ。少なくともクロヴィスがこのパーティーに参加することは、貴族社会には知られているのだから。

躊躇《ちゅうちょ》はなかった。女性の声は震えており、かなり追い詰められている様子が感じ取れた。見捨てることはとてもできなかった。

急ぎ足で声の方へと向かう。立木の壁の陰に身を隠すようにして、二人の貴族令息と、いかにもパーティーへの参加が初めてと思われるおどおどした表情の初々《ういうい》しい令嬢がいた。

令嬢は今にも泣きそうな顔で身を縮めており、その様子を楽しむように二人の青年が身を寄せている。背後には立木の壁があって逃げられない。状況は一目で理解できた。

初心《うぶ》で世慣れしていない令嬢が、軽薄な彼らの餌食《えじき》になろうとしているのだろう。過去の自分が重なり、アニエスは厳しい表情で歩み寄りながら声をかけた。

「失礼します。彼女は私の知り合いです。何をしていらっしゃるのですか？」

まさか誰かがやってくるとは思っていなかったようで、青年たちが驚いて振り返る。その隙にアニエスは令嬢の腕を摑んで引き寄せ、彼女の耳元で囁いた。

「さあ、行って」

「……でも……っ」

「大丈夫だから」

にっこり笑いかけると、彼女は躊躇いながらも背を向け、急ぎ足で立ち去っていく。青年たちが追いかけられないように立ち塞がり、アニエスは彼らを真っ直ぐに見返した。

「あまりよろしくない場に来てしまったようですが……これ以上のことはどうぞお止めください。あなた方のお相手ができるほど、あのご令嬢は社交慣れしていらっしゃらないようですし」

バツの悪そうな表情で、青年たちは顔を見合わせた。

強引な誘いをした自覚はあるようだが、反省は見られない。その表情をみとめ、アニエスは内心で小さく嘆息した。よくよく見れば、見知った顔だった。

社交会で軽薄な浮名をよく流す青年たちだ。親友同士で互いに協力し合い、気に入った女性を自分のものにすることをゲームのように行っている。令嬢たちには警戒すべき存在として情報が流れているが、それでも餌食になる――それどころか不思議なことに、進んで火遊び相手にする令嬢もいた。

青年たちもアニエスの顔をみとめたようだ。表情が一変し、今度は嘲笑《ちょうしょう》めいた笑みを浮かべる。

「これはこれは……アニエス嬢ではありませんか」

「今夜のパーティーには、クロヴィスさまと一緒に？」

言いながら一歩、一歩と彼らが近づいてくる。本能的に危険を察し、アニエスは警戒心を強めながらも頷いた。

彼らはニヤニヤと嫌な笑顔を浮かべ、アニエスの身体を挟み込むように身を寄せてくる。

アニエスは慌てて一歩退いた。彼らに少しでも触れられたら終わりのような気がした。だが背後にいつの間にか一人が回り込み、二の腕を後ろから摑んでくる。前からも迫られ、コルセットで押し上げた胸の膨らみがもう少しで青年の身体に触れてしまいそうなほど近づかれた。

ぞわり、と鳥肌が立った。これはニコラに迫られたときと同じ怖気《おぞけ》だ。

（落ち着いて冷静に。私は今、クロヴィスさまの婚約者。どのようにふるまえばいいのか、わかっているはずよ）

今にも走って逃げ出したい気持ちを堪《こら》えながら、アニエスは毅《き》然《ぜん》と微笑んだ。

「少しお戯《たわむ》れが過ぎるかと……私はクロヴィスさまの婚約者です。戯れとはいえ不用意に触れては、クロヴィスさまがとてもお怒りになります」

「最近のクロヴィスさまはずいぶん変わられたと、皆で驚いています」

「婚約したということだけでなく、その婚約者をとても大切にしているようだ、とな」

　彼らの笑みが、深くなった。

「これまでクロヴィスさまは不能かと思われるほど女に興味を持たなかった。女をあてがおうとしたらずいぶんと怒られて、大変な目に遭《あ》った者もいたくらいだったからな。だが君はどうやら違うようだ」

「ねえ、アニエス嬢。どうやってあのクロヴィスさまを攻略したのですか？」

　二の腕を摑んでいた手が片方だけ外れ、アニエスの肩から首筋へと撫で上げた。

　ドレスは流行のデザインで、肩がむき出しだ。乾いた大きな手で直接肌に触れられ、ビクリと震えてしまう。

「あのクロヴィスさまを夢中にさせているんです。君の身体はそれだけ魅力的だということでしょう？」

「クロヴィスさまのおかげで借金苦からも脱したそうじゃないか。君はとても素晴らしい女性だ。己の身を高く換金する方法を知っている」

　つまり、クロヴィスに身体を売っていると彼らは言いたいのか。

　腹の奥になんとも言いがたい怒りが生まれたが、アニエスはその通りだと思い直し内心で目を伏せた。

（身体を繫げるような関係ではなくとも、クロヴィスさまを利用していることに間違いはないもの……）

こんな女にいいようにされている情けない男だと、クロヴィスも嗤《わら》われているかもしれない。彼への申し訳なさと自分がそんなふうに言われてしまう存在である悔しさが、怒りを上回っていた。

「クロヴィスさまは、君にどう触れるんだ？」

前にいた青年がくちづけそうなほど顔を近づけて囁く。顔を背《そむ》けるが、背後に立つ青年に阻《はば》まれ、さほど逃げられない。

アニエスは微笑が引きつらないよう必死に堪えながら答えた。

「それは私とクロヴィスさまだけの秘密です。誰かに吹聴《ふいちょう》することではありませんわ」

「ふうん……クロヴィスさまは君を満足させられないほど、色々と下手なのかな」

「あり得なくもないでしょう。これまで女っ気一つありませんでしたから。……もしや君がクロヴィスさまにとって初めての女性ですか？」

とんでもないことを背後の青年が口にする。クロヴィスを侮辱《ぶじょく》するなと怒鳴りたいが、唇を噛み締めて堪える。

だがその表情で彼らに誤解されたようだ。彼らの言葉通り、クロヴィスとの情事に満足していないのだと。

彼らは互いに一度目を合わせて頷き合うと、アニエスに優しく蕩《とろ》ける笑みを浮かべた。

大多数の女性に好まれる容姿を持つ彼らがそんなふうに笑いかけると、初心な貴族令嬢ならばあっという間にときめいてしまうかもしれない。だがアニエスは、怖気しか感じなかった。

「ねえ、アニエス嬢……私たちと一緒に楽しみませんか？」

「私たちはクロヴィスさまと違って色々なことを知っている。君の身体も心も満足できる、刺激的なことをたっぷり教えてあげられるさ」

「そう、例えば……私たち三人で、とかね……」

二人が左右それぞれの耳元に唇を寄せて、甘く囁いた。熱い呼気が耳朶《じだ》に触れて、アニエスの怖気は一層強くなる。

もうこれ以上は無理だ。クロヴィスが悪く言われるかもしれないが耐えられそうにない。平手打ちして逃げ出すことを決める。

（私に触れていいのは、クロヴィスさまだけよ！）

行動しようとしたとき、背後にいた青年の手が急に身体から離れた。直後、ひどく不様《ぶざま》な呻《うめ》きが上がる。驚いて振り返れば、いつの間に来たのかクロヴィスがいた。

クロヴィスは右腕を青年の首に絡め、容赦なく締め上げている。青年が白目をむき、口を半開きにして失神した。

クロヴィスが腕を離す。青年が崩れ落ちた。

青い瞳は底光りし、震え上がるほど恐ろしい。

「その手を離せ」

一歩踏み出しながらクロヴィスが言う。地獄の底からの声とはまさにこの声を言うのではないか。アニエスももう一人の青年も青ざめて絶句する。

クロヴィスが踏み出した先に、失神した青年が倒れている。だが彼は構わず青年を踏みつけて前進した。ちょうどみぞおちに爪先が沈み、意識を失ったままの青年が苦痛に大きく身体を震わせたものの、クロヴィスは一切気にしない。

硬直したまま動けずにいる青年をじっと見据《みす》えたまま、近づいてくる。青年が声にならない悲鳴を上げた直後、クロヴィスが一呼吸で肉迫し、顎《あご》に掌底《しょうてい》を打ち込んだ。

「……っ‼」

青年がよろめき、尻餅をつく。押さえた口から血が溢《あふ》れ出した。折れたらしい歯を、青年が悲鳴とともに吐き出す。

クロヴィスは地面に尻を擦りつけて恐怖に引きつった青年の足をまたぎ、仁王立ちになって見下ろす。威圧感は凄まじく、青年は恐怖に引きつった真っ青な顔で彼を見上げた。

「私のアニエスに、何をしようとしていた？」

「……あ、あ……」

青年が喘《あえ》ぐ。正直に答えても、クロヴィスの制裁からは逃げられない――それを悟った瞳は、みるみる絶望感に染まっていく。

　クロヴィスは青年の髪を摑み、引き上げた。

「何をしていたのかと聞いている。答えろ」

　せっかく整えた髪もめちゃくちゃだ。青年は震えるばかりで何も言えない。

　クロヴィスの猛烈な怒りにあてられて硬直していたアニエスはハッと我に返り、慌てて彼の腕を摑んで止めた。

「何も！　何もされていません……!!」

「状況報告は正確にするものだ」

　凍った瞳だけこちらに向け、クロヴィスはまったく感情が読み取れない顔で言う。無機質すぎる表情は、端整だからこそなおさら恐ろしい。

「俺が君を見つけたとき、君はあの男に後ろから腕を摑まれ、この男に肩から首を撫でられていた。これが何もされていないと？」

「そ、それ、は……確かに、そう……です……」

「次は正しい報告を頼む」

　言ってクロヴィスは、上着の内側に右手を滑り込ませた。

　内ポケットから取り出したのは、護身用の短剣だ。片手で器用に革カバーを外すと、その刃をアニエスに触れていた青年の右手首に押しつける。

ぷつ……っ、と圧力で皮膚が裂け、血が薄く滲み始めた。青年が恐怖に大きく目を見開く。

まさか、とアニエスも大きく目を瞠った。

「私の婚約者に許可なく触れた罪は重い。アニエスに触れた手を切り落とす。お前の罪には相当のものだ」

「駄目です、クロヴィスさま!!」

アニエスは渾身の力でクロヴィスの短剣を持つ腕にしがみつき、青年から懸命に引き剝《は》がした。突然のことに驚いたのか、クロヴィスの力がわずかに緩んだ。

その隙を逃さず、アニエスはクロヴィスの腕を一気に引き寄せる。刃が頬に触れそうになり、クロヴィスが短剣を離した。

「早く行って!」

恐怖と苦痛に身を強張らせていた青年は逃げられるとわかった瞬間、親友を抱き支え、必死の形相《ぎょうそう》で立ち去っていく。クロヴィスが忌々《いまいま》しげにその様子を見つめ、アニエスの手を腕から剝がそうとした。

「あの男たちにはきっちり罪を償わせた方がいい。離せ」

「いけません!! この程度のことであの人たちの命を奪うなんて、許されることではありません……!!」

アニエスは懸命にクロヴィスの腕に抱きつきながら続けた。

それでも構うことなく、クロヴィスはアニエスを引きずって青年たちを追いかけようとする。踵《かかと》で地面を擦りながら、アニエスは必死で彼にしがみつき続けた。

「大したことではなく、私がうまくあしらえなかっただけです。大丈夫です!!」

直後、ぴたり、とクロヴィスの動きが止まった。ホッと安堵《あんど》すると同時に、彼が眉根を寄せて振り返る。

「……大したことではない、だと……？」

瞳を強く覗き込まれながらの問いかけに、アニエスは震え上がりながらも頷いた。

「社交界では私がクロヴィスさまを、か、身体で陥落したと噂されています……。しょ、娼婦扱いされることは覚悟していました」

「だから、あんなふうに迫られても触れられても、大したことはないと？」

クロヴィスの声は低い。先ほどの彼らに向けた厳しい声よりも低かった。

「お、怒ってくださってありがとうございます。ですが、本当に大丈夫です。それよりも私を庇ったことで、クロヴィスさまが短慮だと悪く言われる方が……」

言いながら、まだクロヴィスの腕にしがみついたままだったことに気づく。よくよく見れば、胸の膨らみをぎゅうぎゅう押しつけていた。止めるのに必死だったとはいえなんて破廉《はれん》恥《ち》なまねを、とアニエスは慌てて手を離そうとする。

「君は……っ」

だが離そうとした手を、クロヴィスに摑まれた。え？　と思う間もなく、彼の腕が腰と背中に回り、拘束するかのごとく強く抱き締められた。驚いて顔を上げれば嚙みつくような荒々しく激しい——けれど秘所が潤ってしまいそうなほど熱いくちづけを与えられる。

「……ん……んっ、ん……っ⁉」

くちづけに驚き戸惑《とまど》って、大きく目を見開く。クロヴィスは目を閉じず、じっとこちらを見つめながら容赦のない官能的なくちづけを与え続けた。綺麗な青い瞳の奥に、ジリジリと焦《こ》げるような苛立ちが見えた。

あの青年たちを罰するのを止めたことが駄目だったのか。それともうまくあしらえなかったことがいけなかったのか。どちらにしてもアニエスの行動が不快だったのだ。

「クロヴィスさま、あ、あの……も、申し訳……あ……んぅ、んー……っ」

クロヴィスに謝らなければと思うのだが、くちづけが激しすぎてできない。少しでも唇を離そうとすると彼に後頭部を握り締めるように摑まれ、さらに引き寄せられる。

「黙、れ……っ」

クロヴィスのすらりとした片足がドレス越しに膝を割って足の間に入り込み、引き締まった太股が恥丘《ちきゅう》をぐっ、ぐっ、と押し上げてきた。

刺激的な愛撫に、アニエスは大きく目を見開く。見つめ返す青い瞳が徐々に滲んでいくのは、くちづけと恥丘への愛撫で淡い涙が浮かんでくるからだ。

クロヴィスはアニエスの腰を強く引きつけてくちづけながら、立木の壁の陰に引きずり込む。くちづけで、すでに身体にうまく力が入らず、アニエスはされるがままだ。足元がもつれ、倒れ込みそうになる。

引きずり込まれたそこには庭木があった。アニエスが両腕で抱きつけるほどの太さの幹に押しつけられる。

「……っ‼」

固い幹の感触を背中に感じ、一瞬だけ顔を顰《しか》める。クロヴィスがハッと何かに気づき、唇を外した。

「……すまない。痛かったな……」

クロヴィスが大きな掌《てのひら》で背中を優しく撫でてくれる。怒りの激情は収まったのかと思ったが、今度はくるりと幹に向き合うように身体の位置を変えられた。

クロヴィスが背に覆い被さり、下ろしていた部分の髪を左肩から前に流しながら首筋を露《あらわ》にする。くちづけで火照《ほて》り始めた肌に触れる外気は、思った以上に冷たく感じられた。

ぶるりと震えたアニエスの首筋に、クロヴィスが唇を押しつける。

同時に右手が胸の膨らみを摑み、妖しく揉《も》みしだき始めた。反射的に逃げようとすると、もう一方の腕が腰に絡んで引き寄せられる。

クロヴィスの手がドレスの襟《えり》から中に潜《もぐ》り込み、コルセットの下に入り込んで直接肌に触れてくる。爪を綺麗に整えてある骨ばった指が乳房に沈み込み、少し乱暴に捏《こ》ね回した。

指先がまだ柔らかい乳頭に触れて、軽く引っかかれるように愛撫される。思っていた以上の快感にビクリと震えた。

首筋を啄《ついば》んでいた唇は耳の下に移動し、尖《とが》らせた舌先が耳殻を下から上へねっとりと舐め上げてくる。

「……あぁ……っ」

熱く湿った感触が、とても気持ちがいい。身体が正直に反応してしまい、唇から小さく、けれどもはっきりと甘い喘ぎが零れ出た。

はしたない、と慌てて片手で口を押さえる。クロヴィスは小さく息を呑んだあと、その舌先を今度は耳の中に押し込んできた。

ぐちゅぐちゅと、耳中を舐め回される。複雑な窪みまでクロヴィスの舌先が入り込み、唾液が絡む音と熱い呼気も相まって、声を堪えられそうにないほど気持ちいい。耳だけでこれならば、他の部分を舐められたらどうなってしまうのか。

「……耳だけで……これ、か。他を舐めたら、どんな喘ぎ声を聞かせてくれるんだ……？」

乳頭を弄《いじ》っていたクロヴィスの指が、大胆に動き始める。

親指と人差し指の腹で優しく摘《つま》んだあと、すりすりと扱《しご》き始めた。ゆっくりと確実に頂《いただき》は硬くなり、愛撫に敏感に反応してしまう。

「……ク、ロヴィスさま……いけま、せ……」

喘ぎ声をなんとか飲み込んで、アニエスは言う。だがクロヴィスは胸の頂を指で弄るのを止めず今度は腰に回していた手を下ろし、アニエスの足を撫で上げながら器用にドレスのスカートをたくし上げてきた。

何をされるのかがわかり、アニエスは大きく目を瞠った。まさか、と振り返ろうとすると、クロヴィスの唇が耳に強く押しつけられ、熱い息とともにこれまで以上に激しく耳中を攻められる。そんなふうにされると全身が快感に打ち震え、まともな抵抗ができない。

「……あ……あ、駄目……耳、は……あぁ……っ」

「君は耳が性感帯か。他にはどこが感じる？」

膝上までたくし上げられたスカートの中に、クロヴィスの手が滑り込んだ。思わず腰を引いて逃げようとするが、後ろからクロヴィスの長い片足が足の間に入り込み、彼の身体がさらに密着してきて逃げられない。

クロヴィスの手がドロワーズの上から恥丘に触れ、優しく撫で回してきた。これまで以上の快感が触れられた場所から生まれ、アニエスは身を震わせた。

クロヴィスの指がドロワーズ越しに秘裂《ひれつ》を撫でた。中指の腹で上下に優しく擦られる。

不思議な甘苦しい快感は絶え間なく生まれ続け、腰も足も震え始めた。自分でもまともに触れたことのない秘密の場所を、布地越しとはいえクロヴィスに触られている。そう思うと不思議なことに快感が強まるのだ。

「……あ……駄目……そこ、は……駄目……っ」

「……ここが、いいのか」

クロヴィスの声はいつもより低く、少し掠《かす》れている。息も熱く、乱れがちだ。その様子にもなぜか不思議と感じてしまう。

これ以上触れられては駄目だ。そう思い、アニエスは秘裂をなぞるクロヴィスの手首を摑む。直後、彼の指が布地越しに花弁《かべん》の奥に沈み込んだ。

「……あ……っ！」

布地で花弁が擦れ、痛みに一瞬身体が強張る。だがすぐにじゅわりと蜜が滲み出し、摩擦の痛みを癒してしまう。

痛みが消えれば、快感が強まっていくばかりだ。ぬるついた蜜がドロワーズのクロッチ部分をしっとりと濡らしていく。これではクロヴィスの指まで濡れていくだろう。

羞恥で真っ赤になりながらアニエスは身を捩《よじ》るが、彼の引き締まった身体と木の幹に挟まれ、相変わらず抜け出せない。

次第に花芽《かが》がつんと頭をもたげ始めた。愛蜜で湿り透き通った布地を押し上げ、もっと触って欲しいと言わんばかりに起ち上がってくる。クロヴィスの人差し指と親指が花芽を優しく摘み、指の腹で擦り立てた。

乳首と花芽を優しく――けれども執拗《しつよう》に指で擦り立てられる。必死で甘い責め苦から逃れようと身を揺らすと、クロヴィスの股間に臀部を自ら擦りつけてしまう。

「……っ」

クロヴィスが、軽く息を詰めた。硬く熱い感触をスカート越しでもはっきりと感じる。クロヴィスが自分に欲情してくれている。そう思うと、身体が驚くほど反応してしまった。

「あ……だ、め……そんな、強く擦ったら……だ、め……！」

愛蜜でぐっしょりと濡れた布地越しに容赦なく花芽を扱かれ、アニエスは全身をビクビクと震わせる。せめて足を閉じようとしても後ろから足の間に入り込んだクロヴィスの片足が許さない。それどころか太股を臀部や割れ目に擦りつけ、アニエスの快感を高めてくる。

――もし、誰かがここにやってきたら。

この睦み合いを目撃した者は、なんと言うだろう。自分が淫《みだ》らな令嬢だとか娼婦まがいの令嬢だと罵《ののし》られることは構わない。だがこんなところで情事に耽《ふけ》ったクロヴィスを、ここぞとばかりに悪く言う輩《やから》が出てくるのではないか。

「……駄目、です……クロヴィスさま……もう……!!」

反論を許さないとでも言うように首筋を強く吸われ、乳首と花芽を同時に指で強く押し潰される。刺激的な愛撫は甘い痛みを伴っていたがとても気持ちがいい。アニエスは思わずクロヴィスの肩口に後頭部を押しつけてのけぞり、堪えきれずに喘いだ。

「……ああ……っ!!」

小さな絶頂を迎え、アニエスは淡い涙を零して身を震わせた。クロヴィスが首筋から唇を離し、舌先で愛《いと》おしげに吸いついた部分を舐め擽《くすぐ》ってきた。

「……君は、駄目としか言わないな。拒むのなら、もっと強い言葉で拒絶を示せ。そうでなければ男は……わからない。俺のように」

クロヴィスの手が離れる。膝が震え、そのまま崩れ落ちそうになる。だがクロヴィスに背中を軽く押されながら再度覆い被さられ、アニエスは木の幹に両手を押しつけられた。

クロヴィスがアニエスの腰を両手で捕らえ、自分の下腹部に引き寄せる。スカートがめくれ上がり、ドロワーズの臀部に彼の股間がぐりぐりと擦りつけられた。男根の膨らみが、服越しに臀部の割れ目を押し開くように擦りつけられる。

「……あ……あぁ……いけま、せ……駄目……」

「駄目ではわからないと言ったはずだ。嫌ならばもっとがむしゃらに俺を拒め。そうしなければ欲情した男は止まらない。君はそれをもっとよく、理解……するべき、だ……!」

嫌ではない。むしろもっと触れて欲しいと思ってしまう。快楽に蕩けた頭では咄嗟《とっさ》に嘘を吐くことができず、一瞬沈黙してしまう。

その一瞬が、クロヴィスにとっては肯定の意になってしまう。

「君は……俺に触れられて、いい、のか」

後ろから耳元で熱く囁かれ、アニエスは身を震わせる。普段の厳しく険しい彼の声からは想像できないほど、甘い囁きだ。

直後、クロヴィスの腰の動きが強くなった。そのうち彼の男根は布地が破れるのではないかと思うほどに膨れて硬くなり、アニエスは戦《おのの》きでますます言葉を詰まらせた。

それでも必死に理性をかき集めて言う。

「こんなこと……ここでは、いけませ、ん……っ」

「ここでなければ、いいのか。だが俺はここでも構わない。君を……今すぐにでも君のすべてを、俺のものにしたい……」

喉元を指先で柔らかく擽られながら、掠れた声で囁かれる。その声に彼の飢《う》えた気持ちが込められていた。

クロヴィスを慕う気持ちが、このまま受け入れたいと訴える。ただ快楽に流されて彼を受け入れてしまえばいいと囁く。何よりも彼がそれを望んでいるのならば、と。

（駄目よ……駄目!!　それではクロヴィスさまにご迷惑がかかるだけ……!!）

アニエスはきつく唇を噛み締める。鋭い痛みが蕩けた意識をはっきりさせた。すぐにクロヴィスを振り返り、彼を止めようとする。

「――クロヴィスさま、どちらにいらっしゃいますか？」

直後、使用人らしき女性の声が聞こえ、二人でハッと我に返った。一気に昂《たかぶ》った熱が引いていき、アニエスは青ざめた。

「どちらにいらっしゃるのかしら。公爵さまがお呼びなのに……」

「女性用休憩室を探したけれど、アニエスさまもいらっしゃらなかったわ。何かあったのかしら……」

どうやらパーティーの主催者である公爵が、クロヴィスを探しているらしい。

クロヴィスは気持ちを落ち着かせるために深く息を吐くと、離してくれた。アニエスは慌てて彼から一歩離れ、ドレスの乱れを直す。必死に深呼吸し、内側に溜まった熱を散らす。

クロヴィスはアニエスの乱れた髪を優しく撫でつけ、整えてくれた。首の後ろに吸いつかれたくちづけの跡《あと》は、これで見えなくなるはずだった。

そのときにはもう、クロヴィスもいつも通りの落ち着いた様子だった。けれど青い瞳の奥に宿る熱は燻《くすぶ》ったたままだ。

「……アニエス。帰ったら、もう一度きちんと話がしたい」

その目でじっと見つめられながら言われると、拒否できなかった。クロヴィスの声は深く真剣で、いつもとは違う響きがあった。

「……は、い……」

クロヴィスはアニエスの手を取り、自分たちを探す使用人たちの方へと向かう。彼の掌に乗せた指先が不自然に震えないようにするのに、必死だった。

親密な関係を持ちたいと以前より思っていたようで、主催者の公爵はゆっくり酒を酌《く》み交わそうとクロヴィスとアニエスを屋敷内の応接間に通させた。三階の大きな窓から庭を眺められる広い部屋で、幻想的な明かりが点在する庭を鑑賞できる。

クロヴィスは酒に強く、いくら飲んでもけろりとしている。対してアニエスは酒に弱い。グラス一杯分の酒を舐めるように飲みながら、クロヴィスと公爵の会話を聞いている。

公爵はクロヴィスを取り込むことを優先にしているようで、一緒にいるアニエスには目もくれない。内心ではアニエスをよく思っていないのだろう。

クロヴィスは小脇に抱えるようにアニエスを抱き寄せている。

（なんだか少し……疲れたわ……）

パーティーに参加してこれほどの疲労感を覚えたのは初めてだ。思わずクロヴィスの胸にもたれかかりたくなってしまい、アニエスは慌てて内心で首を左右に振った。

クロヴィスの温もりは心地よく、気づけば甘えてしまいそうになる。緩んだ気持ちをすっきりさせなければ。

アニエスは会話の区切り目を見つけ、化粧室に行くと言って立ち上がった。部屋の隅に控えていた使用人が頷き、アニエスを案内する。

応接間を出ていこうとすると、クロヴィスが真剣な声で言った。

「寄り道せず、すぐに戻ってくるように」

先ほどの庭園でのことを警告している。あの青年たちに襲われた恐怖よりも、クロヴィスに身体を――秘密の場所をまさぐられたことが鮮明に蘇《よみがえ》り、頬が赤くなった。

アニエスは慌てて顔を背けながら頷き、使用人とともに応接間を出る。

（……嫌だ……また、身体が熱くなってきそう……）

化粧室に入ると洗面台の水で手を清め、口をすすぐ。冷たい水のおかげで頭がすっきりし、身体の火照りも幾分収まった。

屋敷奥の化粧室だから、招待客もよほどのことがない限り入ってこない。とても静かだ。誰も来ないのならばとアニエスは装飾額にはめられた鏡に顔を映し、己に暗示をかけるように呟く。

「クロヴィスさまのために、私ができることを精一杯すること。でもあの方の気持ちに応えることは、あの方を不幸にしてしまうこと。それを忘れては駄目よ。いいわね、アニエス」

鏡の中の自分が、どこか泣きそうな顔になる。それを見ないふりをしてアニエスは化粧室を出た。

出るとすぐに階下に降りる階段と、奥に続く廊下がある。廊下の壁で待っていたはずの使用人はおらず、代わりに見知らぬ令嬢が立っていた。

パーティーの参加者だろうか。面識はない。それに令嬢らしからぬ雰囲気がある。うまく言えないが、美しく着飾った格好をしているのにそれが似合っていないのだ。いや、着慣れていないような印象を受ける。

（なんて失礼なことを思ってしまったのかしら。どちらのご令嬢か存じ上げないけれど……ご挨拶した方がいいわよね）

気を取り直してアニエスは柔らかな笑みを浮かべ、彼女に礼をする。

「ごきげんよう」

「ごきげんよう、アニエス嬢」

どうやら彼女はアニエスを知っているようだ。無理もないかと内心で苦笑すると、彼女はずいぶんと刺々《とげとげ》しい口調で言ってきた。

「あなたとお話ししたくて探していたの。見つかってよかったわ」

（公爵さまに許可を得てこんなところまで入ってきたのかしら……）

屋敷奥に招かれたのはクロヴィスと自分だけのはずだ。訝《いぶか》しく思ったものの、顔には出さない。

こちらを見つめる瞳に、敵意がある。それを隠しもしていない。おそらくクロヴィスの婚約者に成り上がったアニエスに、一言もの申しに来たのだろう。甘んじて受け止めて、文句を言わずに流すのが無難だ。

「探させてしまって申し訳ございませんでした。どのようなご用件でしょう」

「あなた、クロヴィスさまの婚約者なのですって？」

　はい、と恥じらいながら頷く。決して誇らしげにしてはいけない。

　令嬢はふうん、と鼻白《はなじら》む。その仕草はなんだかずいぶんと品がない。軽く眉根を寄せると、彼女が突然目の前に迫ってきた。貴族令嬢とは思えないほど素早い身のこなしだ。

　反射的に階段の方に一歩避ける。令嬢は間近から瞳を覗き込むように顔を寄せてきた。

（な……何かしら、この威圧感……）

　どこかクロヴィスに通じているものだ。考える間もなく、彼女がさらに問いかけた。

「クロヴィスさまはどうしてあなたを婚約者にしたの？　あなた、没落した家の娘なのでしょう？　妻にしたところで持参金もないし、それどころか悪い噂がついて回るだけでしょう？　社交界からも離れていて、令嬢としての品位も知識も他より劣るあなたを、婚約者にする理由はなんなのかしら？」

　次々と問いかけられ、内心で怯んでしまう。だがアニエスは笑顔を浮かべたままで答えた。

「損得で私を妻にと望んでくださったわけではありません。クロヴィスさまはとても優しく理性的で、物事の真実を見極める目をお持ちの方……そういったことは関係なく、私を選んでくださったのだと思います」

「それはつまり、クロヴィスさまはあなたを愛していらっしゃる、ということね？」

一歩踏み出しながら、令嬢が問いかける。互いの胸が触れ合いそうになり、アニエスは慌てて退いた。令嬢はさらに続ける。

「クロヴィスさまにとって、あなたはとても大切で愛おしい、大事な存在だということね？」

頷けば、彼女の反感を強めてしまうだろう。どう答えたらいいものかと、アニエスは頭の中でめまぐるしく最適解を考える。

彼女がまた一歩踏み出した。アニエスもまた一歩退く。

ふいに彼女がにっこりと笑いかけた。

「それが知りたかったの。次にどうすればいいのかわかるから」

どういう意味なのか問いかけようとしたアニエスの胸を、彼女が両手で勢いよく押した。

いつの間にか階段を踏み外すギリギリまで迫られていたらしい。そんな場所で突き飛ばされたら、身構えてもいないのだから落ちるしかない。

（落ち、る……‼）

身体が浮遊感に包まれ、すべての景色が遠のいていく。階段、手すり、天井の模様、そして令嬢が冷ややかにアニエスを見返す瞳――それらすべてが、遠のいていく。

「……っ‼」

衝撃が、背中から全身を駆け抜けた。後頭部にも衝撃と痛みが襲い、初めて知る強烈な痛みに息が詰まる。

「クロ……ヴィス、さ……」

薄れていく意識の中で、クロヴィスの名を呼んでいる。令嬢はすぐに身を翻《ひるがえ》し、立ち去っていく。その後ろ姿を見つめることしかできない。

急激に意識が闇に呑み込まれていく。だが闇に沈み込む一瞬前、クロヴィスの必死の呼び声が聞こえたような気がした。


公爵のつまらない政治話にとりあえず無言で耳を傾けていたクロヴィスだったが、頭の中では先ほどのアニエスとのやり取りを思い返していた。

（……あれは、やりすぎた……）

娼婦扱いをされて男たちに絡まれたことを、アニエスは仕事だから仕方がないと割り切っていた。それはとても理性的でかつクロヴィスに心的負担をかけないようにする配慮に富んだ考えだ。だがそれを聞いた直後、初めて感じる苛立たしさを覚えた。

仕事のためならば、不当に傷つけられても甘んじて受けるというのか。仕事ならば仕方ないと思える相手にならば、誰にでも身体を許すのか。いや、そんなことをアニエスは絶対にしないとわかっている。

だがあのように言われた直後、激しい怒りを感じた。同時に、仕事だと割り切るのならば彼女の純潔を奪ってもいいだろうと昏《くら》い欲望が吹き出した。

(あれは、俺の八つ当たりでしかない)

気持ちが落ち着けば、アニエスにひどいことをしたのだとわかる。それに彼女との今の関係を、仕事だからと割り切れないことをいやでも自覚させられた。

先ほどの無礼をきちんと謝り、求婚に対してもう一度考え直してもらうことが必要だ。いや、一度で受け入れてもらえなければ何度でも挑戦するしかない。彼女が自分を受け入れてくれるまで、何度でも。

そんな思考の上を滑っていく公爵の会話の途中で、突然、何かがぶつかったような──落ちたかのようなドスンという衝撃音が、閉ざされた扉越しにかすかに聞こえた。クロヴィスは青い瞳を警戒で引き締めて立ち上がった。

どうかしたのかと戸惑いながら問いかける公爵を無視し、応接間を出る。

大したことでないのならば、それでいい。だが、アニエスがまだ戻っていない。彼女の身の安全を確認したかった。

音がしたのは、化粧室に続く廊下の方だ。そこに辿《たど》り着く前に、階下に降りる階段がある。大股で向かいながら念のため階段に視線を落とし、クロヴィスは大きく目を瞠った。

十数段下の踊り場に、仰向《あおむ》けに倒れて目を閉じているアニエスがいた。

「――アニエス!!」

悲鳴のような声で呼びかけながら、クロヴィスは数段飛ばしで階段を駆け下りる。アニエスの反応は一切ない。

負担をかけないよう、そっと抱き起こす。きつく眉根を寄せて目を閉じたアニエスは、クロヴィスが何度呼びかけても応えなかった。意識のない青ざめた顔を見ているだけで、胃の腑が見えない手にぎゅっと強く握り締められたような不安感を覚えた。

反応を求め、クロヴィスはアニエスの頬を縋《すが》るように撫でた。その指先がかすかに震えていることに気づき、衝撃を受ける。

(俺は……恐れて、いるのか)

これまで目の前に迫る死すら、恐れたことがなかった。自分がどんなに大きな怪我を負っても、なんとも思わなかった。

それなのに、今、アニエスが目覚めないことで身が竦《すく》み、震えている。

数瞬遅れて、公爵が何事かと使用人とともに姿を見せた。クロヴィスの腕の中でぐったりしたままのアニエスを見ると、青ざめて絶句する。

震える指をぎゅっと強く握り締め、クロヴィスは低く厳しい声で言いつけた。

「公爵、すぐに医者を呼べ。彼女を休ませる部屋も用意しろ。急げ!」

公爵たちは震え上がって頷き、すぐに手配に走る。クロヴィスはアニエスをそっと抱き上げた。

もしも、このまま彼女が目覚めなかったら。

目の前が一瞬暗くなり、ふらついた。だがアニエスの温もりがクロヴィスを支えてくれる。まだ彼女が死んだわけではないと言い聞かせる。

何かを感じ取ったのか、ダミアンがやってきた。使用人たちから事情を聞きながら、クロヴィスに付き従う。

使用人が案内した客間にアニエスを寝かせると、公爵が手配した医者がすぐにやってきた。よもやこうなることがわかっていて準備していた者なのかと疑ったが、招待客の中に懇意にしている医者がいたという。

診断の結果、命に別状はないとのことで心底安堵した。ただ、かなり高い位置から落ちたことによる背中の打ち身がひどく、今後熱が出る可能性が高いとのことだ。その分、頭の打撲はそれほどでもないとのことが幸いだった。

やり取りを見守る公爵を追い払い、クロヴィスは治療のために露にされたアニエスの背中を見つめる。湿布薬を塗られ、白い包帯が華奢《きゃしゃ》な胴に巻きついている。

アニエスの美しい肌色に不吉に映える包帯の白さをみとめ、クロヴィスはわずかに顔を顰めた。偶然その表情を見てしまった使用人は、恐怖で失神するかもしれないが構わない。

（いったい誰が、アニエスをこんな目に遭わせたのか）

これほど腹立たしい気持ちを覚えたのは、初めてだった。

どちらにしても、ここにアニエスを留まらせるのは危険だ。目の届くところで守りたい。

「ク、クロヴィス殿、このたびは……」

ふと呼びかけに気づいて肩越しに振り返れば、扉の近くに公爵が所在なげに立っていた。

（……この男が、アニエスをこんな目に遭わせたのだろうか）

冷ややかな瞳を向けて思案するが、答えは否《いな》だった。

確かに自己顕示欲が強い男だが、強者の前では分を弁《わきま》えている。実際、アニエスを見下している雰囲気を垣間見せてはいたが、直接的に何か言ったり態度に示したりはしていなかった。そんなことをすればクロヴィスの不評を買うと、わかっている。

では、誰がアニエスを傷つけたのか。

「明日、私の部下をここに派遣する。この件、調べさせてもらう」

反論を許すつもりはない。公爵は震え上がりながら何度も頷いた。

傷に負担をかけないよう充分に注意しながらアニエスを抱き上げ、ダミアンとともに馬車に向かう。乗り込むクロヴィスに、ダミアンが低く言った。

「この件は他には漏れないよう、手配済みです」

「そうか。調査はお前が行ってくれ」

「承知いたしました」

短いやり取りのあと、ダミアンも馬車に乗り込む。クロヴィスの向かいに座り、すぐさま御者《ぎょしゃ》に出発するよう命じた。

抱き支えるアニエスの指先は少し冷たい。温もりを与えるように指を絡め、気づけば口元に運んで柔らかくくちづけていた。この唇の温もりが伝わればいいと思う。

真向かいに座ったダミアンが、驚きに軽く目を瞠った。

頬にかかった髪を指先で優しく除けてやり、クロヴィスはアニエスの顔をじっと見つめながら言った。

「――アニエスは、この気持ちを一時的な熱病だと言った」

ダミアンは何も言わなかったが、向けられる瞳は兄のように優しく温かい。

「だが、彼女と一緒に過ごせば過ごすほど、もっと長くともにいたいと思う。彼女は泣き顔が素敵だが、笑顔も戸惑った顔も怒った顔もいい。色々な顔をもっと見たいと思う。そして彼女に……触れたい。彼女と深く繋がり合いたい」

アニエスが何を考え、何を思うのか、心の奥底まで知りたい。そして男として触れたときにどんな反応を示すのか、知りたい。アニエスの『すべて』が知りたい。

この欲求は一時の熱病などではないと、確信する。

「俺は今夜、初めて恐怖を覚えた」

「何を怖いと思われたのですか」

優しい声で促され、クロヴィスは答えようとして唇を閉ざした。

言葉にすると現実になりそうで怖い。こんな想いを抱くのも、初めてだ。

「……彼女を、喪《うしな》うことが」

ダミアンは優しい笑顔を浮かべて続けた。

「クロヴィスさま、何かを喪うことを恐れる気持ちをもっと強く感じてください。それはアニエスさま、侯爵夫人やローズさま、私や部下たちがクロヴィスさまに感じていることなのです」

【第五章　結ばれる夜】

（背中が……痛い……）

最初は何も感じなかったのに、時間が経つにつれてズキズキとした痛みが背中から全身に広がっていった。だが、部屋で休むことはできない。今夜もクロヴィスの婚約者役としてパーティーに参加することが決まっているのだ。

時計を見れば、あと少しで出かける時間だ。支度を手伝ってもらいたいのだが、使用人たちが呼び鈴を鳴らしても誰も来ない。それどころか侯爵邸で与えられた部屋から、アニエスの荷物が一切なくなっていることに気づいた。どういうことだ。

背中の痛みが、思考を鈍《にぶ》くさせている。わからない。とにかくクロヴィスに会わなければ。会って話がしたい。

すると、扉が自動的に開いた。扉の向こうにいたのは、クロヴィスと――見知らぬ令嬢だった。

不思議なことに、顔部分だけが暗く陰っていて誰だかわからない。なぜかとても不安になった。

る。ズキリと背中が痛んだ。

「アニエス、まだいたのか」

軽く驚きに目を瞠《みは》って、クロヴィスが言う。アニエスは慌《あわ》てて頭を下げた。

「申し訳ございません。今夜のパーティーの支度をしようと思っているのですが、使用人が誰も来られないようで……」

「当たり前だろう。君はもうこの屋敷にいる必要がなくなった。契約は終了した」

「……え……？」

「俺は真の愛に出会えた。彼女が私の妻となる」

顔のわからない令嬢が唇を動かした。「初めましてアニエスさま」と紡《つむ》がれていることがわかるが、声が聞こえない。

クロヴィスがアニエスに優しく微笑みかけた。

「君のおかげだ。こうして俺は真に自分に相応《ふさわ》しい妻を娶《めと》ることができた。君の働きには一生感謝する。これはささやかな礼だ」

クロヴィスの背後に、なぜか突然馬車が二台も現れた。二台とも扉が自動的に開き、車内からじゃらじゃらと金貨が流れ落ちる。それらはまるで洪水のようにアニエスに迫ってきた。

あっという間に足首まで金貨で埋もれ、アニエスは茫然《ぼうぜん》と目を見開いてクロヴィスたちを見返した。

令嬢の腰を愛《いと》おしげに引き寄せ、とても幸せそうにクロヴィスは微笑む。アニエスへの感謝に満ち溢《あふ》れた笑みだ。彼のこんなに幸せそうな顔は初めて見る。

（ああ……クロヴィスさまは正しい道をお選びになったのだわ）

「これで君は不自由なく一生を終えることができるだろう。君には一生感謝してもしきれない。何か困ったことがあれば、いつでも相談してくれ。だが、私はこれから彼女と生きていく。これまでのように親しくすることはできなくなるが承知してくれ」

「これからは、私がクロヴィスさまをお支えいたします」と令嬢は唇だけ動かして言う。声は変わらず聞こえない。

では行こう、とクロヴィスが令嬢を促す。アニエスはクロヴィスを追いかけようとするが、金貨に足を取られて動けなかった。

ああこれは夢だ、とあまりにも不可思議な状況が教えてくれる。夢なのに――覚悟をしていたことに対して、なぜこうも胸の痛みを覚えるのか。

伸ばした指の先で、クロヴィスは令嬢とともに行ってしまう。呼びかけても止まらない。

（もう会えなくなってしまう）

分《ぶ》を弁《わきま》えなければならない。それに、数か月とはいえ、彼と偽の婚約者同士としての蜜月を過ごすことができたのだ。それを誇りにすればいい。そして彼が誰にも文句もつけられない令嬢とともに生きていけることを、喜ぶべきなのだ。自分では、クロヴィスを幸せにできないのだから。

（それが、私の望んだこと）

自分では彼に苦労や迷惑しかかけない。だからこれ以上好きになってはいけないと戒《いまし》めてきた。何を悲しむことがあろうか。

（それは、私がクロヴィスさまを好きだから）

「私……私、クロヴィスさまが好きです……‼」

そんなことを言われても、クロヴィスが困るだけだ。だが今ここで言わなければ取り返しがつかなくなると思えた。

今更気持ちを伝えたくなるなんて、自分のことしか考えていない。そんな醜《みにく》い心をクロヴィスは軽蔑《けいべつ》するだろう。わかっているのに言わずにはいられない。

（だってこれは夢だもの。この夢の中でまで、私は自分の心を抑えなければいけないの？）

現実では言えない。だが夢の中でならば言える。せめて夢の中でくらい、本当の気持ちを伝えてもいいではないか。ずっと飲み込み抑え続けてきたクロヴィスへの想いを口にしたい。

だからアニエスは、遠ざかり続ける彼の背中に必死に手を伸ばしながら叫ぶ。

「――私、クロヴィスさまが好きです……‼」

伸ばした手を、ぎゅっと強く摑まれた。一瞬顔を顰《しか》めてしまうほどの強い力に、アニエスは目を開く。

視界いっぱいにクロヴィスの真剣な顔があった。鼻先が触れ合いそうなほどの至近距離だ。

「……目が覚めたか、アニエス……！」

「クロ、ヴィスさま……？」

状況がすぐに吞《の》み込めず、戸惑《とまど》いながら呼びかける。声が掠《かす》れていて喉がいがらっぽく、アニエスは小さく咳《せ》き込んだ。

クロヴィスがサイドテーブルに用意してあった水差しからグラスに中身を注ぎ、手渡してくれる。受け取ろうとしたが腕を動かした際に予想もしていなかった痛みが背中に走り、小さく悲鳴を上げた。

クロヴィスがアニエスの身体を支え、背中に柔《やわ》らかなクッションをいくつも置いてくれる。

「これでどうだ。痛みはましか」

「……だ、大丈夫です……」

羽のような柔らかさを持つクッションに背中を支えてもらうと、痛みは落ち着いた。

その痛みで階段から落ちたことを思い出す。いや、突き落とされたのだ。あの見知らぬ令嬢に。

アニエスはハッと我に返り、慌ててクロヴィスに言った。

「クロヴィスさま、あの、この件で何かご迷惑をかけたのでは……!!」

「迷惑などかかっていない。それよりも自分の心配をしてくれ。君は階段から落ちたんだ」

言ってクロヴィスはグラスの水を口に含むと、アニエスに口移しで与える。あまりにも自然すぎる動きに抵抗する間もなくされるがまま一口飲み込んだあと、アニエスは真っ赤になってクロヴィスを押しのけた。

「……あ、あの、クロヴィスさま……！　私、一人で飲めま……ん……ぅっ」

また口移しで飲まされる。唇を離したクロヴィスが、真剣な顔で言った。

「まだ手が震《ふる》えている。グラスを落として身体が濡れたら大変だ」

「でも……ん……んんっ」

反論するとすぐまたくちづけられ、結局グラスが空《から》になるまで口移しで与えられた。アニエスの身体のことを心配してくれていることがひしひしと伝わってくるくちづけだった。

水を飲み終えると、気持ちも身体も落ち着いた。室内を見回せば、ル・ヴェリエ侯爵邸内のアニエスの部屋だった。

サイドテーブルの置時計を見ると、いつもならば朝食を終えている頃合いだ。ずいぶんな寝坊だ。恥ずかしい。

「ご迷惑をおかけし、申し訳ございませんでした……」

「謝るな。君は何も悪くない」

「私はもう大丈夫です。朝食はとられましたか。私のことはお気になさらずに……」

クロヴィスがふいにアニエスの手を握ってくる。大きな掌で包み込むように握り締められ、ドキリとする。怖いくらいに真剣な瞳に息を呑んだ。

「階段から落ちたことは覚えているか。あの夜から二日経っている」

衝撃の事実にアニエスは大きく目を瞠った。丸二日間も眠っていたのか。

「幸い、怪我は背中の打ち身だけで済んでいる。まだ内出血は治まっていないが、徐々によくなる。痛みも合わせて消えていくだろう。処方してもらった湿布薬がよく効いている」

「……ご、ご迷惑ばかりおかけして……申し訳ございません……」

あの令嬢の悪意を見抜けず突き落とされ、怪我をして事件を起こしてしまった。事後処理や医者の手配、アニエスの家族とローズたちへの説明など、クロヴィスに様々な手間をかけさせてしまったことが申し訳なく、アニエスは身を縮めてしまう。

クロヴィスが、少し苛立《いらだ》たしげに続けた。

「謝るなと言ったはずだ」

「は、はいっ!!　も、申し訳……」

「次に謝ったら、くちづける。君が駄目だというやり方のくちづけだ」

声にならない悲鳴を上げ、アニエスは慌てて何度も頷《うなず》いた。

クロヴィスが、ふ、と小さく笑う。どこか困ったような——けれども愛おしさを隠さない甘い笑みだ。こんなふうに露骨に愛情を示されたのは初めてではないか。

慌てて目を伏せようとすると、それを阻《はば》むようにクロヴィスがアニエスの唇に柔らかく啄《ついば》むだけのくちづけを与えた。そして改めて両手を握り締めてくる。

「アニエス」

唇をわずかに離し、クロヴィスが呼びかけた。睫《まつげ》が触れ合いそうなほどの至近距離で、濁《にご》りが一切ない綺麗《きれい》な青い瞳に真っ直ぐに見つめられる。

「君は、俺が君に抱く気持ちを一時的な熱病だと言ったな。この熱はやがて冷め、俺の妻として相応しい相手が自分ではなく別の誰かなのだと気づけるようになると」

こんなふうに切り出してくるということは――クロヴィスは、アニエスへの気持ちが一時的なものだと気づき、本当に妻にすべき存在を見つけたということか。

ズキリと胸が痛む。気持ちを伝えたいと強く思い始めたが、やはりそれはやめておいた方がいいのだと思い直す。すべて、遅すぎたのだ。

ならば自分がすべきことは速やかに彼の前から去り、新たにル・ヴェリエ侯爵家に迎えられる令嬢に迷惑にならないよう、侯爵家との関わりをすべて絶つことだけだ。

「俺は君が目覚めなかった二日間で確信した。この気持ちは一時的なものではない。俺は君が好きだ。君の心も身体も何もかもすべて欲しいと思う気持ちは、気の迷いではなかった」

改めて想いを告げられ、アニエスは目を瞬かせる。クロヴィスはとても真剣な表情で続けた。

「君をこのまま喪《うしな》うかもしれないと思ったとき、俺は生まれて初めて恐ろしいと感じた。目の前が真っ暗になり、足元がおぼつかなくなり、君を激しく揺さぶって強引に起こしたい気持ちに駆られた。俺は君を喪えない。君がいない世界が想像できない。君が俺の隣にいないことが、もう考えられなくなってしまった。それに君のあの言葉を聞いたら──もう絶対に離せない」

クロヴィスがアニエスの手を引き寄せ、指の関節に優しくくちづける。彼の決断を後押ししたと思われる発言をしたようだが、思い当たるものが一切ない。

クロヴィスは熱のこもった声と視線で告げた。

「うなされながら、君は、俺のことが好きだと叫んでいた」

「……っ‼」

夢の中で、確かに叫んだ。顔が見えなかった令嬢とともに立ち去っていくクロヴィスに向かって、必死に叫んでしまった。夢の中だからこそ口にできた想いだ。

(私……声に出していた、の……⁉)

かあぁぁっ、と耳まで真っ赤になったあとアニエスは俯《うつむ》き、慌てて弁明した。

「……それ、は……夢の中、の……ことで……っ」

「夢は見ている者の深層心理を表すという。あの叫びは君の本心だ。君も俺を好いてくれているということだ」

返答に困ってしまい、アニエスは目を逸《そ》らす。あれほど自分に言い聞かせていたというのに、寝言であっという間に本心が知られてしまうなんて。

握る手に力を込め、唇があと少しで触れ合うところまで端整な顔を近づけて、クロヴィスは問いかける。

「君の本心を聞かせてくれ。俺を好いてくれているのか」

これがクロヴィスに本当の想いを伝えることのできる最後の機会になるかもしれない。だが頭の隅に残る理性が、止める。アニエスは軽く唇を噛み締めた。

（本当に、お伝えしてもいいの……？）

「余計なことは一切考えるな。俺は今、君の本当の気持ちだけが知りたい」

「……でも私のせいでクロヴィスさまがご苦労されるのは……嫌、です」

「その程度の苦労で潰れてしまうほど、俺は情けなく頼りにならない男か？」

アニエスは慌てて首を横に振る。

「そんなことはありません！　クロヴィスさまは心も身体も、強いお方です。……私の心配は杞憂《きゆう》なのかもしれません。それでも、大切な人が自分のせいで苦労するとわかっているのに、心のままには……」

クロヴィスが唇をぶつけるようにくちづけてきた。そのまま荒々しく舌が口中にねじ込まれ、深く濃厚なくちづけが与えられる。

最後まで名残惜《なごりお》しげに舌先を触れ合わせたあと、クロヴィスが唇を解放してくれる。は……っ、と小さく息を吐く仕草が妙に艶《つや》めいて感じられた。

「これで最後にする。だから本当のことを教えてくれ。君は、俺のことが好きか？」

どこか必死さを感じる声だった。心から求めてくれているのだとわかる。

断りなさいそれがクロヴィスさまのためよ、と理性が警告する。わかっている。わかっているが。

気づけば唇は勝手に動き、消え入りそうな震える声を押し出していた。

「クロヴィスさまが好き、です……」

クロヴィスが息を詰めて軽く目を瞠り、じっとアニエスを見返した。一言一句、聞き漏らすまいという気迫を感じる。

想いを告げる気持ちの昂《たかぶ》りや、彼に今後苦労をかけてしまう申し訳なさ、それでも抑えられない想いなどがない交ぜになり、彼の気迫も気にならない。溢れる想いのまま気持ちを口にすると、不思議と涙が出てくる。

「クロヴィスさまが好きです……！　ご、ご迷惑をかけてしまうとわかっていますけれど、それでもいいとクロヴィスさまが仰《おっしゃ》ってくださるなら……お、お傍に、置いていただきたいです。私、クロヴィスさまが悪く言われないよう、精一杯頑張りますから……っ」

クロヴィスがアニエスを抱き締め、髪に頬を埋めた。首筋や耳元にくちづけながら、熱い声で言う。

「君が好きだ。俺の妻になれるのは君だけだ。俺の傍《そば》にいてくれ」

アニエスはぽろぽろと喜びの涙を零してしまいながら、クロヴィスの広い肩口に顔を埋め、何度も何度も頷く。

クロヴィスが耳元から頬へ唇を移し、零れ落ちる涙の雫を吸い取る。そのまま涙の跡《あと》を舌先で優しくなぞり上げ、目元に溜まった雫も吸い取った。

「好きだ……」

こんなに甘く情熱的な声を彼が発するとは思わなかった。アニエスの耳にだけ届く低い声を聞いただけで、ゾクリと感じてしまう。

震える背筋を、クロヴィスが労《いたわ》るように撫で上げる。そうしながらも唇は反対側の涙も吸い取り始めた。

「好きだ、アニエス。……この泣き顔もいい。俺をこんな気持ちにさせるのは、君だけだ」

熱く甘く囁《ささや》かれると、また唇にくちづけられる。想いを通じ合わせてからのくちづけだからなのか、これまで以上に蕩《とろ》けるほど気持ちがいい。

クロヴィスの舌の動きが激しくなり、舌を貪《むさぼ》られる。そうしながら背中を優しくベッドに倒された。小さな痛みに顔を顰《しか》めると、クロヴィスが我に返って唇を離す。

せかけた。

「……すまん！」

慌ててクロヴィスが身を離し、アニエスの背中を痛めないように優しくクッションにもたせかけた。

「大丈夫です。少し痛んだだけですから」

「駄目だ、養生してくれ。……だが、くちづけは許してくれ」

言うなり重みをかけないよう気をつけながらアニエスに覆い被さり、先ほどよりももっと激しくくちづけられた。背中の痛みがなければ今すぐにでも抱きたいと言われているようだ。

これまでクロヴィスの求めを拒んでいたのだ。これからは素直になりたい。彼が欲しいと言ってくれるのならば、応えたい。

唇が優しく離れる。アニエスはくちづけで蕩けた瞳で目元を赤く染めながらも言った。

「あ、あの……クロヴィスさまさえよろしければ、私はいつでもお応えするつもり、です」

クロヴィスが軽く目を瞠って息を詰め、じーっとアニエスを見返す。視線の強さに怯《ひる》みそうになると、彼は片手で目元を覆った。

「……君は素直になるとたまらなく可愛《かわい》い。そんなふうに言われると、今すぐ襲ってめちゃくちゃに抱きたくなる。だが……」

クロヴィスは眉根を寄せ、己に言い聞かせるように続けた。

「君が完全に回復するまでは待つ。そのくらいは待てる。これまで待てたんだ。だから今は

「……くちづけだけでいい」

　再び優しくくちづけられる。アニエスは目を閉じ、クロヴィスに身を委ねた。

　クロヴィスが下唇を柔らかく食《は》み、舌先で唇の内側を舐《な》められる。彼の想いに応えたい気持ちに促され、アニエスはおずおずと舌を出した。途端に食いつくように甘噛みされ、角度を変えて貪られた。触れ合う心地よさにますます心が蕩け、互いに夢中になる。

　ようやくくちづけを終えると、クロヴィスは名残惜し気に身を離した。

「これ以上君を疲れさせたら駄目か」

　このまま部屋を出ていってしまうのか。

　よほど縋《すが》りつくような目をしていたのかもしれない。クロヴィスが、ふ、と小さく嘆息し、指を絡め合うようにしてアニエスの手を握り締めながら枕元の椅子に座る。

「君が疲れないのならば、傍にいさせてくれ」

　嬉しくて頬が綻《ほころ》んだ。直後、扉が遠慮がちにノックされ、ローズが心配そうに顔を見せた。

「アニエス、目が覚めたのね!!　よかった、身体の調子はどう!?」

　言いながらアニエスに駆け寄り、負担をかけないように優しく抱き締めてくる。

「心配かけてしまってごめんなさい。今は少し背中が痛むくらいよ」

　クロヴィスが少々渋りながらも手を離し、アニエスはローズの背中を抱き返した。

「本当によかったわ！　あなたの意識がなかなか戻らなくて……とても心配したの……！」

親友の震える声に、相当の心配をかけたのだと理解する。アニエスは安心させるためにローズの背中を優しく撫《な》でた。

クロヴィスはアニエスたちのやり取りを静かに見守っている。いつも鋭く厳しい雰囲気を含んでいる青い瞳は、今は少し柔らかい。

ローズがアニエスから少し身を離し、今度は喜びに瞳を輝かせて問いかけた。

「それで、あなたとお兄さまはついに結ばれたということなのかしら？　先ほどのあなたたち、生きて再会できた恋人同士が幸せそうに触れ合っているようにしか見えなかったのだけれど」

切り替えの早さに唖然《あぜん》とした直後、耳まで真っ赤になってしまう。

クロヴィスと想いが通じ合ったことを親友にどう伝えるべきか。自分が言ってもいいのだろうか。あれこれ悩んでいると、クロヴィスがうむ、と強く頷いた。

「お前の言う通りだ。俺とアニエスは想いが通じ合った。彼女の怪我が治り次第、二人だけの婚儀を挙げる。準備期間を待ってはいられない。貴族としての婚儀の準備も進めるが、この瞬間からアニエスは俺の妻として扱《あつか》うように」

それはアニエスが完治次第、クロヴィスに抱かれるということだ。さらにはこの瞬間から、少なくともこの屋敷内ではクロヴィスの妻として皆に扱われる。嬉しさはもちろんあるのだが、展開の早さに心がついていかない。

ローズは今にも踊り出しそうなほど明るい笑顔になった。

「アニエス、クロヴィスお兄さま、おめでとう!!　こんなに嬉しいことはないわ!!　ああもう……貴族の結婚はしきたりが多くて、明日すぐに結婚といかないところが難点ね……」

本当に、と言いたげにクロヴィスがわずかに顰めた顔で大きく頷く。

「お母さまに報告して、使用人たちにも徹底させます。婚儀の準備についてもすぐに始めますわ！　まずは今夜の夕食に、アニエスのご家族をお呼びしますね！　ああ、アニエス、今夜からお肌のお手入れを徹底的にするわよ。お兄さまと初めての夜を過ごす日に、一番綺麗なあなたにしてあげるわね！」

ではまたね、と明るい挨拶《あいさつ》をして、ローズは立ち去ってしまう。親友の気遣いはとてもありがたいが、同じくらい恥ずかしい。

クロヴィスが心配そうに眉を寄せ、真っ赤になったアニエスの頬をそっと指先で撫でた。

「少し熱い。熱が出たか。横になれ」

この熱は背中の痛みからくるものとは違う。アニエスは大丈夫だと微笑みかけたあと、なんとも言えない気恥ずかしい気持ちを正直に伝えた。

「あの……私の傷が、治ったら……その……」

「ああ、そうだ。君と二人だけの婚儀をする。結婚許可証の発布を待ってはいられない。悪いが俺はそこまでもう待てない。それに、その間に君が他の男に奪われたらどうするんだ。

そんなことにならないよう俺も目を光らせてはいるが、心配でたまらない。承知してくれ」

まさかクロヴィスからこんな言葉が聞けるとは思わなかった。

（そのわりには、相変わらず表情の変化はあまり見られないのだけれど……）

これがクロヴィスなのだ。アニエスは愛おしさと幸福感で心が満たされるのを感じた。

「いっそのこと今からでも……そうだな。君の身体に負担をかけないやり方をするば……いや、駄目か。初めて男を受け入れる無垢《むく》な君には、どうしても負担をかけてしまう。やはり身体が万全の状態になってからの方がいい」

ブツブツと呟《つぶや》く声がやがて消え、クロヴィスは真剣な表情で何やら考え込み始めた。アニエスは顔を赤くしながら言った。

「私、早く怪我を治します。だから……」

そのときが来たらクロヴィスの妻になる、という意味を込める。アニエスにとってはそれが精一杯の言葉だ。

それを正確に受け止めてくれたクロヴィスは、目元を優しく緩めて笑う。初めて見る甘い微笑にドキリとし、胸が詰まりそうになるくらい嬉しくなった。

「楽しみに待っている」

与えられたくちづけは、とても甘かった。しばらく想いを交わし合う柔らかなくちづけや、時折舌を絡め合わせるくちづけが繰り返される。心も身体も蕩け、はふ、と大きく息を吐くと、クロヴィスがかすかに微笑んでくちづけを終わらせてくれた。それでも両手を愛おしむように包み込んで、指の腹で手の甲を撫でてくる。気持ちがいい。

やがて、クロヴィスがこちらを気遣う目を向けながら言った。

「辛《つら》くなければ……君が階段から落ちたときの状況を教えてくれないか」

あのときの恐怖感を思い出して一瞬身が震えたが、アニエスは唇を強く引き結んで頷く。

クロヴィスにあの夜の事件は表沙汰になっていないと教えてもらい、ホッとした。刺激的な情報を社交界にこれ以上与えずに済んでよかった。また新たな心ない噂が生まれずに済む。

できうる限り客観的にあの夜の状況を説明すると、クロヴィスは目を伏せた。美しい青の瞳が思案気に曇り、面は厳しく険しくなる。しばし彼の言葉を待ってみたが、何も言わない。

「クロヴィスさま……？」

「……怖いことを思い出させてすまなかった。もう休んだ方がいい」

言ってクロヴィスはアニエスをベッドに横たわらせる。何かあったのかと心配になったが、傷薬のせいかすぐに眠気がやってきて、瞼《まぶた》が落ちてしまう。それでもなんとか声を押し出す。

「クロヴィスさま、何か……あったのです、か……？」

「何もない。大丈夫だ。今は眠れ。そして早くよくなれ」

クロヴィスはアニエスの手を握ったまま、安心させるように額にくちづけてくれた。

――ル・ヴェリエ侯爵家にとってもっとも優先すべきことだと言わんばかりに、ローズは迅速に動いた。その補佐をするのはダミアンだ。

その日の夕食にアニエスの家族を招き、侯爵夫人に事の次第を報告した。侯爵夫人は大層喜び、すぐさまクロヴィスの要望通り使用人たちを集め、アニエスを次期侯爵夫人として扱うよう宣言した。

アニエスの母もフランソワも報告を受けたときはずいぶんと驚いて絶句したが、すぐにアニエスの幸せをとても喜んでくれた。

一番心配だったのは、フランソワの今後のことだ。いくらル・ヴェリエ侯爵家が諸手を挙げてこの結婚に賛成してくれたとしても、妬《ねた》みや嫉《そね》みは必ずあるはずだ。そして被害に遭《あ》う可能性が高いのは、アニエス自身よりも母や弟だ。

だが二人はアニエスを抱き締め、力強い笑顔で言ってくれた。

「大事な娘が好きな人と結婚できるのよ。親は子が幸せになれればそれでいいの」

「姉さま、大丈夫！　僕、負けないから！　男はこの家で僕だけしかいないんだから、僕が家族を守ってあげなくちゃ駄目だってクロヴィスさまに言われたんだ。まだ僕はそんなに強くないけれど、クロヴィスさまが強くなるためにどうしたらいいのか色々教えてくれているんだよ！　この間、少しだけ強くなったってクロヴィスさまに誉めてもらえたんだ！」

いつの間に弟とこれほどの交流を持っていたのか。驚くアニエスに母親が教えてくれた。

アニエスの家族に悪意が向けられて危険が及ぶことのないよう自宅に護衛を数人置いていてくれたことに加えて、クロヴィス自身も時折訪れ、何か心配事はないかと話を聞いてくれていたこと——特にフランソワには大人が目の行き届かない嫌がらせを受けてはいないかと、よく話を聞いてくれていたという。

はじめは緊張と威圧感に身体も心も強張《こわば》ってしまっていたが、今では二人ともクロヴィスと世間話もできるようになっているらしい。何よりもフランソワが兄のようにクロヴィスを慕っているようだ。クロヴィスも満更でもないらしく、色々と弟の世話を焼いているとのことだった。

予想もしなかった変化に嬉しい驚きを感じる。この交流のおかげでフランソワはますますクロヴィスへの憧《あこが》れを強め、絶対に彼の部下になるのだと意気込んで勉学や鍛錬に励み、成績はますます上がっているという。

「お父さまが亡くなってから、あなたは家を守ろうと奮闘してくれていたわ。長子としてお父さまの代わりに私たちを守ろうとしてくれていた。でも、大丈夫よ。私もフランソワもこのくらいで負けたりしないわ。だから安心して」

家族と、これから家族になってくれる人たちの言葉と心配りがとても嬉しかった。

それから約一週間、アニエスは食事や入浴など以外で与えられた部屋から出ることをクロヴィスにきつく禁止され、ほとんどの時間をベッドで過ごした。その徹底ぶりは凄まじく、屋敷の使用人だけでなくローズと侯爵夫人にも言い聞かせた。もう大丈夫だろうと普段着のドレスに着替えようとしただけで、クロヴィスに叱《しか》られてしまったほどだ。

だが、いつまでもベッドに横になっているわけにはいかない。結婚許可証が発布されればすぐにでも婚儀を挙げたいとしているクロヴィスの様子を見れば、準備期間も最低限のはずだ。アニエスはなんとか彼を説き伏せ、ベッドの上で侯爵夫人としての勉強をさせてもらった。

この婚儀については使用人たちも非常にやる気を出していて、アニエスの方が時々置いてけぼりになっているように感じてしまうくらいだ。クロヴィスはできる限り自邸で仕事をするように手配し、何かとアニエスの世話を焼きたがって、ローズたちに苦笑されていた。

この日も、湿布薬の取り換えをクロヴィスにされてしまった。傷の場所が背中なので、取り換えるときは上半身裸になる。優しく肌に触れるクロヴィスの指先に妙にドキドキしてしまうし、包帯を巻かれるときに胸の膨らみのきわどい位置に触れられたりもして、心臓に悪いのだ。

そしてクロヴィスはアニエスの傷に負担をかけないよう配慮しながら、甘く優しい愛撫《あいぶ》を与えてくる。肩口や首の後ろに戯《たわむ》れるようにくちづけてくるのだ。そのたびに反応してしまって恥ずかしくなるのだが、彼はむしろ嬉しそうだった。あまり表情に変化はないのだが、そう感じられる。

そんなふうに小さく甘い愛撫を都度与えられていると、だんだん触れられることが当たり前のように思えてくるから不思議だった。……あとになって、それがクロヴィスの狙いだったと気づくのだが。

やがて主治医から完治の診断が下された。ようやく準備の手伝いができると意欲がみなぎる。二人で主治医を送り出したあと、アニエスはその勢いのままクロヴィスに言った。

「お待たせして申し訳ございませんでした。これからは私も婚儀の支度のお手伝いをさせていただきます。なんでもお申しつけください！」

「そうか。ならば今夜、二人だけの式を挙げよう」

はい、と勢いよく頷いて——アニエスは真っ赤になってクロヴィスを見返す。クロヴィスはアニエスの目元に柔らかく、くちづけながら続けた。

「君の身体が万全になるまで待っていた。ただ待っているだけでは耐えられそうになかったから、いろいろと準備をしておいた。……今夜、俺の妻になってくれ」

耳元で低く艶めいた声で囁かれ、それだけでアニエスの身体は小さく震えてしまう。耳まで赤くなりながらもアニエスはクロヴィスをしっかりと見返し、頷いた。

緊張しながら入浴を済ませ、新しい夜着と下着を身に着ける。湯には甘い薔薇《ばら》の香りの入浴剤が入っていて、髪や身体は同じ香りの石鹸《せっけん》で丁寧に洗われた。おかげで全身からほんのりと薔薇のいい香りがする。

身に着けたものはすべて新品で肌触りがよく、清楚なデザインがとても好みだった。

どうやらこれはクロヴィスが選んだものらしい。いったいどんな顔で選んだのだろう。それにこういうものをアニエスに着せたいということなのか。……深く考えたらいけないような気がして、それ以上考えるのをやめる。

洗った髪も丁寧に乾かされ、梳《と》かされ、つやつやだ。全身磨き上げられると、クロヴィスに抱かれることを否応なく意識してしまい、緊張する。

寝室に入る扉の前で、身支度を手伝ってくれた使用人たちは下がってしまった。緊張しすぎてドアノブを摑む手がかすかに震えた。

(ここで怯んでどうするの。クロヴィスさまは怪我が治るまで待っていてくださったのよ)

気合いを入れ、アニエスは扉を開ける。すると目の前に白い壁が立ち塞がっていて、アニエスは勢いよくそこに顔を突っ込んでしまった。

壁だと思っていたそれが寝間着姿のクロヴィスだと気づけたのは、荒々しく抱き締められ、驚いて顔を上げた直後に貪るような激しく官能的なくちづけを与えられたからだ。

「……ん……んん……っ⁉」

舌を搦《から》め捕《と》られて深く、くちづけられながら、軽々と抱き上げられる。そしてそのまま大股でベッドに運ばれてしまった。

仕草は荒々しいのに、下ろされる痛みはまったくない。だがその間もくちづけは続いていて、唇は角度を変えるときくらいしか離れない。

互いの唾液《だえき》が混じり合い時折味わうように啜《すす》られ、アニエスも小さく喉を鳴らしてクロヴィスの味を飲み込む。これから抱かれるのだと教え込ませるかのような執拗《しつよう》で激しいくちづけに身体が反応し、ベッドに下ろされたときには息が乱れて肌が淡く火照《ほて》り、秘所がしっとりと濡れていた。

クロヴィスに求められることだけでもう身体が悦《よろこ》んで、準備を整えている。それだけ彼と繋がり合いたかったのか。

羞恥で目を伏せると、クロヴィスが熱い息を吐きながら唇をわずかに離して言った。

「……すまない。性急、すぎるか……？」

アニエスは慌てて首を小さく左右に振る。我慢してくれていたからこその反動だろう。

羞恥はずっとついて回るが、それでも素直に気持ちを伝えることを心がける。これまでクロヴィスに我慢させていたことへの詫《わ》びの意味もあった。

「……ク、クロヴィスさまが、私をとても欲しがってくださっていることがわかって嬉しい、です。それだけで私も、身体、が……熱くなり、ます……」

夜着は白く清楚なデザインだが、生地がとても薄い。肌の色がほんのりと透けて見えるほどだ。くちづけられているうちに乳房が張り、頂《いただき》がつんと尖《とが》って生地を押し上げているのもわかる。こんなにも容易く淫《みだ》らになってしまうことが恥ずかしく、クロヴィスに呆《あき》れられないかと不安にもなった。

クロヴィスが眉根を寄せた。

「……君は少し発言に気をつけろ。何をしても構わないと言われているような気になる」

「ク、クロヴィスさまには長く待っていただきました。もうクロヴィスさまへの気持ちを偽らないと決めたのです。ご、ご迷惑でしょうか……」

クロヴィスが両肩のリボンを解く。裾《すそ》がふんわりと広がる筒状のデザインの夜着は肩紐が細いリボンで結ばれていて、それを解けば上からでも下からでも脱がせられる。

クロヴィスは項や鎖骨、乳房の上部を啄み、舌先で肌を擽《くすぐ》りながら、もどかしげに夜着を引きずり下ろした。

「嬉しいが……今は駄目だ。君にできる限り優しくしたい」

口ではそう言いながらも、仕草は少し乱暴だ。あっという間に下肢を覆う頼りない下着一枚だけの姿にさせられてしまう。

慌てて両腕で胸を隠そうとするとクロヴィスが阻むように覆い被さり、両手で乳房を摑んでゆっくりと捏《こ》ね回し始めた。

「……あ……っ」

逃げることを阻む力は強いのに、触れる手は優しい。クロヴィスはアニエスの反応を注意深く見ながら、乳房を丸く捏ね回してくる。

「ドアの外に君の気配を感じたら、我慢できなくなってあそこで待っていた。早く扉を開けて入ってきて欲しいのに、君はなかなか入ってこない。あれではまるで拷問《ごうもん》だ」

謝ろうとしたがクロヴィスが両方の頂を指の腹で捕らえ、擦り立ててきたからできない。乳首はさらに硬くなる。摘《つま》みやすくなったそこを、彼の硬い指が官能的に弄《いじ》り回した。

時折ぎゅっと強く押し潰されて、甘く高い喘《あえ》ぎを上げてしまう。気持ちを抑えていないからか、本当に自分の声かと疑ってしまうほど甘ったるい。喉の奥で必死に堪《こら》えようとして、思い改める。

「……あ、の……声、を……我慢しない方が、お好み……ですか……？」

クロヴィスが呼吸を止め、アニエスの首筋に顔を伏せた。

「……君の無垢な身体のことなど考えず、俺の欲望のままに貪りたくなるぞ……」

「クロヴィスさまのお好みを、知りたく、て……あ……っ！」

クロヴィスが胸の谷間に吸いつき、くちづけの跡を刻み込む。ちりりとした痛みを伴う刺激的な愛撫も、アニエスの身体を高めた。

「君の感じている声は俺を滾《たぎ》らせる。だがどちらでもいい。声を堪えているときの君の顔も俺を滾らせる」

どう反応しても、彼を悦ばせられるのか。そう思うと、秘められた場所が熱く疼《うず》いた。

(私も、クロヴィスさまに奪われたいと思っているのね……)

「……ああ、そうだ。二人だけの婚儀を……しようと言ったな……」

ふと、クロヴィスが舌で舐め回していた乳房から顔を上げた。

欲情で声は掠れている。見下ろしてくる青い瞳には、奥底に恐怖すら覚えるほどの熱を宿していた。ただ憧れていた頃には、彼がこれほど情熱的だとは思わなかった。むしろ男女のことに淡泊そうに思えたのに。

はい、と目元を赤く染めながら小さく頷くと、クロヴィスが唇を動かした。

「汝《なんじ》、健やかなるときも病めるときも」

婚儀の際、司祭が夫婦になる者に確認する言葉だ。それを口にしながらクロヴィスは、アニエスの乳首の側面を親指と人差し指でスリスリと甘く擦ってくる。先ほどよりも硬くなりぷっくりと存在を主張する小さな粒を、今度は指で乳房の中に押し込んだ。

彼の形のいい理知的な唇は、司祭の文言を紡ぎ続けている。神聖な儀式の言葉なのに、しているととはあまりにも淫らすぎて、その差異がさらに身体を熱くした。

「……あ……あっ、あ……っ、クロヴィスさま、今は、止め……て……ああっ!」

乳房に押し込まれた乳首を、そのままぐりぐりと押し回される。自分よりも太く骨張った指が乳房に沈み込む様子が、とてもいやらしい。

本能的に逃げようとして、身もだえる。だが逃げられないよう、クロヴィスの片足が足の間に入り込んできた。そのまま引き締まった太股で恥丘《ちきゅう》を押し揉《も》まれる。

「……あ……あっ、それ、駄目……で……す……っ」

蕩けるような気持ちよさがやってきて、アニエスは大きく目を瞠った。クロヴィスはそんな表情も食い入るようにじっと見つめている。

瞳が熱い。アニエスのどんな変化も見逃さない強さがある。乱れていく様子をじっと見つめられていることも恥ずかしいのに、その気持ちも快感に繋がってしまう。

所々に古傷の跡がある太股に股間を擦られて、じんわりと蜜が滲《にじ》み出した。それがクロヴィスの太股もしっとりと濡らし、動きを滑《なめ》らかにする。

自然とアニエスの腰も控えめに揺れた。ぬちゅ、ぬちゅ、と淫らな水音が生まれ始める。

「――誓いますか？」

締めの言葉をクロヴィスが口にした。いつの間にか儀式の言葉が終わりまで来ていることに気づかされても、乳首と恥丘の甘苦しい快感に呑まれてすぐには答えられない。

クロヴィスが太股で、ぐっ、と強く股間を押し上げた。恥丘の奥でまだひっそりと息を潜《ひそ》めていた花芽《かが》が強引に押し潰され、アニエスは声にならない喘ぎを上げる。

「答えてくれ、アニエス。……誓い、ますか？」

クロヴィスが頬にくちづけながら改めて問いかけてきた。甘い責め苦にアニエスは淡い涙を零しながら、なんとか言う。

「……ち、誓、い……ます……っ」

「これで君と俺は、夫婦、だ」

とても嬉しそうにクロヴィスは言う。

胸を弄っていた手が外れ、愛撫が止まる安堵感と物足りなさで複雑な気持ちを抱いた直後、クロヴィスが両の乳房を摑み、中央に押し寄せた。そして二つの頂を一緒に舌で舐め回し、しゃぶり、吸い込んで熱い口中で嬲《なぶ》る。

「……ん……あ、あ……っ!!」

まだ女として未熟な身体には、激しい愛撫だ。けれど舌が動くたびに快感が生まれ、下腹部に熱が溜まっていく。それは秘所に伝わり、熱い蜜を絶え間なく滲ませた。

このままではクロヴィスの太股がもっと濡れてしまう。腰を引くが、当然のことながら逃げられない。それどころか愛撫はますます強く激しくなっていく。

乳首を舌で嬲り、じゅるるっ、とわざと唾液を絡ませる音を響かせるように吸い上げられる。乳房を握る手はやわやわと揉み続け、内股の間に入り込んだ太股が今度は秘裂《ひれつ》を押し開くかのように左右にぐりぐりと動き始めた。

「……あ……駄目……それ、駄目っ。クロヴィス、さま……っ」

二種の愛撫に耐えられるほど、アニエスの身体は熟していない。絶え間なく与えられる愛撫が自分を翻弄しそうで、恐怖と戸惑いと期待が混じった声でクロヴィスの名を呼ぶ。

「何が駄目だ？　君が嫌がることはしないが、何が駄目なのかわからないと、困る」

自分でもわからない。ただこのままだとクロヴィスにとてもはしたない姿を見せてしまいそうだ。

「……一度、一度止め、て……お、願いしま……あ……っ」

涙混じりの声で頼むが、クロヴィスは止まらない。それどころか秘裂の奥に入り込みたいとでもいうように、太股を花弁《かべん》に擦りつけてくる。

滲み出す蜜で、下着がぬるついた。花弁は徐々に解れ、開いていく。だが浅い部分に沈み込むのは、下着だけだ。

「……あ……駄目……っ」

小さな絶頂がついにやってきて、アニエスはクロヴィスの頭を両手で抱き込みながら身を震わせた。柔らかな乳房に顔を深く埋めることになっても構わず、彼は愛撫を止めない。

「……あっ、あ、あ……っ」

ヒクヒク、と腰を震わせながら快楽の涙を零す。クロヴィスはようやくアニエスの乳房から顔を上げると、顎先《あごさき》まで零れ落ちた涙を舌でねっとりと舐めて味わった。

「……君の泣き顔は本当に……俺を、熱くさせる……」

頬を舐め上げられる仕草にも感じてしまい、アニエスは小さく震える。クロヴィスが軽く唇にくちづけてから身を離した。

アニエスの腰を挟んで膝立ちになり、寝間着をもどかしげに、引きちぎりそうな乱暴さで脱ぎ捨てる。様々な古傷があちこちに刻まれながらも引き締まった男らしい上半身の美しさに惚れ惚れしたのは数瞬だ。下肢でもう腹につきそうなほど反り返っている男根を目にしてしまい、羞恥と恐怖から声にならない悲鳴を上げて慌てて強く目を閉じる。

赤黒く脈打ち、血管が浮き出ている狂暴なものだった。閨《ねや》の教えで聞いていたものよりも長大で太い。先端は丸く膨らんでいて、あんなものが自分の中に入るのかと怯《おび》えてしまう。

(さ、裂けてしまうのでは……ない、かしら……?)

自分の中に入るとはとても思えない。だが世の妻たちは夫のそれを受け入れ、子を成すのだ。絶対に大丈夫だとアニエスは言い聞かせる。

クロヴィスの指が、内股に触れた。優しく擽るように秘所に向かってゆっくりと撫で上げてくる。

そのまま下着を脱がされ、彼の男根を蜜壺《みつつぼ》に押し込まれるのだ。アニエスは強く目を閉じたまま、知らず緊張で身を強張らせた。

だがクロヴィスは、下着の上から指で秘所を撫で始めた。指の腹で優しく、まるで滲み出す蜜を下着に染み込ませるように。

「……あ……っ？」

入ってこないのかと驚きと戸惑いで目を開くと、クロヴィスがアニエスの足の間に顔を埋めるところだった。不浄の場所に彼の端整な顔が埋められる様子に衝撃を受け、拒むことすら忘れてしまう。

我に返り慌てて止めようとしたときにはもう、クロヴィスの唇が下着越しに秘裂に押しつけられていた。

「……っ!!」

熱く湿った唇が強く押しつけられ、舌先がねっとりと花弁を舐め回してくる。衝撃的な愛撫に驚いたのは一瞬で、直後にやってくるこれまで以上の快感に、アニエスはシーツと枕を握り締めた。

（嘘……そ、んな……クロヴィスさまが、私の……舐めて……っ？）

舌が花弁を下着越しに丁寧に何度も舐め上げる。クロヴィスの唾液と愛蜜がしっとりと生地を濡らし、花弁と秘裂の形を露《あらわ》にしていく。

「ひ……っ、あ……そ、んなところ……駄目……あぁ……っ！」

本能的に逃げ腰になるがクロヴィスの力強い両腕が両足にそれぞれ絡んで押さえつけ、逞《たくま》しい肩を膝の下に押し入れてきた。

クロヴィスの肩に両足が乗り、臀部が軽く上がる。アニエスは不安定な下肢を彼の舌の動きに合わせて揺らめかせながら、甘い快感に意識を飛ばさないよう、枕をきつく握り締める。

（あ……あ、……クロヴィスさまの舌、気持ち、いい……っ）

棒状の飴《あめ》を味わうように下から上へと何度も丁寧に舌全体で舐められ続けていると、やがて不思議なもどかしさを覚え始めた。

腰の奥が――秘所の奥が、熱く疼いてくる。もっと強い刺激が欲しい。だがその刺激がなんなのかまではわからない。

とにかくこれ以上は駄目だ。なんだかとんでもなくはしたないことを口走ってしまいそうになる。アニエスは涙目でクロヴィスを見返した。

「クロヴィスさま……これ以上は、もう耐えられません……」

「性の悦びを知ることに怯えているのか。安心していい。君が俺を入れて欲しいと言うまで、たっぷり可愛がってやる」

そういう意味ではないと反論するより早く、クロヴィスが下着の端を摑んで力任せに引っ張った。夜着よりも薄く儚《はかな》い生地は、容易く引き裂かれてしまう。

目をむくアニエスの秘所に、クロヴィスが改めてくちづけた。

「……ああ……っ⁉」

直接クロヴィスの唇と舌を蜜壺の入口に感じ、アニエスは別の驚きに大きく目を瞠った。

生地越しよりもずっと気持ちいい。

クロヴィスの肉厚の舌が、花弁を――秘裂を再び下から上へと丁寧に舐め上げる。

生地で受け止められていた愛蜜は今度は直接彼の舌に滴《したた》り落ちて、舌が動くたびに、ぬちゅ、くちゅん、といやらしい水音が上がった。最初はかすかだったその音が、アニエスの快感が強まるのに合わせて大きくなっていく。

「……あ、あ……あ……っ！」

丁寧に花弁を舐められ続けると、やがて尖らせた舌先が徐々に姿を現し始めた花芽を見つけ出す。舌先で優しく掘り起こし、根本から先端まで執拗なほど優しく舐め擽ってきた。

「……あっ、あ、あ……！　それっ、嫌……あっ、駄目……っ！」

痺《しび》れるような甘い快感が、花芽から全身に一気に広がっていく。腰や下腹部、背筋をビクビクと震わせると、クロヴィスは嬉しそうに嘆息してさらに愛撫を強めた。

「……駄目……クロヴィスさま、それ以上、駄目……っ！　……舐めない、で……っ」

頭を摑んで引き剝《は》がそうと両手を伸ばすと、彼の手に捕らえられ、指を絡めるようにして握り締められてしまう。

唇で何度も軽く吸い上げられ、花芽がむき出しにされる。舌の腹でぬるぬると押し揉むように上下左右に舐め回され、アニエスは腰をせり上げて達した。

「……あ、ああっ！」

意識が溶けてしまいそうだ。アニエスはクロヴィスと絡め合った指に力を込める。彼が、とぷりと溢れた蜜を啜った。

そんなものを口にして、具合が悪くなったりしないのだろうか。頭の隅で見当違いなことを思うが、再び花芽を舌で愛撫されると考えはまとまらない。

「……あ……っ、あ、ま、また……あぁ……っ!!」

執拗なまでに花芽を舐めしゃぶられる。何度も小さな絶頂を迎えさせられ、息も絶え絶えになってしまう。

「……ク、クロヴィスさま……も、それ……嫌……です……っ」

これ以上はもう無理だと両手を握る指にぐっと力を込めて嘆願すると、クロヴィスはぺろりと花芽をひと舐めしてから視線だけをこちらに向けた。

美しい青の瞳の奥に情欲の揺らめきを潜ませながら見つめられると背筋がゾクゾクし、それだけでも達せそうだ。普段のクロヴィスからは想像できないほど、とても艶っぽい。

「舐められるのはもう嫌か？　ならば俺を君の中に入れて欲しいということか」

（クロヴィスさま、の、ものを……）

クロヴィスが少し上体を起こす。力なく開いたままの足の間に、彼の身体がある。

先ほど見たときよりもさらに膨らんでいる亀頭が見えた。先走りでしっとりと濡れている
それに、アニエスは小さく息を呑む。

応えたい気持ちが湧くが、今はまだほんの少し受け入れる恐怖の方が強い。アニエスは強

張った瞳でクロヴィスを見返しながら頷いた。

「は、い……入れて、くださ……ああっ、違……っ」

クロヴィスが改めて秘所に顔を埋め、舌先で花芽を転がしてくる。だが今度は、つぷり、と浅い部分に何かが押し込まれてきた。

クロヴィス自身にしては、圧迫感は少ない。何、と目を向けると、彼の骨張った中指が優しく第一関節まで入ってきていた。

「まずは指で慣らす」

「……ゆ、指……っ？」

「君の感じるところを見つける。気持ちいいと思ったら教えてくれ」

中指が浅い部分をぬぷぬぷと出入りし始めた。はじめは不思議な違和感に身体が強張ったが、クロヴィスの舌が花芽や花弁を舐め擽ってくるとあっという間に違和感は消えた。

アニエスの様子を注視しながら丁寧に解された秘所は、やがてクロヴィスの指を三本、飲み込んだ。

単純な出し入れを繰り返していた指が、今度は膣壁のあちこちを優しく探り始める。アニエスがひどく感じる場所を見つけると、それを覚えるかのように執拗に刺激してきた。

「あ……あ、あ……っ、そこ、駄目……そこ、は……っ」

「中がうねって俺の指をきつく締めつけてくれる。ここが気持ちいいのか」

臍《へそ》の裏辺りをぐいぐい押し上げられ、アニエスは内股を震わせる。強く指の腹で擦られ、下腹部から脳天に向けて快感が鋭く走り抜けた。アニエスは全身をビクビク震わせ、背を反らした。

尿意に似た感覚が下腹部を濡らす。クロヴィスは指が濡れるのも構わず、続けて指の抽送《ちゅうそう》を激しくする。

「……あ……はぁ、あ……駄目……あ、また……また、あぁ……‼」

立て続けに与えられる強い快感に、身体はまた新たな絶頂を迎えてしまう。感じる場所を執拗に指で攻められながらなんの前触れもなく花芽を強く吸われ、アニエスはシーツを握り締め爪先まで反らしながら、激しく身震いして達した。

「……ああっ‼」

目の前に火花が散ったかのような強烈な快感だった。すぐには戻ってこられず、しばらく身を震わせ続ける。

クロヴィスが指を引き抜いた。秘所から顔を上げ、唇についた愛蜜を美味《うま》そうに舐め取る。これで快感から解放される。なのに蜜壺はひくつき、空虚《くうきょ》感に涙していた。とろとろと愛蜜が菊門の方に滴り落ちていく感触にすら感じてしまう。

「とても可愛く達したな。可愛い泣き顔だ……」

クロヴィスがアニエスの上に改めて覆い被さり、目元の涙を唇で吸い取った。舌先で目尻を擽られ、気持ちいい。けれど、足りない。

蜜口《みつくち》がひくついて、欲しがっている。クロヴィスの熱いもので貫かれたいと、身体がもう準備をしてしまっている。

(クロヴィスさまと、繋がりたい)

無意識のうちに腰が揺れ、クロヴィスに足を絡めるようにすり寄っていた。太股に固く熱い男根が触れ、自分がひどくはしたないことをしたのだと我に返る。

クロヴィスがアニエスの右耳に唇を寄せ、低く囁いた。

「……君と、繋がりたい」

たったそれだけの囁きで、ゾクリと小さく達してしまう。

「君がまだ怖いというのならば耐えるが……そろそろ、どう、だ」

舌先で耳殻《じかく》を舐め上げながら問いかけてくる声は、熱く掠れている。

クロヴィスは返事を待たず、張り詰めた男根を秘所に押しつけた。熱く硬い長大な感触に大きく震えると、彼はアニエスの耳や唇にくちづけながら腰をゆっくりと動かし、男根を花弁や花芽に擦りつけ始めた。

張り詰めた亀頭で花芽をぐりぐりと押し揉まれ、竿の部分で花弁の間を上下に擦られる。指とも舌とも違う愛撫に戸惑ったのは最初だけだ。すぐに甘い心地よさがやってきて、アニエスは快感に軽く眉根を寄せる。

（これ、が……クロヴィスさまの……）

長大さと硬さへの戦《おのの》きは完全には消えないものの、何度も擦りつけられていると次第に慣れてくる。それだけでアニエスは甘い快感を覚えるが、クロヴィスも同じらしい。時折軽く息を詰める様子がとても色っぽく、アニエスをドキドキさせる。

クロヴィスが腰を動かすたび、くちゅくちゅ、といやらしい水音が上がった。

やがてクロヴィスの腰の動きが、だんだん速くなる。覆い被さってくる身体が熱を孕《はら》み、息が弾む。

「……アニエス……っ」

呻くように名を呼ばれた直後、クロヴィスの男根がアニエスの恥丘に強く押しつけられた。そしてぶるりと胴ぶるいし、熱い精を放つ。下腹部だけでなく、胸の谷間まで白く汚れた。

熱くどろりとした白濁《はくだく》は青臭く、好ましいものではない。だが、クロヴィスのものだと思うと不思議と愛おしくなる。

クロヴィスが大きく息を吐き、下腹部に散った白濁に触れる。そしてそれをそっとアニエスの腹に塗り込んだ。まるで、その奥にある子宮に塗り込むように。

「君のここに、早く注ぎ込みたい」

掌《てのひら》が子宮の位置をそっと押す。それだけでびくん、と小さく打ち震えた。

瞳の奥底に焼けるような情欲を潜ませながらも、クロヴィスは決して焦《あせ》らずに問いかける。

「まだ、駄目か？」

（怖い……けれ、ど……）

クロヴィスと深く繋がり合いたい。気づくとアニエスは頷いていた。

「……クロヴィスさまが、欲しい、です……」

クロヴィスが低く唸《うな》り、アニエスの膝を摑んで大きく広げる。膝が真横を向くほど開かされ、羞恥で驚く間もない。直後には男根の先端が、ぬぷり、と秘裂の中に入り込んできた。

想像以上の圧迫感が一気に襲いかかり、アニエスは息を詰める。クロヴィスがアニエスを包み込むように抱き締め、唇に舌を絡めるくちづけを与えながらゆっくりと奥に進んできた。

「……っ‼」

身が真っ二つに引き裂かれるかのような痛みがやってくる。反射的に腰を引くがクロヴィスの片腕が絡んで動けない。

縋るものを求め、アニエスはシーツを握り締めようとする。だが気づいたクロヴィスに腕を取られ、自分の背中に回すように促された。アニエスは痛みを堪えるために広い背中にしがみつき、そこに爪を立てる。

相当な力を込めているのに、クロヴィスはまったく動じない。それどころかくちづけはさらに深く激しくなる。彼の片手が胸の膨らみを捏ね、指先で頂を弄り、覚えたての快感を呼び起こしてくる。

初めて知る痛みを散らすために、夢中でクロヴィスにしがみつく。蜜壺が疼き、自ら男根を招き入れるように膣内が蠕動《ぜんどう》した。クロヴィスが軽く息を詰めるとアニエスを包み込むように深く抱き締め、蜜壺の動きに合わせて、ぐっ、と奥に入り込んだ。

「……んんんっ!!」

悲鳴のような喘ぎは、クロヴィスの唇に吸い取られた。

貫かれる痛みに強張る身体を、クロヴィスの両手が優しく撫で、宥《なだ》めてくれる。くちづけも休むことなく角度を変えて続けられ、労ってくれた。

アニエスは初めて知る痛みをやり過ごすために、クロヴィスに強くしがみついたままだ。充分に慣らしてくれていたからか痛みは和らぐのが早いが、とにかく圧迫感が強い。昂った男根に蜜壺がミチミチと押し広げられ、今にも裂けてしまいそうな恐ろしさがある。

「辛いか」

クロヴィスが冷や汗で濡れて額に貼りついた前髪を指で避けながら、そっと呼びかける。

アニエスは大きく息を吐き、潤んだ瞳で彼を見返した。

「少、し……でもすぐに、大丈夫に……なり、ます……」

途切れがちに答えると、クロヴィスが目元から零れ落ちそうになった涙を吸い取った。

「君が慣れるまでもう少し、このままでいる」

クロヴィスは労りに満ちた深い声音で言う。柔らかいくちづけと優しい掌の動きで、痛みと圧迫感が徐々に遠のいていった。

だいぶ息がしやすくなるとアニエスはハッと我に返り、クロヴィスにしがみついていた腕の力を緩めた。

「……ク、クロヴィスさま、ごめんなさい……！　私、傷を……」

広い背中に作ってしまった爪跡を指でなぞると、クロヴィスがぶるりと震えた。同時に、呑み込まされたままの男根がさらに硬く太くなった。

「すまない……今は不用意に触れないでくれ。すぐに、達しそうだ」

耐えるように掠れた声で言うクロヴィスの額から頬へ、汗が一滴、滑り落ちていく。アニエスはそれを指先で拭《ぬぐ》い、ほんの少し身を起こして彼の唇に自ら唇を押しつけた。くちづけと呼ぶにはあまりにも拙《つたな》いが、気持ちは伝わっているはずだ。

クロヴィスが驚きに軽く目を瞠る。その顔が可愛い、などと思うのは失礼だろうか。

「クロヴィスさまばかり我慢するのは……嫌、です。私も……クロヴィスさまに、気持ちよくなって、もらいたいです……」

ここまでクロヴィスに蕩けるほどの快楽を教えてもらった。未熟な身体でも、彼にできる限り快感を与えたい。そのためにどうすればいいのかはわからないが、身体はアニエスの気持ちを受け止めて素直に動く。蜜壺が、きゅんっ、と男根を締めつけた。

クロヴィスが再度息を詰め、少し困ったように笑った。

「わかった。ゆっくり、動く」

「は、はい。でも、あの……クロヴィスさまのお好きなよう、に……あ、あ……っ」

クロヴィスの腰が、緩やかに動き始めた。

ぬぷぷ……、と先端ギリギリまで引き抜くと、亀頭で蜜口を広げるように軽くかき混ぜてくる。小さく喘ぐと、クロヴィスがまたゆっくりと奥まで入り込んできた。

「……あぁ……っ」

張り詰めた亀頭で肉壁をゆっくりと擦られながら男根を出し入れされると、疼痛《とうつう》の奥から確かに快感が生まれてきた。クロヴィスはアニエスの様子を見ながらきつく唇を引き結び、眉根を寄せて、ことさらゆっくりと腰を前後に動かす。だがそれも、数分のことだ。

「……ふ……あ、ああっ？」

クロヴィスの腰の動きが、徐々に速くなってきた。指で探り当てたアニエスの感じる場所を、亀頭で正確に突いてくる。

連続で細かく突いてきたかと思えば、今度はねっとりと感じる部分に亀頭を押し当てたまま腰を回してくる。引き締まった下腹部で花弁や花芽が刺激され、アニエスは思わず甘い喘ぎを上げて背を反らした。

「……あ、あぁ……っ！」

腰がせり上がり臀部が浮いて、秘所が繋がり合っていると強く感じられる。身体の一番深くにクロヴィスが入っていると、わかる。

「そ、んなに、締めるな……！」

耐えがたい苦痛を覚えたかのようにクロヴィスが呻くが、自覚はまったくない。彼が気持ちよくなれるようにしたいのにどうすればいいのかわからず、アニエスは涙目で見返すことしかできなかった。

直後、クロヴィスがアニエスに深くくちづけ、腰を叩きつけるように動かした。

「……んぅっ、んっ、んんっ‼」

唇をくちづけで塞がれ、乳房が激しく上下に揺れ動くほどに突かれる。濡れた場所がぶつかり合う音がいやらしく上がった。

「は、あ……アニ、エス……っ」

クロヴィスも息苦しくなったのか、唇が離れる。その隙に息を大きく吸い込むと、クロヴィスがアニエスの肩をシーツに押さえつけながら激しく腰を打ち振り始めた。

「あっ、ああっ、あー……っ‼」

壊されてしまうのではないかと思うほどの激しい律動に、せっかく整えようとした呼吸も再度乱れ、泣き濡れた喘ぎしか上げられない。本能的に逃げようとしてもクロヴィスに腕を摑まれ引きずり寄せられ、揺さぶられる。

やがて、痛みを凌駕《りょうが》する快感がやってきた。

「……っ!!」

クロヴィスが、指で探り当てた臍の裏辺りの感じる部分を強く亀頭で押し上げてきた。アニエスは彼の腕に指を食い込ませ、絶頂に達する。

「……あああっ!!」

一気に全身を駆け巡る強烈な快感に耐えきれず、爪先を丸めながら身を強張らせる。追ってクロヴィスが胴ぶるいし、低く呻《うめ》いて射精した。

びゅくびゅくと最奥《さいおう》に叩きつけられる熱い飛沫《ひまつ》に、さらに打ち震える。クロヴィスは何度か腰を打ち振って最後の一滴まで蜜壺に注ぎ込むだけでなく、精を放ちながら腰を押し回し、最奥に塗り込めるかのような動きも加えてきた。

「……あっ、あ……あ……っ」

注ぎ込まれる刺激にも逐一感じてしまう。

長い射精を受け止めたあとようやく身体の強張りが解け、アニエスはぐったりとシーツに沈み込んだ。クロヴィスはまだアニエスの中に留まったまま大きく息を吐き、労りのくちづけを与えた。

唇が触れただけでも感じて震えてしまう。クロヴィスが喉の奥で低く笑った。

「……どうやら君は……とても感じやすいようだ」

クロヴィスが喉元を軽く吸う。達したばかりの身体はそれだけでもひどく感じてしまい、

意図せず甘い喘ぎが零れてしまった。

感じやすいことは、いけないことなのだろうか。アニエスは不安になり、無自覚に涙目になってクロヴィスを見返す。クロヴィスが微笑んだ。

「安心していい。俺に対してだけそうならば、なんの問題もない」

まだ男根を納めたままのアニエスの下腹部を、クロヴィスがゆっくりと愛おしげに撫でた。中に自分がいることを意識させる仕草に、アニエスは喘ぐ。

「だがそれは、俺にだけだ。他の男でもこんなふうに感じたならば、俺は君に触れた奴を八つ裂きにしてしまう」

優しい声なのに、言っていることはとても過激だ。クロヴィスが低く続けた。

「……俺以外に触れられないよう、屋敷から一歩も出さないというのも一つの手か……？」

とんでもないことを言われている気がする。だが快楽に満たされた身体と思考では、うまく言葉も紡げない。

クロヴィスは名残惜しげにアニエスの額に優しいくちづけを落とす。

「疲れただろう。無理をさせてすまなかった。ゆっくり眠ってくれ」

肉竿がようやく引き抜かれる。何か空虚感を覚えてしまったが、すぐにクロヴィスが包み込むように抱き締めて、髪を撫でてくれた。

初めての情事の疲労は、アニエスをすぐに深い眠りに連れていく。クロヴィスの温もりに擦り寄ると、彼が愛おしげに目元や頬にくちづけて囁いた。

「目が覚めたら、また……」

その先は確認できなかった。

――目が覚めると分厚いカーテンが引かれたままで、室内は薄暗かった。だが隙間から入り込んでくる光は強い。とても朝の日差しとは思えず、アニエスは気怠《けだる》げにサイドテーブルの置き時計で時間を確認する。直後、目をむき、慌てて身を起こした。

もう昼食の時間を一時間も過ぎている。寝坊したと笑える時間ではない。だがやってきた腰の痛みと、下腹部のなんとも言いようのない違和感に耐えきれず、ぐったりとベッドに戻ってしまう。

身体もひどく軋《きし》む。いったいどういうことだ、と困惑《こんわく》しながらもなんとか身を起こし、自分の身体を確認する。そして――納得した。

綺麗に清められている身体と昨夜とは違う寝間着、そして鎖骨や胸元を中心にあちこちに散っているくちづけの跡が教えてくれる。昨夜、クロヴィスと二人だけの婚儀を執り行い、彼にたっぷり愛されたことを。

アニエスは耳まで赤くなり、両手で頬を押さえた。

（あ、あんなに激しく抱かれるなんて……お、思わなかったから……）

クロヴィスの精を受け止めて浅い眠りに揺蕩《たゆた》ったあと、くちづけで目覚めさせられ、また抱かれた。

負担をかけないためか挿入せずに男根で擦られて果てるやり方や、蜜壺の中に男根を納められたままでかすかに腰を揺らされる長い繋がり合いのやり方や、寝そべった背中にのしかかられて後ろから入られるやり方など、明け方近くまで抱かれ、最後には意識を失うように眠りについた。それでもクロヴィスは満足していなかったと、意識を失う寸前に見た彼の瞳の奥に宿る熱で悟った。

それだけ我慢させていた、ということなのだろうか。抑圧された気持ちが、一晩で一気に解き放たれてしまったのだろう。

（それだけ……私を、欲しいと思っていてくださったのね……）

今日は勉強については休みをもらっている。だがこれでは着替えもままならない。

ひとまず呼び鈴を鳴らす。使用人と一緒にやってきたのは、ローズだった。

「アニエス、身体は大丈夫⁉」

二人だけの婚儀を行ったことを知られているとはいえ、なんとも言えない気恥ずかしさがある。アニエスは真っ赤になりながらも大丈夫だと頷いた。

「まったくお兄さまったら！　いくらこれまで我慢してきたからってやりすぎよ！　ちゃん

と叱っておいたから、次は大丈夫だと思うわ。毎晩こんな調子では、あなたの身体が壊れてしまうもの!!」

ブツブツ文句を言うローズの背後で使用人たちがカーテンを開け、食事のトレーを置き、給仕してくれる。美味しそうなパンの匂いを嗅ぎ取った直後に腹の虫が小さく鳴り、アニエスは改めて耳まで赤くなってしまいながらも食事に手を伸ばした。

そして、気になる言葉に気づく。

（ま……毎晩……って……あ、あれを毎晩……っ？）

最後には意識を失い、どうやって終わりを迎えたのかもわからない。毎晩あんなに求められたら、いくら身体を鍛えても保たないような気がする。いや、絶対に保たない。クロヴィスはそもそも軍人で、アニエスとは元々の体格と体力に差があるのだ。

ちぎったパンを口に入れることもできないまま硬直したアニエスに、よく冷えた果汁の入ったグラスをトレーに置いてくれながらローズが言った。

「ようやく危機感に気づいてくれたのね、よかったわ。お兄さまの愛情に精一杯応えようなんて殊勝なことを思っては駄目よ。初夜でこれならば、あなた、抱き潰されて死んでしまうわよ！　今のお兄さまは、あなたと結婚できることで舞い上がっていて、まともな状態ではないの。だから私たちがお兄さまの暴走を止めなければいけないわ」

舞い上がっている？　暴走している？　――クロヴィスの様子を思い返してみるが、どうにも彼に結びつかない言葉ばかりで戸惑ってしまう。とりあえず、頷いておいた。

用意された食事を終えてトレーを下げてもらうと、ローズたちと入れ替わりにクロヴィスがやってきた。

楽な服装ではあったが、そんなくつろいだ様子も相変わらず格好いい。いつ見ても見惚《みほ》れてしまう。きっと、見飽きることなどないのだろう。しかも今は昨夜求められたときの色っぽさが頬や目元に残っていて、ただ目が合っただけで心臓が痛いほどにドキリとする。

もう無理だと泣いて縋っても、クロヴィスは離してくれなかった。それどころか足りないと言わんばかりに何度も何度も求められ、耳元で熱い声で名を呼ばれながら全身を貪られた。

『まだ、だ。まだ、欲しい……！』

――その声を思い出すだけで蜜壺が潤んでくる。

「無理をさせた。すまなかった……」

ひどく申し訳なさげな声で言い、クロヴィスがそれまでローズが座っていた椅子に腰を下ろす。ローズは使用人たちを連れ、退室していった。

大型犬がしょんぼりと耳を垂れているような雰囲気がクロヴィスから感じ取れ、アニエスは目を丸くする。

いや、表情も態度もいつも通り、こちらも背筋を伸ばしていなければいけないような感じのするものだ。それでも今、アニエスの瞳には、クロヴィスがそんなふうに見えた。

（心も身体も結ばれたから……？）

アニエスは微笑み、軋む身体を動かしてクロヴィスの手を取った。

「謝らないでください。そ、その、夫婦の営みがあれほど激しいものだとは思いませんでしたが……クロヴィスさまが私を愛してくださっているとよくわかる、とても幸せな時間でした。ただ、ま、毎晩あのように激しいと身体が保たないので……これからは身体も鍛えます。そうすれば、クロヴィスさまのお気持ちにいつでも応えられると思うので……」

「……身体を鍛えるだと？」

クロヴィスが軽く目を瞠り、じっとアニエスを見つめた。食い入るように見つめられ、息が詰まる。変なことを言ってしまっただろうか。

「はい。体力をつけるにはそれが一番かと思います。このままではクロヴィスさまにお応えできませんから……」

「駄目だ。君の身体は柔らかく甘い香りがするのに、身体など鍛えたらそれが失われてしまう。俺のように筋肉で硬くなった君の身体など、絶対に許されない」

鼻先が触れ合うほど間近に端整な顔を寄せながら、反論を決して許さない威圧的な声で続けられる。気圧されながらアニエスは反射的に「はい」と返事した。

クロヴィスは安堵《あんど》したかのような息を吐く。

「理解してくれて嬉しい。……君らしさが失われるのはとんでもないことだ……」

まるで世界の終わりが回避されたかのようだ。クロヴィスは改めて大きく息を吐いたあと、神妙に続けた。

「俺は妻どころか恋人を持つのも初めてだ。色々と加減がわからない。何か俺がおかしいところがあればいつでも指摘してくれ。間違った愛情表現は君に負担しかかけない。君のよき恋人、よき夫になるよう努力したい」

そんなふうに真剣に考える必要はないのではと思うが、クロヴィスの気持ちは嬉しい。アニエスは笑顔で頷く。

「そんなふうに考えてくださって、とても嬉しいです。ありがとうございます」

「ようやく本当の夫婦になれたんだ。何か君に恋人らしい、夫らしいことをしてやりたいと思っている」

指先を軽く顎に当て、クロヴィスは真剣に考え始めた。大げさすぎると苦笑してしまうが、クロヴィスがアニエスのためにあれこれ考えてくれることが嬉しい。

「君が楽しめるよう、考えてみる。少し待っていてくれ」

「はい。楽しみにお待ちしています」

クロヴィスがちゅっ、と軽く音を立てて唇を啄む。軽いくちづけだけですぐに離れてしまった唇が、なんだかひどく物寂《ものさび》しい。

（もう少し長くくちづけを……何を思っているの、私ったら!!）

クロヴィスがアニエスの身体をベッドに横たえる。几帳面に枕の位置を直し、掛け布を胸元まで引き上げてくれる。そのあとは再び椅子に座り、じっとこちらを無言で見つめるばかりだ。

視線になんとも言いようのない圧を感じるものの、何も言ってこない。どうしたのだろうと身を起こして話をしようとすれば、止められる。

「今日は一日ゆっくり過ごせ。君が嫌でなければ、傍にいても構わないか」

クロヴィスが彼なりに『普通の夫婦』、あるいは『普通の恋人』というものを模索してくれていることがわかる。それがとても嬉しい。アニエスは微笑んで頷いた。

【第六章　手探りの夫婦生活と不穏な影】

言葉通りクロヴィスはアニエスを求めることに対して手加減をしてくれるようになった。時折制御がうまくできないときもあったが、それでも翌朝昼過ぎまで起き上がれない、というようなことはほぼなくなった。

婚儀の準備を進めつつ、貴族議会に婚姻許可の申請を出す。実はアニエスに偽の婚約者になることを引き受けてもらったときから根回しを始めていて、申請はほぼ問題なく通過するとのことだった。これには侯爵夫人とローズの働きが大きく貢献しているという。

令嬢教育はほとんど終わっていたが、代わりに侯爵夫人としての教育が本格的になっていく。アニエスはル・ヴェリエ侯爵邸に引っ越し、クロヴィスの通常時の仕事の様子も、本人とダミアンから教えてもらっていた。

高位貴族の婚儀の準備となると、アニエス側ではさっぱりわからない。必然的に侯爵夫人に頼るばかりになってしまいとても申し訳なかったが、その分迷惑をかけないようにと家族一丸となって取り組む。実家に戻ることはほぼなくなったが、母親とフランソワがこちらにやってくることが増え、ローズは弟ができたと喜んでくれた。母親と侯爵夫人も今では友人となっていた。

　具体的に話が進むと、日々はあっという間に過ぎてしまう。婚儀の日が三か月後に決まると気ばかり急いてしまい、何をやっても間に合わないような気になった。だが自分も執務で忙しいだろうにクロヴィスはアニエスと二人きりの時間をできる限り作ってくれ、よく話しかけてくれた。不安や心配事も必ず聞いてくれた。

　その優しさを一心に受けとめ、やがて少しずつ心に余裕が出始めた。その頃合いを見計らって、クロヴィスが一緒に出かけないかと誘ってくれた。もちろん喜んで頷《うなず》く。

　いったいどこに連れていってもらえるのだろう。考えるだけでわくわくし、外出着や小物を選ぶのにいつも以上に気を遣った。精一杯のおしゃれをするとクロヴィスはすぐ気づいてくれ、綺麗《きれい》だと誉めてくれる。

　表情の変化がほとんどなかったクロヴィスだったが、今は冷酷すぎる切れ長の目尻が柔《やわ》らかく緩むようになった。必然的にまとう空気も以前より柔らかくなっている。気づく者はわずかだったが、彼をよく知るダミアンやローズたち、屋敷の使用人たちは嬉しい驚きとして歓迎していた。

　アニエスにとってもとても嬉しい変化なのだが、少し困ってもいる。最近のクロヴィスの態度は非常に甘い。特に屋敷内ではそれが顕著だ。向けられる視線や話しかけてくる声が甘く優しい。気づけば触れられ、挨拶《あいさつ》のようにくちづけられる。そして毎晩一緒に眠り、時には優しく、時には激しく抱かれ、奥深くまで愛される。誰が見ても新婚夫婦の蜜月だ。

（まだ正式な婚儀を挙げていないのに、いいのかしら……）

少し心配にはなるが、ル・ヴェリエ侯爵邸ではもう当たり前のことになってしまっている。

使用人たちに玄関ホールで見送られ、アニエスはクロヴィスの手を借りて馬車に乗り込んだ。その背中にかかる使用人たちの挨拶も困っている原因の一つだ。

「行ってらっしゃいませ、奥さま」

クロヴィスが侯爵邸の皆にアニエスを妻として扱《あつか》うようにと命じたので、当たり前の挨拶だ。だが非常に恥ずかしい。しかもクロヴィスはアニエスが屋敷内で奥さまと呼ばれることにとても満足げで、今も厳しい表情ながらも深く頷いている。

頬を赤くしながらクロヴィスの真向かいの座席に座ろうとすると、腕を取られて隣に座るよう促された。すぐさま腰を抱き寄せられ、彼にしなだれかかってしまう。二人きりになるとクロヴィスの甘さは一層強くなる。

昨夜も激しくはなかったものの、たっぷりと優しく愛された。その余韻がまだ身体に残っているのか、クロヴィスの温もりを間近に感じるだけで身体が疼《うず》きそうになる。

慌《あわ》てて身を離そうとするが、彼の腕はびくともしない。クロヴィスがアニエスの髪に顎先《あごさき》を埋め、頭頂に軽く何度もくちづけながら少し眉根を寄せた。

「嫌か？」

「嫌ではありません！　で、ですが、その……こんなに密着すると、昨夜のことを思い出してどうしても身体が……」

　クロヴィスへの想いは正直に伝えると決めたとはいえ、恥ずかしくなってくる。口ごもったアニエスに軽く目を瞠《みは》ると、彼が腰をそっと撫《な》でてきた。

「俺に愛されたことを思い出して、身体が疼くのか」

　たったそれだけの仕草で、アニエスは息を詰めてしまう。

　クロヴィスがもう片方の手でアニエスの頬を包み込んで上向かせ、頬や目元、耳に啄《ついば》むくちづけを与えてきた。柔らかいくちづけにうっとりと目を閉じた直後、飲み込むような深いくちづけに変わる。

「……ん……んん……っ！」

　舌を搦《から》め捕《と》られ舌先を甘噛みされ、秘所が熱く疼き始める。このままでは昂《たかぶ》るばかりだと慌ててクロヴィスの身体を押しのけようとするが、相変わらずこういうときの彼の抱擁《ほうよう》は解かれる様子が一切ない。

　唇をわずかに離し、クロヴィスが喉の奥で低く笑った。その笑い方が少し意地悪で、けれども甘くてドキドキしてしまう。

「ならば、少し熱を散らした方がいいだろう」

「……え……あ……いけま、せ……ああ……っ！」

抵抗の言葉は深いくちづけで吸い取られ、クロヴィスの手があっという間にスカートの中に潜《もぐ》り込んだ。

もう何度も抱かれ感じる場所を知り尽くしている手を拒むことは難しい。ましてやくちづけで喘《あえ》ぎを吞《の》み込まれ続けると体内に疼きが溜まっていき、かえって快感が強くなる。

クロヴィスの指がドロワーズの紐を緩め、素早く中に入り込んでくる。逃げ腰になっても腰を抱く腕の力は緩まない。彼の指はあっという間に蜜口《みつくち》に辿《たど》り着き、花弁《かべん》を優しく押し分け、つぷり、と中に侵入した。

骨ばった指の感触と、いつもとは違い馬車の座席での行為ということが、不思議と心も身体も昂らせる。指は根本まで入り込むと、臍《へそ》の裏辺りの一番感じる部分をぐりぐりと押し揉《も》んできた。

「……あ、あ……クロヴィス、さま……駄目……そこは、すぐに……あっ！」

「ああ、そうだ。君はここがとても弱い。すぐに感じて達して……いい泣き顔を見せてくれる……」

「……んぅ、あ……あっ、駄目……それ以上、は……ああっ！」

中指と人差し指で蜜壺《みつつぼ》の中を弄《いじ》られ、親指の腹で花芽《かが》をくりくりと捏《こ》ね回される。喘ぎが高くなるとクロヴィスに舌を強く吸われる。だが、瞳は開かれたままだ。アニエスが快感に呑み込まれ、耐えきれずに涙を零すさまをじっと見つめている。

指の動きが速く激しくなる。瞬く間に絶頂に追い上げられ、アニエスはクロヴィスの口中に悲鳴のような喘ぎを与えながら達した。彼の指を強く締めつけて身を震《ふる》わせる。

がくがくと震える身体をクロヴィスはきつく抱き締め、快感が落ち着くまで愛《いと》おしげにくちづけを続けた。快楽の涙の最後の一粒を零し、アニエスは大きく息を吐く。

クロヴィスが蜜壺から指を引き抜き、そこについた愛蜜を丁寧に舐《な》め取った。アニエスは乱れた下肢を慌てて整え、クロヴィスの手をハンカチで拭《ぬぐ》う。

「求めてくださることはとても嬉しいですが、こんなところではいけません……！」

「君の言う通りだ。今のは俺が悪い。時と場所を考えず盛るのは、獣の交尾と変わらない。わかっているのだが、君を前にすると常識や理性というものが容易く壊れる。こんなことは初めてで、正直なところ、俺も持て余している。許されるのならばここで今すぐ君を」

抱きたい、と唸《うな》るように呟《つぶや》かれ、心が熱く震《ふる》える。応えたくなる気持ちを戒《いまし》め、アニエスは穏やかな笑みを浮かべた。

クロヴィスの熱情に流され続けてはいけない。彼がアニエスに溺れ、きちんとした判断ができないと周囲に思われたら大変だ。

「夜にならば……いくらでもお応えします。今はクロヴィスさまとせっかくのお出かけです。そちらを楽しみたいです」

「……む、そうだな。君との個人的な外出はこれが初めてになるのだからな」

クロヴィスが短く頷いてくれて、ホッとする。今夜はいつも以上に求められそうだが、それは考えないようにした。

「今日はどこに連れていっていただけるのですか？」

「我が家御用達の洋品店だ」

馬車はそれから町の中に入り、その中でも一番人通りの多い、大通りに面した一等地の一番大きな建物の前で停まった。

最新流行の建築デザインを採用した四階建ての建物は、ひときわ目を引く。通りに面した部分には大きなガラス張りの窓がいくつもはめ込まれていて、トルソーが着る華やかなドレス、アクセサリー、帽子などの小物が、通りがかる者の視線を奪っていた。

圧倒されて言葉もないアニエスの手を取り、クロヴィスは正面玄関に進む。控えていた使用人が開けてくれた扉から中に入ると、まるで小さなダンスホールのようなよく磨かれた大理石の床と上階に続くらせん階段、そして整然と並んだトルソーたちが出迎えてくれた。

店のオーナーと思われる壮年の男性と店員たちが並び、一斉に頭を下げる。

「いらっしゃいませ、ル・ヴェリエ侯爵さま」

「クロヴィスさま、これは……？」

「君に似合うものをとローズと色々検討したことはあるが、君の好みについてきちんと聞いたことがなかっただろう。君の好みをもっと知りたいと思った」

確かに、面と向かってそんなことを聞かれたことはなかった。クロヴィスが与えてくれるものはいつもアニエスの好みに沿っていて、不満を抱いたことがない。

「この店は、一階がドレス、二階が装飾小物、三階がアクセサリー、四階がオーダー専用フロアになっている。君がどのような生地や宝石、デザインが好きなのか教えてくれ。結婚式用のドレスのデザインは君に一任しているが……」

婚儀まで時間がないことから、ウェディングドレスのデザインはアニエスを中心に、女性たちだけで決めた。クロヴィスもその話し合いに参加したかったのかもしれないなどと、今更のように思う。

途中で昼食や茶を挟み、クロヴィスと色々な話をし、夕方まで店内で過ごした。とても楽しい時間だった。……たった一つのことを除いては。

(ど、どうして購入することになっているのかしら……)

購入したドレスやアクセサリー、鞄《かばん》や帽子、靴などが入った大量の箱を、店員が次々と店から運び出しては、馬車の荷台に積んでいく。どうやらアニエスがいいなと言ったものはすべて購入するつもりで手配していたようだ。サイズが合わないものなどは、後日、侯爵邸に届けられるらしい。

好みのものを教えるだけでいいと言われていたので、金額のことなどまったく気にせず答えてしまっていた。この積み上げられた箱の中身の総額と、後日侯爵邸に届くものの総額を合算するといくらになるのかと思うと、気が遠くなる。せめてもの救いは、クロヴィスの機嫌がよさそうなことか。

荷物が積まれる様子を一緒に見守っていたクロヴィスが、ふと、何かに気づいたように目を細めた。無言でアニエスの腰を抱き寄せてくる。

急にそんなふうにされて足がもつれ、クロヴィスに倒れかかってしまう。どうしたのかと見上げた横顔は、とても厳しかった。何かあったのだろうか。

クロヴィスがアニエスの心配げな眼差しに気づき、目元に微笑を浮かべる。

「すまない。通りの向こうに知った男を見たような気がしたが、気のせいだった」

「そうだったのですか。残念ですね」

全員で見送ってくれる店の者たちに笑顔を返し、クロヴィスとともに馬車に乗り込む。馬車がゆっくりと走り出してから、アニエスはようやく言った。

「あの……購入するとは聞いていませんでしたが……」

「言えば遠慮するだろう。だから言わなかった」

それがどうした？　とでも言いたげな表情に、アニエスは震え上がった。

「これは無駄遣いです！　いけません！」

「無駄ではない。これも高位貴族としての務めだ」

「……え……？」

「高位貴族は世の経済を回す役目も担う。身分に合った財産を要所で使用し、金を循環させる。それにより生産者の生活が向上する。また、身分に見合った装いは必要だ。華美すぎるのは問題だが、質のいいものを身に着けるべきだ。装いすべてでその者の人格は計れないとはいえ、第一印象は非常に大切だ」

奥深いクロヴィスの言葉にアニエスは恥じ入った。

「そのようなお考えがあったとは、気づかずに申し訳ございませんでした。高位貴族として、クロヴィスさまの妻として、もっと努力します」

「その気持ちが嬉しい」

クロヴィスが唇に軽くくちづけてくる。あまりにも自然で短いくちづけは、照れる間もない。

「ここ数日は屋敷で仕事ができるようにしてある。明日は菓子店に行こう。王族御用達の店らしい。貴婦人たちの人気も高いとローズが言っていた。君の好みの菓子を知りたい」

「は、はい。ありがとうございます」

「その次の日は、文具店だ。君の筆記具は俺が用意したものだが、使っていて合わないものもあるだろう。やはり文具は実際に手に取って馴染むものがいい。俺が好んでいる店がある。そこに連れていこう」

……本当にこれは必要な出費だろうか。そうは思うもののクロヴィスのどこかウキウキとした様子をみとめると、アニエスは微苦笑しながら受け入れてしまうのだった。


侯爵夫人の授業が終わり、自室に戻る。授業の内容を書き留《と》めた手帳を開いて復習していると、クロヴィスがやってきた。淡い薄紫色のレースとリボンで束ねた白薔薇《しろばら》の小さなブーケを持っている。

基本的に黒い軍服と軍帽を身に着けている黒ずくめのクロヴィスには少し——いや、かなり不似合いなものだ。だが白薔薇の間にかすみ草も交じっているブーケはとても可愛《かわい》らしく、見ているだけで頬が綻《ほころ》ぶ。以前にもらった豪奢《ごうしゃ》な薔薇の花束もよかったが、個人的にはこのブーケの方が好きだった。

クロヴィスは軍帽を脱ぎながら花束を差し出してきた。

「君に」

アニエスは驚きに目を見開いたあと、満面の笑みを浮かべてブーケを受け取った。

「嬉しいです！　ありがとうございます、クロヴィスさま!!」

ここ数日贈られたものは高価なものばかりで、どうしても気後れしてしまっていた。

クロヴィスからのプレゼントはどれもとても嬉しいが、こういう気軽なもので充分だ。高価なものは何かの記念日などのときでいい。

「とても可愛らしいブーケですね」

「フランソワが、君は薔薇の中でも白薔薇が好きだと教えてくれた」

クロヴィスと弟の関係は、ますます深まっているようだ。アニエスは小さなブーケをひとまず机の上にそっと置いて頷く。

「はい、そうです。でもこのかすみ草も好きです。あと、パンジーとかスミレも」

「花の好みのことは、まだ聞いていなかった。女性は花束の贈り物も喜ぶと耳にして、フランソワに助言してもらった。最初は、君の部屋を白薔薇で埋め尽くそうと思ったのだが」

ひええっ、とアニエスは内心で青ざめる。

「それでは君が気後れするばかりで心の底から喜べないと、フランソワに叱《しか》られてな」

なんてことを、とアニエスは青ざめる。クロヴィスはただ、アニエスを喜ばせようとしてくれているだけだ。弟の言葉で変に思い悩まなければいいのだが。

「確かにそういう気持ちもありますが、でもとても嬉しいことに間違いはありません……！」

「難しく考えないでくれ。フランソワと話していて、俺の他者とは違う部分がわかっただけだ。アニエス、俺の愛は過剰か」

クロヴィスは微苦笑したあと、頬を引き締めて問いかけてくる。アニエスは戸惑《とまど》って絶句した。

「俺は君に何かしたくてたまらない。君が好きだという気持ちを、常に示したくて仕方がない。それを形にし君に渡して、君が喜ぶ顔が見たい。だが君はそうするととても申し訳なさそうな顔をするようになってしまった。その顔が見たいわけではない。今、俺に見せてくれた笑顔が見たい」

言葉を選んでいるからか、どこかたどたどしく感じられる。だがそれが、とても嬉しい。

こんなにもアニエスのことを考えてくれている。ただどういうふうに接したらいいのかが、未だにわからないらしい。

（そうね、そういうものよね。だって私とクロヴィスさまは家族でもなく、はじめは友人でもなくて、お互いまだよく知らないことが多いのだもの）

自分がクロヴィスのことをもっと知りたいと思うように、彼も同じように手探り状態なのだ。ならば知ってもらうために、もっと言葉を交わそう。

「私は愛情の証として形に残るものを求めてはいません。いただければそれはとても嬉しいですけれども、それよりもクロヴィスさまと一緒に過ごせることの方が嬉しいです。色々なお話をして、傍《そば》にいてくれるだけでいいです」

ふむ、とクロヴィスが頷く。

「君は欲がないな」

「そんなことはありません。クロヴィスさまがお忙しいことはよく知っています。それでも一緒にいる時間が欲しいと願うことは、充分に欲深いことです……」

だんだん大それた願いを口にしているのではないかと恥ずかしくなり、アニエスは俯《うつむ》いてしまう。クロヴィスがすぐさま顎先に指を絡め、上向かせた。

「顔が赤い。これは君が照れている顔だ。この顔もいい」

まじまじと見つめられて言われると、さらに頬が熱くなる。目を逸《そ》らそうとするより早くクロヴィスが両手で頬を包み、くちづけてきた。

「ん……んぅ……っ」

舌を柔らかく搦め捕られる、深いけれども優しいくちづけだ。貪《むさぼ》る激しさはないが、身体から力が抜けてしまいそうなほど甘い。

はふ、と小さく息を吐いてもたれかかると、クロヴィスはしっかりと抱き留めてくれた。

「君と一緒にいると、俺は君に触れたくてたまらなくなる。くちづけだけでいつも済ませられる保証はない。だがあまり触れすぎると、君の身体に負担をかけてしまう。加減が難しい……」

クロヴィスがアニエスを包み込むように抱き締めながら、難題に顔を顰《しか》めた。

クロヴィスの性欲が実はとんでもなく強かったことは、もう身に染みてわかっている。アニエスは真っ赤になってしまうが、その言葉も嬉しかった。

もらった白薔薇のブーケは寝室のサイドテーブルに飾ることにした。

花瓶に生け、眠る前に香りを堪能する。そして目覚めると、白薔薇を目の端に映しながらクロヴィスの朝の挨拶のくちづけを受け止める。なんとも贅沢な時間だ。

朝食を終えてクロヴィスは執務に、アニエスはローズとともに午前中は歴史の授業を受ける。それが終わって昼食をとったあとは、侯爵夫人のもとで授業だ。授業の内容を書きつけている手帳を取りに自室に戻ったところ、開け放たれたままの寝室の扉から白薔薇が見えた。

まだ萎《しお》れてはいない。だが必ずその時期は来てしまう。何か綺麗に残しておく方法はないだろうか。

授業の休憩時間に栞《しおり》にすることを決め、アニエスは夕食のあと、寝支度をする前に一輪だけ白薔薇を取り分けた。

クロヴィスは先に入浴している。夫婦の居間で丁寧に花弁をがくから外し、白紙の上に並べていく。まずはきっちり乾燥させ、そのあと栞にする紙の上で薔薇らしく貼り重ねていくのだ。

浴室から戻ってきたクロヴィスが、何をしているのかと問いかけながら近づいてきた。

「いただいた薔薇を栞にしようかと……綺麗なまま、残しておきたくなりました」

「ずいぶん手間がかかる作業のようだ。やり方を教えてくれ。手伝おう」

まさかそんな提案をしてもらえるとは嬉しい驚きだ。アニエスは笑顔で首を横に振る。

「ありがとうございます。でも、作る過程も楽しいので大丈夫です。クロヴィスさまの分も作りますね」

言ってからハッと気づく。手作りの押し花栞など、彼に使わせていいのだろうか。

だがクロヴィスはアニエスを優しく見返しながら背後に回り、そっと抱き締めて首筋と右耳にくちづけてくる。甘い仕草から彼の喜びが伝わってきた。

「楽しみだ。だが手間がかかるのならば無理はせず、ゆっくり作業してくれ。……驚いた顔をして、どうした？」

「みすぼらしいものだと……思われるかと」

クロヴィスがようやく理解したというように微苦笑し、アニエスの頬に後ろから優しくくちづけた。

「君が俺にくれるものならば、道端の小石でも嬉しい。君が与えてくれることに意味がある」

それからふと何かに気づき、クロヴィスが軽く目を瞠った。そしてすぐに小さく笑う。

「ああ、そうか……君が高価なものではなく、こうした花束程度の贈り物でいいと言っていた理由がやっと真に理解できた。金銭的な価値があるかないかということではなく、俺が君に与えたいと思う気持ちが大事なのか」

同じ気持ちになってくれたことが嬉しくて、アニエスも笑顔になる。クロヴィスに向かい合うと、自分から彼の唇に柔らかくくちづけた。

「で、では……こういうものでも、喜んでいただけますか？」

クロヴィスが低く笑った。

「もちろんだ。だがもう少し長く、深くしてくれ」

今度はクロヴィスの方からくちづけられる。言葉通り、甘く柔らかいのに深く長いくちづけだ。そのくちづけを何度も繰り返していると、やがて彼が軽々とアニエスを抱き上げた。

重心が不安定になり、焦《あせ》ってクロヴィスの首に両腕を絡める。くちづけを止めると、彼は大股で寝室に向かった。

わき目も振らず寝室のベッドに運ばれる。優しくベッドに下ろされると、すぐさまクロヴィスがのしかかってきた。

いつもは冷静沈着な美しい青い瞳が、今はアニエスですら息を呑んでしまいそうなほど情欲でぎらついている。肉食獣に狙われた獲物とは、こんな気持ちではないだろうか。くちづけをする前まではそんな素振りすらなかったのにと、アニエスは驚いてしまう。

クロヴィスの手が、アニエスの足に伸びる。もう片方の手は背中に回り、ドレスのくるみボタンを次々と外し始めた。どこかもどかし気な動きは、生地に負荷をかけ、糸が切れる嫌な音をさせる。

「あ、あの……クロヴィス、さま……待……っ」

「待てない。君が悪い。あんなに可愛らしいくちづけをしてもらえたら……滾《たぎ》る」

アニエスを欲しがってくれていることはよくわかる。だが、まだ身を清めてもいない。汗臭くはないはずだが、急に気になってしまう。

「にゅ、入浴をしていない、ので……っ」

「別に構わない。君は一晩くらい風呂に入らなくともいい匂いがする」

クロヴィスがドレスの身頃を引きずり下ろしてむき出しにした胸の谷間に顔を埋め、大きく息を吸い込んだ。

「ああ……いい匂いだ……」

猛烈に恥ずかしくなって慌てて離れようとするが、すぐに彼の身体がのしかかってきて逃げられない。

「す、すぐに戻ってきますから、お風呂に行かせてください……！」

クロヴィスはアニエスの胸の谷間に埋めた顔を、擦りつけるように左右に動かした。鼻先が肌を擽《くすぐ》り、見せつけるように深呼吸してくる。

すーっ、はーっ、と何度か呼吸したあと、クロヴィスは納得したように頷いた。

「俺は君の匂いも好きだと気づいた。入浴したら今日の君の匂いがなくなってしまう」

変態、という言葉が瞬時に脳裏に思い浮かんだものの、今はとにかくこの羞恥から逃げ出したくて仕方がない。クロヴィスの下でじたばたしていると、彼がふと、サイドテーブルに飾られている白薔薇に気づいて上体を起こした。

「……ああ、こういうのもいいか……」

一番綺麗で花弁が瑞々《みずみず》しいものを選んで花瓶から引き抜き、クロヴィスがふ、と小さく笑う。どこか無邪気だが淫靡《いんび》な笑みに、アニエスは小さく息を詰めた。

「あの……それを、どうするのですか……？」

クロヴィスは優しく笑った。

「……ん……っ」

素肌の上を優しくなぞる薔薇の花弁の感触に喘ぎ声が漏れそうになり、アニエスは唇を噛み締めた。だが気づいたクロヴィスに唇を舐められ、すぐに緩んで喘ぎが零れてしまう。

「噛んだら唇に傷がつく。駄目だ」

ならばその焦《じ》らすような愛撫《あいぶ》を止めて欲しい、と涙目で懇願するが、クロヴィスは止めるどころかますます熱い眼差しを向けながら愛撫を続けた。

（ど、どうして……こうなったの……）

薔薇をどうするのかと尋ねたあと、ドレスも下着もむしり取るように脱がされ、ベッドの上で一糸まとわぬ姿にされてしまった。そしてクロヴィスは、アニエスの裸身を白薔薇で撫るように撫で始めたのだ。

「……ん……あ、あぁ……」

指や舌の直接的な愛撫とはまったく違う、柔らかすぎる愛撫だ。瑞々しい花弁が触れるか触れないかという感じで肌を撫ってくる。

鎖骨の窪みを執拗《しつよう》に撫で擽ったあと、クロヴィスがそこに顔を埋めて深く息を吸い込んだ。

「薔薇の香りが移っている。君の香りと混ざるといい匂いだ。入浴は必要ない」

「……そ、んな……あぁ……っ」

鎖骨の匂いを嗅ぎながら、クロヴィスは薔薇を胸の膨らみに移動させた。くるくると円を描くように撫で回す。

こんなに優しい愛撫なのに二つの膨らみが張ってきた。まるで触れて欲しいとでもいうように頂《いただき》が尖《とが》る。

クロヴィスが喉の奥で低く笑い、重なり合う花弁の中心に乳首を埋めるように、薔薇を擦りつけた。

「……ん、あっ、あ……っ」

（こ、んな……やり方で、気持ちよくなってしまうなんて……っ！）

蜜口が疼き、熱い蜜がしっとりと滲《にじ》み出す。アニエスは軽く膝を立て、もどかしげに内股を擦り合わせた。

顕著に反応してしまったことに気づいてハッとし、羞恥で逃げようとする。クロヴィスがすかさずアニエスの両手首を頭上で一つにまとめ、左手でシーツに押さえつけた。

「汗の匂いが気になるなら、ここはじっくり香りを移さないといけない」

脇のくぼみに白薔薇を優しく押しつけ、さわさわと擦ってくる。擽ったくて、ひどく淫猥《いんわい》な気持ちになる愛撫だ。

「あ……や……あぁ……ん……っ」

もどかしさに身を捩《よじ》るが、クロヴィスの拘束は外れない。それどころかシーツを爪先で蹴ったり腰を引いたりして身じろぐと、乳房と腰が揺らめく。まるで全身で彼を誘い、彼の情欲を煽《あお》っているような動きになってしまう。

クロヴィスが薔薇を下乳の辺りに移動させ、妖しく蠢《うごめ》かせながら熱く息を吐いた。

「なんていやらしい動きをするんだ」

どこか恨めしげな口調に、アニエスは顔を赤くする。はしたなく淫らな娘だとついに呆《あき》れられてしまったのか。

「君の姿を見ているだけで、こんなに欲情するとは……俺はおかしくなったのかもしれん」

クロヴィスが信じられないと軽く首を左右に打ち振って、独白する。

アニエスを薔薇で可愛がりながらもいつの間にかクロヴィスは寝間着を脱ぎ捨てていて、彫刻像のような美しく引き締まった裸体を晒《さら》している。本当に彼のものかと毎度信じられないほど雄々しい男根はすでに腹につくほど反り返り、先走りで膨らんだ先端が濡れ光っていた。アニエスは息を呑む。

「……ク、クロヴィス……さま……」

相変わらず大きくて太い。いつも受け入れているものだが、こうしてまじまじと見てしまうと本当に入るのかと不安に駆られる。

下乳を擽っていた薔薇は臍に向かって真っ直ぐ下り、小さな窪みを撫でた。焦らされる動きに耐えきれず思わず腰を揺らすと薔薇はさらに下り、淡い茂みを優しく払い除けて恥丘《ちきゅう》に触れた。

両手を縛《いまし》められているから、シーツを臀部で擦る程度しか逃げられない。身もだえしているうちに、気づけばその奥に触れて欲しいというように立てた膝を軽く開いてしまっている。

乱れる様を凝視しながらクロヴィスは薔薇で恥毛を撫で、秘裂《ひれつ》を上下に撫で摩った。

優しく甘いさざ波のような愛撫は、かえってアニエスの感覚を鋭敏にする。花弁の先が花芽を擽るだけでひどく感じ、クロヴィスに毎晩のように愛されて女としての悦《よろこ》びを教えられている身体は、しばらく秘裂をなぞられているだけで小さく達してしまった。

「……あ……あぁ……っ！」

(そ、んな……これだけ、で……っ？)

腰を軽く浮かせ、下肢を戦慄《わなな》かせる。とろり、と蜜が滲み出した。クロヴィスの瞳が、さらなる熱を孕《はら》む。

熱い眼差しを受け止めるだけで、感じて震えてしまう。快楽の涙が、ほろりと目尻から滴った。

「滾る、な」

唸るように呟くと、クロヴィスは白薔薇を秘裂に優しく押しつけたまま、小刻みに揺らし始めた。

「……あっ、あ……っ、あっ！」

達して震える花芽にかすかな震動が与えられ、小さな絶頂を何度も迎えてしまう。アニエスはクロヴィスに捧げるかのように胸を突き出して身体を震わせた。

固く尖った乳首に触れて欲しい。火照《ほて》った肌を固い指先で撫でて、熱い舌で味わって欲しい。けれど薔薇の愛撫は花弁と花芽だけに与えられ続け、体内に欲望が溜まっていくだけだ。

(クロヴィスさまが、欲しい)

そんな淫らな願いを口にしていいのだろうか。焦れて、頭がおかしくなりそうだ。アニエスは潤んだ瞳でクロヴィスを見返す。

呆れられてもいい。クロヴィスが欲しい。彼の熱を奥深くに受け止めたい。正直にそう言おうとした直後、クロヴィスが蜜口から薔薇を離した。

クロヴィスがとても愛おしげに白薔薇を鼻先に引き寄せ、香りを嗅ぐ。

「もうこの薔薇は、君の匂いしかしないな」

白薔薇はアニエスの愛蜜でしっとりと濡れていた。いやらしい蜜で花弁は瑞々しさを増している。

クロヴィスは薔薇をそっとサイドテーブルに置き、羞恥で真っ赤になるアニエスの力の入らない内股に顔を埋めた。そうすることが当たり前だとでもいうように、丁寧に蜜口を舐め、舌で解す。

不浄の場所でもあるのに、少しは躊躇《ためら》わないのだろうか。クロヴィスの執拗な舌技に酔わされ喘ぎながらも、アニエスは頭の片隅でそんなふうに思ってしまう。

「ク、ロヴィス、さま……それ、嫌……駄目……っ」

「君はここを舐められるのを嫌がるが、俺の舌がよくないのか？」

下肢に顔を埋めたままでクロヴィスが問いかける。熱い呼気や唇が不規則に花芽に触れ、快感を強めた。

アニエスは口淫《こういん》を止めようとクロヴィスの黒髪に指を絡め、頭を押しのけながら答える。

「違い、ます……！　だってそこは、汚……っ」

薔薇の香りが移っていたとしても、まだ洗っていない場所だ。どうしても抵抗感がある。

クロヴィスが低く笑い、花芽を唇で挟み込んで扱《しご》いた。

「……んんーっ!!」

強烈な快感にあっという間に達する。とぷりと溢《あふ》れ出す蜜をクロヴィスは舐め取って啜《すす》る。肉厚の舌が膣内に根本まで入り込み、蠕動《ぜんどう》する蜜壺の様子を味わった。

「あ……はぁ、あ……っ」

舌を引き抜くと、愛蜜が糸を引く。クロヴィスは小さく笑った。

「君の身体はどこもかしこも美味い。そんなことで拒むな。俺の舌はいいんだな?」

とんでもないことを聞かれていることに、快楽に蕩《とろ》けた思考では気づけない。アニエスは素直にこくこくと何度も頷いた。

「い、いい……です。クロヴィスさまの舌……とても、気持ちいい、です……」

直後、クロヴィスが低く呻《うめ》きながらアニエスの足を大きく開き、膝裏を摑んで乳房に沈み込ませるように持ち上げた。蜜口が天井を向き、少し息苦しい体勢だ。このままでは後ろの菊門まで丸見えになってしまう。

辛《かろ》うじて残っていた理性が慌てて押しとどめようとするが、一瞬早く、クロヴィスがはち切れそうなほど昂った肉竿の根本を摑んで――一気に根本まで押し入ってきた。

「……あー……っ!!」

いつもとは違う角度からの性急な挿入は、達してまだひくついていた蜜壺には刺激が強すぎる。アニエスはシーツを強く握り締め、全身を震わせて男根を受け止めながら再び達した。

「……く……ぁ……入、れただけで……こんな……」

クロヴィスも予想外だったらしく、低く呻いて動きを止めてしまう。蠕動する肉壁に搾り取られる感触を息を詰めてやり過ごすと、ゆっくりと抽送《ちゅうそう》を始めた。

ギリギリまで引き抜き、次には最奥《さいおう》を目指して入り込む。蜜壺の熱と感触を楽しむような緩慢な抽送だ。だがいつもと違う角度で肉壁を擦られる快感を、身体は追い求めてしまう。

クロヴィスにもアニエスと同じほどの快感がやってきているらしい。きつく眉根を寄せ、こめかみに汗の雫を滑らせながら荒い呼吸で穿《うが》ってくる。

こつ……っ、と張り詰めた肉竿の先端が子宮口に触れた。まだ少し痛みを感じるその部分に亀頭を押しつけると、クロヴィスは優しく先端で押し揉んでくる。

「……あ……あ……っ」

「君の……子袋の入口が、俺のものに……吸いついて、くる……」

その通りだ。強烈な快感だと認識できるほどその場所はまだ熟れていないのに、クロヴィスが目指してきていると思うと意思に反して求めるように吸いついていく。

まるで、子種が早く欲しいとでもいうように。

「……君も、俺を迎え入れて悦んでくれている、んだな……」

クロヴィスに抱かれ始めたときには、それがとても恥ずかしく淫らなことだと思え、心が固くなってしまった。けれど彼は嬉しいと言ってくれる。

アニエスは羞恥を飲み込み、クロヴィスに両手を伸ばした。互いに指を絡め合い、掌《てのひら》をぴったりと重ね合わせる。それだけでもとても気持ちがいい。

「……クロヴィスさまの子種が欲しいから……そう、なってしまうんです……」

「それは嬉しい。ならば君の胎が俺の子種で溢れるくらい注ぎ込んでもいいな」

クロヴィスがぴったりと腰を押しつけたままで、軽く揺する。あまりにも深く繋がり合っているからか、些細《ささい》な刺激にもとても感じた。

自然と喘ぐと、クロヴィスが再び腰を動かし始めた。大きな振り幅で腰を突き入れ、引き抜く。だんだんとその速さが増し、クロヴィスの肩に乗った両足が律動に合わせて艶《なま》めかしく揺れ動く。

「あ……あっ、あ……っ！　ああっ!!」

二つの袋が臀部に激しく打ち当たる。いやらしく湿った音が上がるほどの抽送だ。

子宮口を無理矢理押し開かれるような腰の動きにもう何もわからなくなり、アニエスはクロヴィスの両手を強く握り締めて達する。

「……あ……ああー……っ!!」

ビクビクッ、と自分でも驚いてしまうほど激しく戦慄き、男根をきつく締めつける。クロヴィスが息を詰め、そのまま精を吐き出す——かと思いきや、再び激しく腰を打ちつけてき

た。

絶頂を迎えて蠕動している蜜壺を、再び激しく擦られる。アニエスは大きく目を見開き、快楽の涙を散らしてのけぞった。絶頂から下りられないまま、新たな高見に押し上げられる。

「……ひぁ……っ、ああっ!! だ、め……や、駄目……ぇ……!!」

クロヴィスはアニエスの片足を片腕に抱き締め、もう片方の足は伸ばしてシーツに押しつける。そして伸ばした太股の上に乗り上がり、ずんずんと腰を突き込んできた。

秘所が卍状態で繋がり合って亀頭で擦られるところが変わり、新たな快感に視界がチカチカと明滅する。

「……ひ……っ」

クロヴィスが片手を乳房に伸ばして硬く尖った頂の片方を摘《つま》むと、指の腹で擦り立ててきた。同時にもう片方の指を花芽に伸ばし、同じように愛撫してくる。

強烈な愛撫をあちこちに与えられて、アニエスは快楽の涙を零しながらあっという間に達した。だがクロヴィスはまだ精を放たない。

「……あ、あ……あ、もう……無理……壊れ……」

過ぎる快感に心がついていかず、アニエスは喘ぎながら掠《かす》れた声で言う。クロヴィスは激しい愛撫に反してとても優しげな瞳を向けると――けれどその奥は情欲でギラギラしているのだが――低く囁いた。

「君を壊すことはしない。ただ、俺なしではいられなくなるほどに愛したいだけだ」

優しい声の奥に、震えるほどの情欲を感じ取る。だがそれについて深く考えるよりも早く、与えられる快感に呑み込まれ、わけがわからなくなってしまう。

「あ……あ、もう……い……っ、く……っ!!」

貫かれながら何度目かの絶頂を迎え、意識が遠のきそうになる。クロヴィスもようやく深く蜜壺を穿ち、アニエスの上に身を押し被せながら全身を震わせて精を放った。

「あ……あぁ……熱、い……」

クロヴィスの熱が、全身に広がっていく。ヒクヒクと全身を震わせながらようやく解放してもらえるとシーツに沈み込もうとしたが、その腰にクロヴィスの片腕が巻きついた。えっ、と驚く間もなく力強く引き起こされてしまう。

「すまない、アニエス。まだだ」

力の入らない身体を抱き起こされ、胡座《あぐら》をかいた膝の上に下ろされてしまう。向かい合ってではなくクロヴィスを背後にしてそそり立つ男根の上に下ろされ、アニエスは身を打ち震わせながら受け止めるしかない。

「あ……あぁぁ……っ」

じゅぷり、と蜜を散らしながら一気に根本まで入り込まれてしまう。そして後ろから回ったクロヴィスの右手が内股を大きく開かせ、ぷっくりと膨らんでいる花芽を刺激しながら容赦なくずんずんと突き上げてくる。

クロヴィスは首筋に顔を埋めてアニエスの匂いを深く吸い込み、もう片方の手で乳房を捏ね回してきた。こんなに形が変わるのかと驚くほど、いやらしく揉み込まれてしまう。

「アニエス……アニエス……っ」

突き上げる動きは次第に速くなる。合間に熱く掠れた声で名を呼ばれるだけで、蜜壺がきゅんきゅんと疼いた。絶頂を絶え間なく与えられ続け、意識が朦朧《もうろう》としてくる。

「ああ……いい。君の中はとてもいい。ずっとこうして君と繋がり合っていたいくらいだ」

そんなことは無理だとわかっているだろう。だがクロヴィスならばやってしまいそうな気がする。そんな不穏さが呟きからは感じられた。

だが今は彼が与えてくれる快感に飲み込まれ、とりとめない思考はすぐに消失してしまう。アニエスはクロヴィスが求めるまま肩越しに振り返って唇を捧げ、舌を搦め捕られるくちづけを受け止めた。


王城に出仕するクロヴィスを見送るため、アニエスは彼とともに玄関ホールへと向かった。黒を基調とした軍服を一分《いちぶ》の隙もなく着こなし、今日は丈の短い外套《がいとう》を羽織って黒曜石のブローチで留めている。

相変わらず見惚《みほ》れるほど素敵だ。こんなに素敵な人がもうすぐ夫となるのだ。

「陛下への報告を済ませたら戻る。夕方には帰ってくる」

クロヴィスが軽く上体を屈《かが》めてくれ、アニエスは持っていた軍帽を彼に被せた。一番いい角度になるよう慎重に位置決めをしてから手を離すと、クロヴィスが上体を起こすときにアニエスの唇に掠めるようなくちづけを与えた。

普段通り険しさすら感じる表情なのに、与えられたくちづけは優しくとても甘い。アニエスはいつまでも慣れず真っ赤になるが、この場にいる誰ももう驚きはしなかった。

玄関扉を使用人が閉めたあと、一緒に見送っていたローズが嬉しそうに笑って言った。

「お兄さまとアニエスがまだ結婚していないなんて嘘みたいよね。今のは新婚夫婦のやり取りよ」

アニエスは赤くなった頬を冷ますように掌で押さえる。

「まだ婚儀を執り行っていないのに浮かれていては駄目よね。ごめんなさい。もっと気を引き締めるわ」

「お兄さまの前ではそのくらいふわふわしていていいと思うわ。それにしてもお兄さまって、溺愛体質だったのね。この間、お母さまとそういう話をしていたの」

溺愛体質。確かにそうかもしれない。何を考えているかわからない険しい表情をしていても、手探りながらアニエスのことを様々に気遣ってくれる。

「私……とても幸せだわ」

「突然どうしたの」

ローズが少し驚いた表情で見返す。アニエスは親友の手を取って微笑んだ。

「クロヴィスさまがいてくださって、私と私の家族を優しく受け入れてくれる侯爵家の皆さまがいてくださって、あなたという親友もいてくれる。もうすぐとても幸せな花嫁にもなれる。幸せすぎて、怖いくらいよ」

「改まってそう言われるとなんだか照れるわ。それよりお義姉さま、お兄さまが帰ってきたらお客様にお出しする料理についてお話ししてくださいませね？」

からかうようにローズが言う。婚儀を終えれば彼女とは新たに義姉妹になるのだ。

どうかこの幸せな日々が長く続くように――そう、死を迎えるときまで続くように努力し続けたいと思った。


ローズや侯爵夫人と一緒に招待客を選別し、クロヴィスに確認してもらって招待状の準備を始める。三桁に及ぶ数の招待状を作成するのは、主にアニエスの役目だ。このくらいのことしか率先してできないのだから、自然と懸命になる。

クロヴィスは国を守る役目を担っているため、忙しい。王国だけでなく、同盟国でも何かあればすぐに軍を動かし、戦地に駆けつけなければならなくなる。婚儀に関して、なるべく彼に負担はかけたくなかった。

自然と決めごとはアニエスが中心となり、ローズと侯爵夫人の助言を得て何通りかのパターンを決め、その中からクロヴィスに選んでもらうという方法をとるようになった。これが、アニエスに大きな成長をもたらした。

最初こそ戸惑いと不安でいっぱいだったが、クロヴィスが都度誉めてくれると自信もついた。それがアニエスのふるまいにも表れ始めた。

パーティーなどに参加すると、心の奥底でどうしても身分に引け目を感じていた。だがクロヴィスに愛されている自信と彼の想いに応えたいという気持ち、そして高位貴族令嬢の教育により、アニエスは誰から見ても思わず見惚れてしまうほどの美しさを持つようになった。さらには上品で控えめなふるまいと話術から、どこの高貴なご令嬢だと驚かれることが当たり前になりつつあった。

クロヴィスもアニエスと一緒に行動しているときは、彼なりに愛情深い仕草をことさら示してくれている。真面目な顔でアニエスのいいところを普通に他者に話されたときなどはどんな拷問《ごうもん》だと思うこともたびたびあるが、周囲はだんだんと彼のそうした部分も受け入れるようになっていた。人間らしく見えて声をかけやすくなったという噂《うわさ》も聞こえてきている。

すべてが順調な毎日だ。婚儀に向けてめまぐるしく日々が過ぎ、その中でクロヴィスに愛されていることを実感していく。

だがこれほどの幸せはないと思っていたある日、クロヴィスが負傷して帰ってきた。帰宅したクロヴィスが室内着に着替えるのを手伝っていたときに、左腕の二の腕にきつく巻かれた包帯に気づいたのである。

どうしたのかと聞けば、見回りに同行した際、酔っ払った客同士のもめ事に遭遇し、それをおさめるために負傷したとのことだった。浅い傷だとクロヴィスは言ったが、アニエスは心配でたまらなくなる。

きちんと医者に診せて手当てしてもらったものだとダミアンに確認を取ったあと、ベッドに追い立てた。大げさすぎるとクロヴィスは少々呆れたが、アニエスは引かない。

「もし私が同じように負傷したら、クロヴィスさまはどうされるおつもりですか？」

「もちろん傷が治るまでベッドからは出さない。その間の世話は俺がする」

「その言葉、そっくりそのままお返しします！」

アニエスが叱りつけると驚いたのか、クロヴィスは軽く目を瞠り口元を覆った。傷のせいで気分でも悪くなったのかと慌てるが、クロヴィスは覆った手を離すととても嬉しそうに笑った。とはいえ、他人から見ればわずかに口端が上がっているだけにしか見えないだろうが。

「君に心配してもらえると……うまく言えないが、この辺りがむずむずしてふわふわする」

外した手で胸を押さえ、クロヴィスは囁くように言う。

「その言い方は狡《ずる》いです！　私は怪我を黙っていたことを怒っているのですよ⁉」

「すまなかった。どうしたら許してくれるか教えて欲しい。俺は女の機嫌を取る技には長けていないから」

「そんな技は持たなくていいのです。怪我などしないで元気に健やかに過ごしてください」

約束する、とアニエスの目元にくちづけてクロヴィスは言う。

クロヴィスは立場上、緊急時にはこの約束を忘れなければいけないだろう。けれど、今はそう言ってくれることが嬉しかった。


怪我をしているのだから今日くらいは早く眠るべきだとアニエスに言われ、クロヴィスは夕食を終えたあと再びベッドに追い立てられてしまった。重傷ではないのにベッドの上で食事までさせられそうになったが、さすがにそれはと押しとどめ、夫婦の居間でのんびりと食事をすることにしてもらった。

アニエスは今、入浴中だ。クロヴィスはベッドに半身を起こし、手持ち無沙汰で本を読んでいる。こんなに早くベッドに入っても眠くはならない。

静かな室内に、控えめなノックの音が響いたのはそのときだった。

入室を許可すると入ってきたのはダミアンだった。無駄のない動きでクロヴィスの傍に歩み寄る。

「どうだった」

「やはりただの喧嘩《けんか》ではないようです」

腕を負傷した際の喧嘩について少し引っかかるものを覚え、ダミアンに状況と面子を調べさせていたのだ。

刃傷沙汰《にんじょうざた》の場で気を抜くことはしない。何よりも、自分が負傷すればアニエスが心配するだろうことは容易く予想できた。その予測ができるようになっている。

なのに、負傷した。それだけの手練《てだ》れということだ。

自分に傷を与えた者の顔を、クロヴィスはしっかりと見ている。だが喧嘩をおさめたあと、その者は忽然《こつぜん》と姿を消していた。

「クロヴィスさまが教えてくださった人相から今も引き続き調査をしていますが、あの店の常客ではないことは確かです。聞き込みをしてはいますが、町の者とも思えない状況です。該当の男を知る者がいません」

「どこかの刺客か」

「そうだと思われます」

ふう、とクロヴィスは嘆息する。

命を狙われることは別段珍しいことではない。クロヴィス自身のことを気に入らない存在は国内にもいる。だが現時点では、彼らにクロヴィスを失脚させる理由がない。

もし暗殺するのならばどこかで戦を起こし、そこに派遣されたところを狙って敵にやられたと細工した方が疑いの目を向けられずに済む。

（となると、国内ではなく国外か……）

アニエスと買い物に出かけたときも、往来で嫌な視線を感じた。あれももしかしたら関係しているかもしれない。

「……ジェイドの可能性が高くなってきたな」

ダミアンが神妙な顔で頷いた。クロヴィスは軽く嘆息して命じる。

「調査は続けてくれ。アニエスには妙な心配をかけないように」

「承知しました」

ダミアンがまた風のように気配を消して部屋から出ていった。

クロヴィスは改めて背中の枕にもたれかかり、読みかけだった本に目を落とした。だが、文章は頭の中に入ってこない。

（アニエスを突き落とした令嬢というのも、結局正体はまだ摑めていない……）

アニエスから教えてもらった容姿をもとにダミアンは未だ調査を続けているが、該当者はいなかった。元々貴族令嬢ではない者だった可能性が強い。この一連の違和感は繋がっているのかもしれない。

クロヴィスは神妙な顔で、考え続ける。やがて扉がノックされ、アニエスが入ってきた。

寝間着の上にガウンを羽織った湯上がり姿は、クロヴィスの劣情を煽るほど艶やかで美しい。もう眠るだけだからか、それとも自分と一緒だからか――クロヴィスを信頼しきった無防備なほどの穏やかな表情がたまらなく愛おしかった。

だがアニエスはクロヴィスの傍に近づくなり、心配そうに顔を覗き込んでくる。

「どうかしましたか。何か……難しいお顔をされています」

(ああ、君は俺の些細な表情の変化にも気づけるようになったんだな)

それはアニエスがクロヴィスを想ってくれる証だ。少し困ることもあるが、嬉しい気持ちの方が強い。

クロヴィスはアニエスを引き寄せ、自分の隣に横たえさせる。風邪をひかないよう、掛け布を肩まで引き上げて微笑んだ。

「この本が無為に難しい言葉を使ってばかりいるから、読むのに疲れただけだ」

「それならばよかったです。さあ、今夜は早くお休みください」

「君に触れても……」

「いけません。激しく動いて傷が開いたらどうするのですか」

アニエスが眦《まなじり》をキッ、と吊り上げて窘《たしな》める。

最近は、アニエスもクロヴィスを叱責《しっせき》するようになった。だが叱りつけてくる様子も愛らしい。

クロヴィスは微苦笑し、アニエスを両腕で包み込むように優しく抱き締めた。湯で温まった身体をこうするだけでとても気持ちよく安らげる。

「わかった。ならばこうして抱き締めるだけにする」

アニエスが嬉しそうに笑い、クロヴィスの背中に両腕を回して抱き返してくる。体格差があるため腕は回り切れていないのに、それでも彼女に包み込まれているような気持ちになれることが不思議だった。

（これが、愛おしいという気持ちか）

【第七章　急転】

婚儀の準備に追われながらも決めなければいけないことを決めてしまえば、回答や結果を待つだけということも増えてきた。時間的なゆとりができて、目まぐるしい日々は落ち着きを見せ始めていた。

クロヴィスも屋敷でずっと執務をし続けるわけにはいかず、王城や軍施設などに足を運ぶ通常業務に復帰した。だが、早く帰宅することを心がけてくれている。

時折アニエスの家族が屋敷に呼ばれ、一緒に茶や夕食の時間を過ごしたりする。クロヴィスは本気でフランソワをいずれは自分の部下にするつもりらしく、時々屋敷に呼び寄せて自ら教育していた。

気づけば婚儀まであとひと月半ほどとなったある日、王城からクロヴィスが難しい顔をして戻ってきた。

相変わらず一見しただけではわからない表情の変化だ。だが付き従っているダミアンまでもが、軽く眉を顰《ひそ》めている。これは王城で何かあったとしか思えない。

自室に向かうクロヴィスについていき、軍服から室内着に着替える手伝いをする。さりげなく同行していた使用人たちを早めに下がらせ、二人きりになるようにする。

言い出してくれるのを待っていると、シャツの袖《そで》ボタンを留《と》めながらクロヴィスが口を開いた。

「――少し、相談したいことがある」

どこか重々しい物言いに反し、アニエスは意気込んで何度も頷《うなず》いてしまった。クロヴィスから『相談』を持ちかけられ、頼られているようで嬉しくなる。

自分ができることはきっと些細《ささい》なことしかないが、それでも話くらいは聞ける。一緒に打開策を考えることはできる。

クロヴィスがアニエスを見返し、微苦笑した。

「なぜ、そんなに嬉しそうな顔をしているんだ」

「も、申し訳ございません！　クロヴィスさまに頼っていただけたことが嬉しくて……私にできることはならばなんでもします」

ふ、とクロヴィスが嘆息混じりの笑みを浮かべた。

「相談しやすくて助かる」

クロヴィスがソファに促し、並んで座る。クロヴィスはアニエスの両手を包み込むように握り締めて言った。

「アリンガム国から親書が届いた」

親書には、自国の民を守り尽力してくれたことに対する感謝の気持ちがしたためられていたという。特に前線に立ってくれたクロヴィスへの感謝の気持ちが強く表れており、ささやかな礼として一か月後に執り行われる収穫祭に、ぜひとも貴賓として招待したいとのことだった。

(アリンガム国の内乱は、多民族国家特有の軋轢《あつれき》によるものだったはず……)

主義主張をそれぞれ持つ他民族国家には、どうしても自民族を優先させようと考える輩《やから》が出てきてしまう。今回の内乱は武力で他者を従えようとする考えが当然だとする少数民族による暴動が、内乱にまで発展したものだという。

アリンガム国ではそれぞれの民族の代表を出し、その代表たちの投票により国の代表が決まる。その政治制度が彼らにとってかなり不満だったらしい。彼らの代表がこれまで一度も選ばれたことがないことが一番の不満で、代表を選出させない政治的裏取引があるというのが彼らの主張だった。

選ばれないのには、それなりの理由がある。戦好きの代表を選出すれば、もっと力のある者と対峙した際、蹂躙《じゅうりん》されることは必須だ。力でねじ伏せようとしても報復が大きければその手段は害悪でしかない。

アニエスは政のことはまだまだ勉強中で、正直、すべて理解できているとは言えない。それでも力で言うことを聞かせようとする考えは間違っていると思う。

大きな祭りを行っても大丈夫だと思えるほどに、治安は回復しているということか。だがクロヴィスがわざわざ相談してくるのだから、そう結論づけるのは早急だろう。

「クロヴィスさまに危険が及ばないのでしたらいいのですけれど……アリンガム国が完全に落ち着いたとは言えませんし……」

大きな祭りに乗じて、不逞《ふてい》の輩が動くことはあり得る。巻き込まれてクロヴィスの命が危険に晒《さら》されるようなことになったらと想像してしまい、見えない手にぎゅっと胃の腑が握り締められたかのような不快感がやってくる。アニエスは知らず青ざめた。

クロヴィスが気づいて眉根を寄せつつ、頬を優しく撫《な》でてきた。

「申し訳ございません。心配しすぎでしょうか……？」

クロヴィスがアニエスの額と瞼《まぶた》に柔《やわ》らかいくちづけを与えた。

「君が俺を心配してくれる気持ちがとてもよく伝わってきて、嬉しい」

唇の温もりを感じると、ホッとする。クロヴィスはアニエスの肩を抱き寄せ、自分の胸にもたせかけた。

「俺がアリンガム国の祭りに参加し何事もなく帰国すれば、内乱は完全に収まったと周辺諸国に知らしめることができる。時期的にまだ危険があるのは否めないが、利点もそれなりに大きい。それに、陛下からこれを機に、鉱脈利権の上乗せを交渉してこいと言われている」

アリンガム国では良質な宝石が取れ、それを加工する技術や芸術的な細工がとても有名で人気だ。有名職人が作り上げた宝飾品には、全財産をつぎ込んでもいいと言うほどの愛好家もいる。

ネルヴァルト王国は同盟を結んだ友好の証として、その利権の二割を譲り受けていた。その割合を増加させるためには、確かにいい機会だ。

国同士の駆け引きにアニエスが口を出すことはできない。クロヴィスが心配だが、その気持ちだけで引き留めるわけにはいかないだろう。それだけ彼はこの国にとって重要な位置にいる人なのだ。

アニエスはぐっと息を呑《の》んでから、クロヴィスに言った。

「わかりました。クロヴィスさまのご無事をお祈りしております。どうかお気をつけて……」

本当ならば、傍《そば》にいたい。だが護身術を多少習い始めたとはいえ、アニエスがクロヴィスを守ることはできない。いや、盾になることくらいはできるだろうか。それでも彼が自分に向けてくれる想いを考えれば、それは一番の愚策だ。

(でも、難しいお顔をされていたのはそのことで？　クロヴィスさまならば、こうした危険についてはある意味、慣れていらっしゃると思うのだけれど……)

「アリンガム国元首からは、俺の結婚への祝いの言葉もあった。よければ婚約者の君も一緒に来てくれたら嬉しい、と」

クロヴィスが難しい顔をしていたのはそのためか。

ついていきたいという気持ちは確かにある。だがここはぐっと我慢だ。

「お気持ちはとても嬉しいです。私はアリンガム国に行ったことがありませんから……ですが、まだその時期ではないと理解しています。クロヴィスさまに余計な心配をかけるのならば、私はここで無事のお帰りをお祈りしています」

アニエスの言葉に改めて嬉しげな微笑を浮かべたクロヴィスだったが、すぐにまた険しい表情になる。

「実は、王妃が君を連れていった方がいいと進言してきた」

「……え……？」

少し考えれば二人揃って命を狙われる危険性もある外遊だ。そんな進言を王妃がするのかとアニエスは戸惑《とまど》い、しかしすぐに気づく。

クロヴィスは現国王の庶子だ。その事実は厳重に隠され、今やこの件に関わるごく近しい者しか知ることのない秘密となっている。王太子すらクロヴィスが兄であることを知らず、国の守護神として信頼している。

だが王妃は、クロヴィスが生母の腹の中にいるときに彼を殺してしまおうとしたほどの苛《か》烈《れつ》さを持つ性格だ。戦で死することなく未だ生き続け、軍幹部として功績を挙げ続けている彼を邪魔だと思っていてもおかしくはない。

今はアニエスを妻として迎えるための準備を着々と整えている。端《はた》から見れば幸せの絶頂にいると見えるだろう。それを王妃が面白くないと思う可能性は否定できなかった。

「王妃さまが……」

アニエスは青ざめてクロヴィスを見返す。クロヴィスは安心させるように強く抱き締めてくれた。

「もちろん、王妃には君を連れていく危険性を説いた。だが彼女はせっかくだから婚儀用の宝飾品を見繕ってこいと言ってきた。そして自分が気に入る宝飾品も見つけて来いと」

「……それ、は……私を試されている、のでしょうか……」

国の守護神であるクロヴィスの妻になる者として、どう対応するのか。それにより、王妃の中でアニエスの立ち位置が決まる。

王妃をやり込めたいわけではないが、馬鹿にされるのは今後のことを考えてもよくない。今は度胸を試されているのだろう。

クロヴィスは安心させるように微笑んだ。

「君はここで俺の帰りを待っていてくれ。王妃がこのことに関して君に何か言ってきたとしても、気にする必要はない。あとを追いかけていけなどと命じられても、拒否し続けろ。母上とローズに協力は頼んである。大丈夫だ」

本当にそれでいいのだろうか。アニエスはめまぐるしく頭を働かせる。

（クロヴィスさまの仰《おっしゃ》る通りにしたら……王妃さまが私のことをその程度の娘だと蔑《さげす》むのは確実だわ。それはクロヴィスさまの将来によってよくないことになるのでは……？）

クロヴィスはアニエスを守ってくれる。だが、女性貴族たちの社交の場にまで足を踏み入れることはできない。ローズや侯爵夫人も、そんなことはさせないと守ってくれるだろう。だが守られ続けているだけでいいとも思えない。

アニエスは大きく息を吸い込んだ。

自分の命が危険に晒されるかもしれない不安で、少しだけ身体が震《ふる》える。だがこの恐怖に打ち勝つことも、これからクロヴィスの妻として生きていくために必要なことだ。

「――行きます」

クロヴィスが静かにアニエスを見つめ返す。

「本気で言っているか」

アニエスも、もうすぐ夫となる人の青い瞳を真っ直ぐに見返し、もちろんだと頷いた。揺るがないアニエスの表情をみとめ、クロヴィスが何やら考え込む仕草を見せる。しばしの沈黙のあと、彼は重い口を開いた。

「危険はまだある。俺を狙う者が、あの国で待ち構えているだろう」

どくり、と鼓動が震えた。アニエスは震える瞳を向ける。

「どういうことですか……」

　クロヴィスは手早く状況を説明した。アリンガム国に残っている残党がクロヴィスたちを一番てこずらせていた組織である可能性、その頭であるジェイドが生きているかもしれないこと——クロヴィスに私怨を持ち、命を奪いに来るかもしれないと教えてくれる。

　話を聞き終えるなり、アニエスはクロヴィスの腕を摑んで必死に言った。

「そんな危険があるのならば、クロヴィスさまも行ってはいけません……!!　ク、クロヴィスさまがもし、命を落とされるようなことになったら……」

　だからといって自分が同行しても、足手まといにしかならないだろう。いや、下手をすれば人質となって、クロヴィスを不利な状況に陥《おとし》れてしまうかもしれない。

（……私が、人質に……）

　アニエスは小さく息を呑む。クロヴィスがアニエスを安心させるように背中を優しく撫でた。

「大丈夫だ。奴らが俺を狙っているのだと備えてから向かう。君をこれ以上心配させることはない。だから俺の帰りを待っていてくれ」

「クロヴィスさま……あの……私は餌《えさ》になりませんか」

　一瞬何を言われているのかわからなかったのか、クロヴィスが眉根を寄せた。アニエスは神妙な表情で続ける。

「私もクロヴィスさまとともに貴賓として祭りに参加することで、ジェイドという男《おとこ》を釣れませんか。私を人質に取るために仕掛けてきたら、それをうまく利用して……」

「駄目だ!!」

クロヴィスが頭ごなしに叱責《しっせき》する。空気がビリビリと震えるような本気の怒声に、アニエスは声にならない悲鳴を上げて身を竦《すく》めた。

「二度と言うな。そんな危険なことは絶対に許さない」

「ですが、私を使えば残党一味を一気に片付けることが可能です。危険なことが一度で済むのならばそれが一番いいはずです。それに、ル・ヴェリエ侯爵夫人となれば、こうした危険も必ず出てきます。クロヴィスさまたちに守られてばかりでは駄目です。私も、クロヴィスさまをお守りしたい。クロヴィスさまのお役に立ちたいのです……!!」

必死に言い連ねるアニエスを、クロヴィスは無言のままじっと見つめている。

しばらく互いに無言で、挑み合うように見つめ合う。怯《ひる》みそうになるのを必死に堪《こら》えながら見つめ返していると、やがてクロヴィスが内圧を下げるように深く長い息を吐いた。

「……君のような女は、初めてだ……」

やはり駄目だろうか。アニエスが息を詰めると、クロヴィスが仕方なさそうに微苦笑し、頭にぽんっと片手を乗せた。

「わかった。君の提案に乗ろう。だがこういった提案はそう何度もするな。俺は君と喧嘩《けんか》をしたいわけではない」

ひとまず受け入れてくれることに、アニエスは顔を輝かせる。クロヴィスの役に立てるかもしれないことが嬉しい。

「では、念入りに計画を立てるぞ。君に万が一のことが起こらないようにする。ダミアンを呼んできてくれ」


アリンガム国は王国の南に位置し、間に二つ、同盟国を挟んでいる。アニエスたちはそれぞれの同盟国で一泊しながら、アリンガム国の首都を目指した。

馬車の旅は初めてだったがクロヴィスが手配してくれたものは乗り心地がいい。それに身体に強張りや痛みを感じそうになると、的確に休憩を取らせてくれた。快適な旅だった。

クロヴィスは通り過ぎるだけの国でも窓から外を見せてくれ、その国の見所や様子を教えてくれる。同盟国の地理や政治状況などを知っておくことも、軍を派遣するときにとても重要なことだと丁寧に教えてくれた。

数日の旅程も、クロヴィスと一緒だとまったく退屈しない。彼の豊富な知識や体験を聞き、新たな驚きや発見で飽きることがなかった。クロヴィスの方はどうだろうかと心配はあったが、彼も終始機嫌がよく、これまで以上にたくさん話してくれた。

まるで前倒しの新婚旅行に思えるような旅程だったが、アリンガム国に入り気持ちを引き締めた。

内乱の傷跡から復興を目指して前向きになっている人々の様子がわかるものの、やはり戦いで破壊された町には修復が追いついていないところが多くあった。戦の傷跡をこれほど近くで見たことはなく衝撃を受けたが、アニエスは目を逸《そ》らすことはしなかった。

クロヴィスはそんなアニエスの様子に応えるように、要所で何があったのかを教えてくれる。話を聞くたび、戦は決して起こしてはいけないものなのだと再確認した。

首都に近い町ほど、復興も早く、人々も活気を取り戻しているようだった。収穫祭を迎えられることを喜ぶ声に、アニエスも頬が綻《ほころ》んだ。

まずは宿で荷を降ろし、元首に謁見するために身なりを整える。元首の部下が迎えに来てくれ、彼らに案内されて議事堂へと向かった。

王族と謁見したことすらまだないアニエスにとって、とても緊張する大舞台だ。だがクロヴィスが傍にいてくれることがとても心強く、安心する。それにローズや侯爵夫人たちが教えてくれたマナーや知識が、アニエス自身を様々な場面で助けてくれた。

その夜は晩餐会が開かれ、盛大にもてなされた。とはいえアニエスには知人もおらず、クロヴィスの傍で彼が交わす話を聞くことの方が多かった。

クロヴィスと言葉を交わしたがる者は多く、彼らは必ず彼に助けてもらったことを感謝する。その様子を見ているだけでアニエスも嬉しく、誇らしかった。

晩餐《ばんさん》会の二日後が祭りの本番だ。元首が議事堂内で豊穣の喜びを民に感謝する典礼が行われる。バルコニーの下の広場が開放され、民たちはそこに集って元首の言葉を聞くらしい。元首の後ろに半円状に椅子が並べられ、そこにアリンガム国の上層部の者たち、各国の貴賓たちが座り、元首の言葉を聞く。

議事堂周辺は露店が多く出店し、人々が活気あるやり取りを交わしていた。今回の収穫祭は内乱終了後のものだからと、国内の様々な地域から足を運んでくる者もいた。

ネルヴァルト王国はクロヴィスたちの軍の働きもあって、もう何年も他国から侵攻されたこともなく、内乱も起こったことがない。アリンガム国からすれば平和な国だろう。

内乱の終了と収穫祭を祝って、大通りでは定期的に小さな花火が打ち上げられていた。晴天にひらめく火の花を見上げて喜ぶ者がいる一方、大きな音にひどく震えて蹲《うずくま》る者もいた。

内乱では銃や爆弾といった武器が使用されたことがあるからだと、クロヴィスに教えてもらった。その音だと錯覚してしまうのだろう。怯《おび》える彼らに、アニエスは胸の痛みを覚えた。

収穫祭が終わればすぐに帰国する。その前に収穫祭を堪能してくれと、晩餐会の翌日、アリンガム国の護衛官をつけられて街中に出た。アリンガム国側の護衛官はもちろん、ダミアンを含め一緒に連れてきたクロヴィスの部下たちも、アニエスたちの周囲にさりげなく付き従っていた。

皆、祭りの雰囲気から逸脱しないよう、平民の格好をしている。

（洗いざらしのシャツとズボンという格好のクロヴィスさまも……素敵だわ……）

彼の平民の格好を見るのは初めてだ。なかなかどうして、着こなしている。聞けば、時には身分を偽って敵地に潜入するような任務もしているのだという。

少々困るのは、そんな格好をしていても彼の魅力が一切隠されていないことだ。

いつもの硬質な表情もここでは変に警戒されるからと、こちらが戸惑ってしまうほど表情豊かにアニエスと接してくれている。本当にクロヴィスなのか、何度も確認してしまいたくなるくらいだ。

そのせいか、やけに女性からの視線がクロヴィスに向けられがちだ。同伴者と一緒にいても、クロヴィスに目を向けてくるほどだ。

なんだか胸の奥にじりじりと焦《こ》げるような不快感を覚え、それが嫉妬《しっと》だと気づいて自身の狭量さに自己嫌悪してしまう。

（私は……どうなのかしら。クロヴィスさまと一緒にいて変ではないかしら）

時折男性からの視線をもらうものの、すぐに何かに慌《あわ》てたように青ざめて目を逸らされてしまう。クロヴィスの隣に立つ女性として、見るにたえないのだろうか。

（それとも服の着方が間違っているのかしら⁉　でも、この国の使用人に着付けてもらったものだし……）

せっかくだからアリンガム国の民族衣装を着るのはどうだとクロヴィスから提案され、この国の女性用の服を着ている。

根本的な作りは自国のものと変わらないものの、暑い日差しを遮《さえぎ》るために薄いベールを頭から被って、その裾を様々な形にアレンジしたものだ。ベールも金糸や銀糸の刺繡《ししゅう》で縁どったり貴石のビーズを縫い込んだりしてある。この辺りがこの国の女性たちのおしゃれのポイントなのだそうだ。

アニエスは思わずクロヴィスの袖《そで》を引き、問いかけてしまう。

「あの……私の格好、変、ではないですよね……？」

「なぜそう思う？　とても綺麗《きれい》だ」

飾らない言葉で誉められてしまい、頬が赤くなる。この演技は本当に心臓に悪い。

「何度か男性から見られることがあったのですが、すぐに目を逸らされてしまって……しかもあまりいい顔をしていないので、どこか変なのではないかと……」

クロヴィスが「ああ」と納得したように頷き、優しく愛《いと》おしげな笑顔を浮かべた。

「君に色目を使う輩が結構な人数いるのを確認した。さすがに一人一人尋問するわけにもいかないからな、君に妙なちょっかいを出したら殺すと念じておいた。その効果だろう。このときだけは俺に不思議な力が宿ったのかもしれない」

笑顔のまま、とんでもないことを言われてしまう。

クロヴィスの魅力的だが険しく厳しい瞳で睨《にら》まれたら、大抵の者は尻尾を巻いて逃げる。不思議な力でもなんでもなく、彼の目力が強いだけの話だ。彼の睨みを受けた者は、きっと生きた心地がしなかっただろう。

意外にクロヴィスは嫉妬深いのかもしれない。そのことをアニエスは素直に喜んでしまう。

「実はクロヴィスさまを見つめる女の人が多くて……少し、嫌……でした」

クロヴィスの腕が腰に回り、ぐっと強く抱き寄せる。そして耳元で熱く囁《ささや》かれた。

「今、君にくちづけたら、怒るか」

慌てて頷き、アニエスはクロヴィスの手を握って近くの露店に向かう。

こんな誰にでも見られる往来でくちづけなどしたら、いったいどんな冷やかしを受けるかわからない。何よりも衆人環視の中でくちづけなど、できるわけがない。

クロヴィスが不満げに鼻を鳴らす。だがそれ以上はしてこなくてホッとした。

露店をひやかし、時には美味しそうなものを購入し、二人で分け合って食べる。端からは、普通の恋人同士あるいは若い夫婦に見てもらえるだろう。こちらの正体を知らない店の者たちと気安い会話を交わすのも楽しかった。

だが、本来の目的を忘れてはいけないと、心の中で浮かれる気持ちを戒める。

（私は、餌なのだから）

アリンガム国に入国する際に、クロヴィスやダミアンとこのことについては打ち合わせをしている。

一番狙われやすいのは観光のときだろうというのは、アニエスも同じ考えだった。アリンガム国の護衛がつくことになるが、その中に残党が紛れ込んでいる可能性もある。そのため、アニエスを餌にして残党を一気におびき寄せる作戦を練った。

餌にはするがあくまで引き寄せるまでだと、クロヴィスは強く言い聞かせた。残党が釣れたらアニエスはすぐにダミアンとともに逃げることになっている。これで残党のアジトがわかれば、一網打尽にできる。

「クロヴィスさま」

ダミアンがそっと傍に近づいてきた。

本当に彼は気配を殺すのがうますぎる。ダミアンの声だとわかっていても、こんなふうに忍び寄られると、ビクッ、と身体が震えてしまう。

震えたことを周囲に気づかれないようにするためか、クロヴィスがアニエスを抱き寄せた。肩を寄せ合い、店先の宝飾品を眺める。王妃への土産も一応は探していて、この辺りのものはどうだと話していたところだ。

「気配を、感じます」

なんの、とはわざわざ問いかけなくともわかっている。動揺しそうになる気持ちを抑え、アニエスは笑顔を崩さないように努めた。

クロヴィスは宝飾品の一つを手に取り、アニエスに試着を勧める演技をしながら言う。

「わかった。行け」

ダミアンが頷き、また気配なく群衆に溶け込んでいった。

餌役としてはどうやら役に立ったようだ。残党の気配を察したダミアンが身を潜《ひそ》め、彼らを監視する。次にアニエスたちがすることは、彼らに襲わせるよう仕向けることだ。

アニエスは小さく息を吸い込む。抱き寄せたままでクロヴィスが心配そうに顔を覗き込んできた。

「無理をしなくていい。ここまでで充分だ」

「いいえ、せっかくの機会です。今後の憂《うれ》いを絶つためにも、これが一番無駄なく最善の方法だと思います。それに……お役に立ちたいです」

ぐっ、とクロヴィスの腕に力がこもる。その温もりを感じると、絶対に大丈夫だという気持ちになれる。

(私はできるわ。クロヴィスさまのためだもの……!!)

「クロヴィスさま、あちらのお店にも行ってみませんか」

そんなふうに自然な誘い文句を口にして店を離れ、少し人通りが少ない店へと向かう。ここで何もなければ、またさらに人通りの少ないところへ向かうつもりだった。

クロヴィスが頷き、アニエスとともに歩き出す。平民の姿をしている護衛たちもそちらへ向かった。

同じく装飾品を扱《あつか》う店だ。先ほどと変わらず王妃への土産に何がいいかと物色していると、人混みの中で何か爆発音のような音が響いた。

小さな悲鳴があちこちで上がり、人々が何事かと音の方へと目を向ける。中には両手で頭を庇《かば》ってしゃがみ込んだり、身を伏せたりする者もいた。クロヴィスたちの周囲を護衛が取り囲んだ。

直後、背にしていた店先から、アニエスの背中にちくりと何か突起物が押しつけられた。覚悟をしていたとはいえ、やはり衝撃は走る。

身を強張《こわば》らせて肩越しに振り返れば、アニエスたちの様子をにこにこと笑顔で見守っていた店の女性が、笑顔はそのままで短剣を突きつけていた。

人々は爆発音の方に目を向けていて、この異常事態には気づいていない。ましてや護衛が盾となり、こちらの様子は隠されている。

クロヴィスがすぐさま短剣の刃を握り締めた。予想外の動きに女は笑顔を凍りつかせ、反射的に短剣を引こうとする。クロヴィスの掌《てのひら》を刃が引き裂いた。

ぼた……っ、と指の隙間から鮮血が滴《したた》り落ちる。濃い血の匂いにアニエスは青ざめクロヴィスを助けたくなるが、なるべく動かないように心がける。

(落ち着いて……大丈夫。クロヴィスさまは、大丈夫……!!)

動揺して、段取りを変えてしまったら彼に迷惑がかかる。それに身を潜め、残党の動きを監視しているダミアンたちの邪魔にもなるはずだ。アニエスは必死に自分に言い聞かせる。

血の匂いに気づいた護衛が、焦《あせ》ったようにこちらを振り返った。状況を理解し、押し殺した声で言う。

「……貴様、何を……っ!!」

クロヴィスが空《あ》いている方の手を上げ、護衛を止めた。

「迂闊《うかつ》に動くな。私のアニエスが傷つく。……お前だけではないだろう?」

クロヴィスの静かな――けれども地から這《は》い上がってくるような冷徹な声に一瞬呑《の》まれながらも、女は頷いた。

「ああ。店のヤツは、みんな仲間だ」

クロヴィスがさっと室内に目を向ける。女ばかりなのは、こちらを油断させるためか。

「要求はなんだ?」

クロヴィスの手がさらに血に染まっていく。けれど彼はまったく気にしない。

あんなに血が流れて大丈夫なのだろうか。すぐにでも手当てしたい気持ちを、唇を強く引き結ぶことで堪える。

通りに投げ込まれたのは、携帯用の小さな花火だった。人を驚かせたりする悪戯《いたずら》用の玩具《がんぐ》だ。音は大きく響くが、火はすぐに消える。

状況を把握した人々が、いったい誰がこの玩具を投げ込んだのかと犯人捜しをし始めているが、見つけられていないようだ。

（もしかしてこれも、この人たちの仕業……？）

「一緒に来な。あんたと、その女だけ」

「要求に従おう。だが彼女に傷を付けることは許さない。もし髪一筋でも傷をつけたら、お前たちを殺す」

女とはいえ、戦闘訓練を受けているはずだ。店にいる女たちはざっと見ても五、六人はいる。アニエスを人質に取られている状態で完全勝利することは難しい。だがクロヴィスの冷ややかな声と瞳が、本当にやれるのだと思わせる。

女たちは完全にクロヴィスの威圧感に呑まれてしまっていた。小さく息を呑みながらも頷き、顎《あご》をしゃくってついてくるように促す。

クロヴィスがようやく刃から手を離した。アニエスはすぐさまスカートのポケットからハンカチを取り出し、きつく傷口に巻きつけた。

「……大丈夫、ですか」

声が震えてしまうのが情けない。クロヴィスは微笑んで頷いた。

「この程度の傷は、慣れている」

確かにそうなのだろう。だがそんなことに慣れて欲しくない。

なんとも言えない気持ちを飲み込み、アニエスはクロヴィスとともに女たちのあとに従う。護衛たちが慌てて追いかけようとしたが、クロヴィスが止めた。

「来るな」

「しかし……！」

「アニエスの無事が保証されない」

その言葉に護衛たちがぐっと言葉を飲み込む。クロヴィスはアニエスの身体を抱き寄せたまま、女たちのあとについていった。

店の裏口に停まっていた荷馬車の中に乗り込むよう、追い立てられる。抵抗すれば怪我をするだけだとわかっているため、今はとりあえずされるがままだ。クロヴィスと一緒に選んだヴェールが荷馬車に乗り込むときに入口付近の金具に引っかかり、道に落ちてしまった。

荷台は幌《ほろ》が下ろされていて、薄暗い。女たちが乗り込み、アニエスの両手首を前で一つにまとめて縄で縛《いまし》めた。

クロヴィスは三人の女に囲まれて、丹念に身体に何か仕込まれていないかを確認されている。服の下に仕込んでいた隠し銃とナイフはすぐさま取り上げられてしまった。

アニエスも同じ確認をされるのかと心配になったが、こちらにはそんな念入りな確認はされなかった。クロヴィスと違い、脅威だとは思われていないらしい。

（それでいいの……私は無力で、弱い存在だと思ってもらわなければ……）

クロヴィスは後ろ手に両手首を縛られ、両足首もまとめて縛られた。さらに黒い袋を頭から被せられる。

女たちがクロヴィスの処置を手早くしていると、馬車が走り出した。御者《ぎょしゃ》も女だ。このままアジトに向かうのか。

女たちはこちらを注意深く見つめ、取り囲んで座っている。少しでも妙な動きをしたら刺すと言い、皆それぞれ短剣を構えていた。アニエスの方にはあまり注意を向けられていないが、訓練されていない自分が下手に動いたら変な誤解をされてしまう。

幸いアニエスは黒い袋を被せられてはいない。一か八かと震える声で言ってみる。

「あ、あの……クロヴィスさまのお傍にもっと近づいても……いい、でしょうか？」

この中でリーダー格の女がじろりとアニエスを見返した。鋭い眼光に一瞬身震いするが、クロヴィスのそれに比べればなんということもなかった。

「こ、こんなことになるなんて……怖く、て……」

アニエスは弱く力のない令嬢を装い、今にも泣きそうな顔で続ける。女は苛立《いらだ》たしげに大きく息を吐いた。

「これだからお貴族さまってのは嫌なんだ。泣けば済むとでも思ってんのか。あたしたちの仲間に襲われないだけましだってこと、もう少し理解しろよ」

「無理だよ。だって見てよ、この腕。細っこくて、水汲《く》みすらできなさそうだよ」

「肌、すべすべだねー。お手入れとかしているんでしょ。毎晩水浴びできるの？」

貴族階級の者と話すことが初めてのためか、興味津々《きょうみしんしん》で聞かれる。純粋な興味で問いかけてくる瞳は、普通の娘たちのそれと変わらないように見えた。

複雑な気持ちでどう答えればいいのか困っていると、リーダー格の女がもう一度大きく溜息をついた。無言の叱責に、女たちが黙り込む。

「……くっついてるくらいならば、別にいいさ」

「あ、ありがとう……ございます……」

臀部で荷台の床を擦るようにしてクロヴィスに近づき、ぴったりと寄り添う。クロヴィスの温もりが感じられると、安心できた。

黒い袋の中で、クロヴィスが静かに問いかける。

「大丈夫か」

「……大丈夫、です。クロヴィスさまが傍にいてくだされば……」

クロヴィスの二の腕辺りに縋《すが》りつき、アニエスは目を伏せた。そしてスカートの奥に隠されている自分の内股に意識を向ける。

大丈夫だ。まだ仕込んだものは、ここにある。クロヴィスが必要なときに、これをきちんと渡さなければ。

馬車はそれからしばらく走り続け、どこまで連れていかれるのかと新たな不安を抱き始めた頃、ようやく停まった。

女たちが幌を上げて、次々と荷台から降りていく。自分たちはどうするのかと思っていると、リーダー格の女がアニエスの腕を摑んで荷台から降ろした。

すると今度は屈強な数人の男たちに取り囲まれる。クロヴィスも同じだ。

場所は教会とおぼしき建物がある場所だった。戦の爪痕《つめあと》が残り、窓は所々割れていて、壁も壊れたり崩れたりしているところがある。

男の一人がアニエスの腕を摑み、引きずるように教会の中に連れていく。クロヴィスには男が二人つき、足首の縛めを解いてからそれぞれ腕を摑み、逃げられないようにしながら連れていった。

埃《ほこり》っぽい建物内には数人の男女がいた。皆、あちこち破れた平民の服を着ている。

祭壇に座って、屈強な男がクロヴィスを凝視していた。左額から左頰に大きな傷跡が走っている。

手負いの獣そのものの雰囲気があり、アニエスは息を詰めた。誰に言われなくともわかる。

（この人が、ここのリーダー……!!）

脱走されたものの生死の有無が掴めていなかったジェイドという名の男だろう。餌として一番の大物を釣り上げたということだ。この首領を完全に捕縛できれば、残党狩りはほぼ終わったことになる。アニエスは息を詰めて男を見返した。

クロヴィスは鋼《はがね》のようなしなやかな身体つきをしているが、この男はとにかく大柄だ。腕も足も丸太のようで、筋骨隆々としている。軽く拳を打ち込まれただけで、相手は弾け飛んでしまいそうな気がした。

内乱の中、クロヴィスの剣が顔半分を傷つけたと聞いている。傷ついた目は開いているが、おそらく見えてはいないだろう。

ジェイドの前にクロヴィスが連れていかれる。アニエスはその斜め後ろだ。男はアニエスを一瞥《いちべつ》しただけだった。

「袋を取れ」

ジェイドの命に従い、クロヴィスの頭から乱暴に黒い袋が外された。間近にいる男の姿を認め、クロヴィスが目を細めた。

「生きていたか。あれほどの傷を受けて、まだ命があるか」

「まあ仲間のおかげでなんとかかな」

ジェイドは軽く肩を竦め、にやりと口角をつり上げて笑う。まさに獣の笑みだ。

クロヴィスの身体の倍は身幅がありそうなジェイドは、ふいにクロヴィスの前髪から頭頂の髪を摑んで顔を引き寄せた。鼻先が触れ合うほどの至近距離で、憎しみにギラギラと底光りする目をして言う。

「俺が死んだと思っていたのか」

「仕留め損なったとは思っていた。だが、その傷で命を取り留めるとは予想外だった」

クロヴィスは淡々と答える。なぜこんなにも静かな声で会話ができるのか。アニエスは内心で震え、息を詰める。

「腹の傷の方は治ってねぇぜ。あまり派手に動くと傷が開いちまう。けど恨みってのは生きる力になる。お前に同じ傷を刻み込んでやらねぇと、と思えばな。頑張れるもんだぜ」

髪を摑んだまま、ジェイドが無造作に空いている手を隣の男に差し出した。近くにいた男が頷き、腰に差していた長剣を渡す。

まさか、とアニエスが目を見開くと同時に、クロヴィスの脇腹に刃が突き刺さった。

「……クロヴィスさま……!!」

反射的に駆け寄ろうとしたアニエスを、女たちが押しとどめる。なんとかその拘束から逃れようと身を捩《よじ》るが無理だった。

クロヴィスは呻き声を漏らすどころか、顔色一つ変えない。ただ淡々とジェイドを見返している。

刃が引き抜かれた。白銀のそれは、クロヴィスの鮮血で濡れている。ゆっくりと血が溢《あふ》れ出し、クロヴィスの脇腹から太股にかけてじっとりと赤く濡らしていく。

（あ、あんなに血が流れて……‼）

拘束から抜け出せない絶望感を覚えながらも、アニエスは諦《あきら》めずに暴れる。女の一人が辟《へき》易《えき》した顔で拳を握り締めると、アニエスのみぞおちに容赦なく打ち込んだ。

衝撃と鈍痛に一瞬気が遠くなる。よろめいたアニエスを、別の女が支えてくれた。

「ちょっと加減してあげなよ。この人、お嬢さんだよ。拳一発でも内臓破裂しちゃうよ」

（この声、どこかで……）

必死に意識をとどめながら、アニエスは記憶を探る。そしてハッと気づき、支えてくれる女を見返した。

（この人、私を階段から突き落としたあのご令嬢……‼）

彼女はうふふ、と人を食った笑みを浮かべ、軽くウィンクまでしてきた。アニエスは絶句した。

あの時にもうジェイドの手の者がクロヴィスの周辺に入り込んでいて、彼の弱点を探っていたのか。

アニエスを殴った女が苛立たしげに言う。

「だってうるさいんだもの。何もできないくせにさ。おとなしく見てればいいんだよ」

する。
「わー、こわーい!」などと支えてくれる女が呟いたが、彼女は笑いながらアニエスに警告
「そういうことだから、黙ってじっとしててね。うっかりあんたも殺されちゃうよ?」
　アニエスは唇を噛み締め、苦痛に耐えながら抵抗を止めた。クロヴィスは肩越しにアニエ
スを見返し、大丈夫だというように軽く頷いてくれる。
「呻《うめ》き声一つ上げねぇか」
　変わらずクロヴィスは無言でジェイドを見返すだけだ。男はつまらなさそうに嘆息すると、
今度はクロヴィスの胸を切りつけた。
　右肩から左脇腹にかけて斜めに傷が走る。シャツと皮膚が裂け、新たな血が滴り出した。
　絶妙な手加減をしているようで、死なない傷のようだ。クロヴィスの立ち姿は揺るがない。
「これくらいじゃ泣きも喚《わめ》きもしねぇよな。よし、じゃあこうしたらどうだ?」
　ジェイドが剣先をクロヴィスの喉元に強く押しつけた。ぶつ……っ、と皮膚が少し裂け、
血が滲《にじ》み出す。アニエスは声にならない悲鳴を心の中で上げ、二人のやり取りを凝視した。
　現状では何もできないことがもどかしい。だがここで無謀に助けようとしたところで、か
えって足を引っ張ってしまうことは明らかだ。アニエスは揺れ動く感情を必死で抑える。
「これでも駄目かぁ……お前、ちゃんと痛覚あるよな?」
　ガシガシと頭を掻《か》いてジェイドは呻く。口調はまるで旧知の仲のように気安いが、その奥

に張り詰めたものが感じられる。クロヴィスがようやく口を開いた。

「俺を殺したいだけか」

「もちろん、最後には殺す。けどよ、その前に俺と同じ傷をこの男前の顔に刻んで、痛みと屈辱で俺に跪《ひざまず》く姿が見てぇな」

「趣味が悪すぎる」

クロヴィスが静かな表情のままで言う。ジェイドはふーっと息を吐くと顔を上げ、クロヴィスを真っ直ぐに見返して続けた。

「じゃあ、あのお嬢さんを使うしかねぇな」

（来た……！）

クロヴィスの表情は変わらない。アニエスは身を強張らせた。

アニエスを押さえつけていた女たちが懐からさっと短剣を取り出し、剣先を押しつけてきた。どれも服の上からだ。けれど少しでも力をこめられれば、あっという間に肉に沈み込む。

（落ち着いて……）

恐慌状態になりそうになるのを必死で堪えながら、アニエスは機会を窺《うかが》う。

「あのお嬢さんがお前の大事なもんだってことは、ちゃんとわかってる。お前にそんな大事なもんができるとは、報告を受けても最初は信じられなかったけどな」

クロヴィスがちらりと肩越しにアニエスを見返した。透き通った青い瞳にアニエスは小さく頷き返す。

ジェイドがクロヴィスの前髪を摑んで引き寄せ、鼻先が触れ合うほど間近で瞳を覗き込みながら続けた。光のないはずの目も底光りする。

「いいか。答えを絶対に間違うなよ。あのお嬢さんのためにもな」

（……機会は、一度だけ）

女たちはジェイドの一挙一動を見守っている。彼の背後に数人の男たちが控えているが、すぐに一突きするためか、短剣の一つが胸の前にある。アニエスは小さく息を吸い込んだ。一足飛びの距離ではない。

ジェイドが続ける。

「俺の前で跪いて、額をその床に擦りつけてこの傷について謝罪しろ。そして自分にも同じ傷をつけてくださいって言ってみな」

とんでもない屈辱的な要求だ。アニエスは怒りに身が震えるのを感じた。だがクロヴィスは表情をぴくりとも動かさない。

「それを拒むと彼女はどうなる？」

「そうだなぁ……まずはまあ、裸にひんむいてやるか。で、それでもお前が言うことを聞かなきゃ、俺の仲間に好きなようにさせてやる。もちろん、お前の目の前でな」

吐き気がする。アニエスは唇を強く嚙み締めた。

「お嬢さんからもこいつにお願いしてくれ。こいつらに慰みものにされたくはねぇだろ？」

低く笑いながら見つめられ、身が震える。だが怯んではならないと、ひたとジェイドを見返した。男が面白そうに眉を上げ、低く笑った。

「お嬢さんにしか見えねぇが、少しは手ごたえある女なのかもしれねぇな。どうだ、お嬢さん。俺の女にならねぇか。そうすりゃ複数相手は勘弁してやる」

にやにやと人の悪い笑みを見せるジェイドのその言葉で、腹の奥に強烈な怒りが湧き上がってきた。

この男の女になるということ——自分の身体と心に好き勝手に触れることを、この男に許さなければならない——絶対に、受け入れられることではなかった。

ジェイドの怒りを煽《あお》るかもしれないとわかっていても、言わずにはいられなかった。

「お断りします。私のすべてはクロヴィスさまのものです」

「お頭、振られてやんのー」

「……情けなー……貴族女なんかにコケにされるなんてさー……」

アニエスを取り押さえていた女たちが、呆《あき》れたり笑ったり、それぞれの反応を示す。

彼女たちは完全にアニエスを無力な貴族女として蔑《さげす》み、その蔑みによって自身の優位性を確認している。それが油断になるとは、知らずに。

身体に触れている女たちの手は、当初に比べればずっと力が緩くなっていた。今が、アニエスが唯一反撃できる瞬間だった。

クロヴィスの妻になれば、誘拐はもちろん、命を狙われることもこれから増える。彼の求婚を受けたあと、侯爵夫人としての教育に、ダミアンによる簡単な護身術を組み込んでいた。せめて自分の身くらいは自分で守れるようになりたいと、アニエスから頼み込んだことだった。クロヴィスは一度拒絶したが考え直してくれ、ダミアンの指導を許してくれた。

——今がその成果を見せるときだ。

(別に倒す必要はないの。クロヴィスさまが動けるだけの隙を作ればいい……‼)

両手を縛める縄を胸の前に位置する刃に押しつけ、ぶつりと切る。勢いがつきすぎて危うく乳房まで押しつけてしまったが、服の生地が傷つくことを防いでくれた。

そしてその勢いのまま、一番近くの女に体当たりした。

「……っ‼」

予想外の動きに女が対応できず、アニエスを受け止めたまま仰向《あおむ》けに倒れる。偶然肘がみぞおちに入ったようで、女は低く呻いてすぐには動けない。アニエスは女の上に乗ったままで、身を起こす。

ハッと我に返った別の女が、毒づきながらアニエスの後ろ髪を掴み、引き上げた。頭皮が引きつれる痛みに顔を顰《しか》めるが、構わない。

「お前っ‼　何して……っ‼」

「クロヴィスさま……!!」

スカートの中に手を入れ、右の太股に革ベルトで固定しておいた短銃を引き抜き、クロヴィスに投げつける。まさかアニエスが反撃してくるとは思っていなかったらしいジェイドは、あっけに取られたようにこちらを見返していた。

それが、一瞬の隙になる。それをクロヴィスは見逃さない。

負傷しているとは思えないほど俊敏な動きでジェイドの腕を掴んで引き寄せ、拳を腹部に撃ち込もうとする。ジェイドがハッとし、毒づきながら膝蹴りを見舞った。

だがそのときにはクロヴィスは後ろに飛びずさり、アニエスが投げつけた短銃を手に取っている。クロヴィスはジェイドの右脇腹を、素早く正確に撃った。

「……っ!!」

銃弾の音が響き渡り、アニエスは反射的に身を縮める。その音を合図にし、背後の半壊した扉を蹴破ったダミアンを先頭に、クロヴィスの部下たちが駆け込んできた。

ジェイドの背後の男たちが応戦する。アニエスを押さえていた女たちも一気に気色《けしき》ばみ応戦しようとするが、もう遅い。ダミアンたちによってあっという間に捕縛されるか、クロヴィスに足や肩を撃たれて動けなくなる。

一気に乱戦状態になって動けなくなったアニエスの腕を、誰かが強く引き寄せた。一瞬敵かと思い、反射的にバシバシと相手の腕や胸を平手打ちしてしまう。自分の平手程度ではなんの効果もないとわかってはいるが、あっさりと捕まるつもりはなかった。

「……君は、意外に猛々しい」

かすかに苦笑めいた声にハッとして止まる。クロヴィスがアニエスを片腕に抱き締め、銃を構えていた。

「クロヴィスさま、ご無事で……！」

反射的に強く抱きついてしまい、クロヴィスの傷を思い出して慌てて飛び離れようとする。だがそれを阻《はば》むように抱き寄せ、クロヴィスはアニエスの背後から襲いかかろうとしていた男の顎を蹴り上げた。

強烈な蹴りに男が潰れた悲鳴を上げて、仰向けに倒れる。その後ろからジェイドが飛びかかり、クロヴィスに拳を撃ち込んできた。脇腹を真っ赤に染めながらなお、瞳から闘争心は消えてない。

獣の雄叫びを思わせる叫びを上げながら、ジェイドが拳を振り下ろす。クロヴィスがアニエスの頭を胸の中に強く抱き込みながら、発砲した。

右肩を撃ち抜かれ、ジェイドの身体が飛ばされる。吹き飛ぶとまではいかないまでも、衝撃は相当なものだ。二発も銃弾をその身で受け止めては、耐えられないだろう。

ジェイドは近くの壁に背中を打ちつけて呻き、そのままがっくりと頭を垂れた。ダミアンたちが駆け寄り、後ろ手に縛り上げる。

（お、終わった……の……？）

乱れる鼓動を整えるために大きく息を吐いて周囲を見回せば、色々な怒号が飛び交う中、クロヴィスの部下たちが縛り上げた敵を次々と建物の外に追い立てていた。

ダミアンたちが突入の際に壊した扉から、外の様子も見えた。彼らの他にもアリンガム国の護衛たちが何人もいて、アニエスたちを乗せてきた荷馬車の荷台に捕らえた者たちを乗せている。他にも数台荷馬車があり、捕らえられた者は皆、それらに乗せられていた。

ダミアンが走り寄ってきた。

「クロヴィスさま、お怪我は」

「大したことはな……」

「大したことあります!!」

怪我のことを瞬時に思い出し、アニエスはすぐさま近くの硬い長椅子にクロヴィスを座らせた。

ダミアンと二人でクロヴィスを横たわらせ、シャツの前を開く。血の止まる気配がない傷を見て意識が遠のきそうになるが、奥歯を強く噛み締めてスカートを裂く。

隠しポケットから取り出したハンカチを傷の大きさに合わせて折り畳み、ぐっ、と傷に強く押しつける。体重をかけて圧迫止血するアニエスの代わりに、ダミアンが裂いたスカート生地をさらに裂いて包帯代わりにし、クロヴィスの腹に巻きつけた。

「これ、で……いいはず……」

ダミアンが肩を貸し、クロヴィスを支えた。クロヴィスはアニエスに驚きの目を向けた。

「手際がいい。なぜだ」

「……ダミアンに教えてもらっていたのです。もしかしたら、こんなこともあるかもしれないと、思って……ご、護身術を習うときに、一緒に……」

少し震える声でアニエスは答えた。

ダミアンは何も言わず、クロヴィスを支えながら歩き始める。彼からの注意がないということは、教えてもらったことをきちんとできていたということだ。

アニエスはダミアンの反対側に回り、クロヴィスの身体を支えた。身長差があるためほとんど気休めにしかならないが、よろけたときの支えくらいにはなれる。

そうなのか、と無言の問いかけにダミアンが頷いた。

「はい。アニエスさまがクロヴィスさまの力になれることはないかとご自分でお考えになり、護身術と一緒に応急処置の指導をさせていただきました。何しろクロヴィスさまはこれまで『死にたがり』でしたので」

アニエスはぎこちないながらも微笑んだ。

「お役に立てて、よかったです……。クロヴィスさまが私を守るために身体を張ってくださると、わかっていたので……」

最後の一台を残して、荷馬車は走り出している。これからしかるべき場所に連れていかれて裁かれるのだろう。ここから先は、アリンガム国次第だ。

荷馬車に乗り込み、身体に負担がかからないようクロヴィスを横たえる。荷馬車には毛布が用意されていて、その上にクロヴィスを寝かせた。アニエスは膝枕をする。

ダミアンが御者に出発するよう告げる。緩やかに走り出した荷馬車は、なるべく振動を与えないよう——けれども早く医者に診せるため、細心の注意を払いながら速度を上げて走り出した。

アニエスはクロヴィスの額に乱れてかかっている前髪を優しく除けた。そうしながら脇腹に目を向け、出血が続いているかを確認する。手当てしたときから血の色はほとんど広がってない。

荷馬車の中には簡易な救急道具も用意されていて、ダミアンがそれらを使って浅い傷を清め、血止めの薬を塗っている。されるがままになりながら、クロヴィスはアニエスの顔をじっと見上げて眉根を寄せた。

「心配させて、すまなかった」

ひどく痛ましげな表情で謝られたら、それ以上何も言えなくなってしまう。

この作戦に自分を使ってくれと言ったのはアニエスだ。こうなることも予測していたのだから、クロヴィスにこんな顔をさせるのは違う。

だからアニエスは微笑み、明るく言った。

「ええ、本当に！　クロヴィスさまがお強いことはわかっていますが、だからといってあんなやり方は止めてください。クロヴィスさまが本当に、死んでしまうのではないかと……」

喉の奥が詰まり、言葉が途切れる。クロヴィスが片手を上げ、頬をそっと撫でてきた。

その指先が濡れて光っていて、自分が泣いていることに気づく。そんなつもりはまったくなかったのに。

不要な心配をかけてはいけないと、慌てて指先で拭《ぬぐ》おうとする。だが、一度溢れてしまうと止まらなかった。せめて声を出さないようにと息を詰めるが、それがかえってよくなかったらしい。

あとからあとから溢れて頬を滑り、顎先から滴り落ちる。熱い雫は横たわったままのクロヴィスの頬や喉元にも落ちた。

「……も、うしわけ……」

「謝るな。俺が、悪かった」

クロヴィスが上体を起こし、柔らかく抱き締めてきた。傷に負担をかけるのではと慌てて離れようとするが、彼は気にしない様子だ。それどころか息苦しくなるほど強く抱き締めてきた。

ダミアンが軽く嘆息し、「それ以上は治療を終えてからです」と小さく窘《たしな》めてから御者席の方へと行ってしまった。

「クロヴィスさま、傷に障ります。私は大丈夫ですから……」

「駄目だ。その涙は俺のせいだ。すまなかった。泣き止むまで抱いていたい」

クロヴィスがアニエスの髪を撫でつけ、頬や目元の涙をくちづけで優しく拭ってくれる。

「君の勇気に後押しされていたとはいえ、無茶をしすぎたことは理解した」

「……そんな、こと……クロヴィスさまは、とてもお強いからそのくらい……大丈夫、だと、わかっています……」

「俺への信頼と心配してくれる気持ちは別物だ。君を見て、理解した」

後悔の念を滲ませた声が、さらなる涙を誘う。アニエスはクロヴィスを見返し、泣き笑いの表情を浮かべた。

「……無茶しないで欲しいという気持ち……わかってくださいましたか？」

「よくわかった。君の涙で、きちんと理解した。……この泣き顔は、好きではないな」

クロヴィスが心底申し訳なさげに言ってくれたことが、嬉しい。アニエスは傷に負担をかけないよう充分に気をつけながら、彼の胸に頬を押しつける。

聞こえるのは、力強い鼓動だ。この音が途切れてしまうかもしれないと思ったときの恐怖を決して忘れてはいけない。

クロヴィスがアニエスの首筋に顔を埋め、ふと、小さく笑った。何がおかしいのかと不思議に思うと、彼が耳元で静かに言った。

「君の脈動を感じる」

もっと血の流れを感じるためか、クロヴィスの頬が項《うなじ》に擦りつけられた。甘い擽ったさと温もりがとても心地よい。

「ずっと聞いていたい音だ」

どちらかが死んでしまったら聞けなくなってしまう音だ。クロヴィスがそう思ってくれたことがとても嬉しい。

アニエスは今度は喜びの涙を零してしまう。クロヴィスが背中を優しく撫でてくれた。

「すまない。また泣かせてしまうようなことを言ったか」

（私、こんなに泣き虫ではなかったはずなのに……）

「違います。嬉しくても涙は出るんです」

アニエスはクロヴィスの背に両腕を回し、そっと抱き返した。

【終章】

天気がとてもよく空気も爽やかなので、昼食をとる場所は庭の東屋《あずまや》にした。料理長が腕を振るってくれた昼食を食べ終え、のんびりと食後の茶を味わう。

アニエスの母は侯爵夫人と世間話をしている。フランソワはローズに庭を案内され、今は東屋の近くにある噴水の傍《そば》で水面が陽光を弾いてキラキラしている様子を眺めて喜んでいた。

アニエスはクロヴィスの胸にもたれかかるように寄り添い、弟の様子を見守っている。

やがて戻ってきたフランソワに、クロヴィスが菓子を勧めた。同じ年齢の子供より大人びてはいるが、まだまだ甘いものに目がない。フランソワは嬉しそうに笑い、きちんと礼を言ってから菓子を口にした。

ローズがその隣に座り、皆に茶を注ぎ足してくれる。

「そういえば、婚儀の肖像画がもうすぐ届くらしいわ。知らせが来ていたわよ」

――婚儀を終えたあと、夫婦の肖像画を作りたいとクロヴィスから提案された。アニエスも同じ提案をするつもりだったが、彼から言われたことがとても嬉しかった。改めて二人で婚礼衣装に身を包み、侯爵夫人の知人である画家に描いてもらったのだ。

母と弟にもと、同じ絵で小さな立て額のものを一緒に発注してある。フランソワがキラキラと目を輝かせた。

「あのとっても綺麗《きれい》な姉さまと、とってもとっても素敵なクロヴィスさまの肖像画ですね⁉」

「ええ、そうよ。フランソワはクロヴィスお兄さまがアニエスよりも好きみたいね」

えっ、とフランソワが顔を赤くする。

「ど、どちらがより好きなんてことは……な、ないです‼　どちらも僕は大好きです‼」

「ごめんなさい、意地悪だったわ」

ローズが笑いながらフランソワの頭を撫《な》でる。二人のやり取りはもう実の姉弟そのものだ。

アニエスはクロヴィスとともに小さく笑った。

だがその仕草がどうやら不満だったらしい。フランソワは頰を軽く膨らませてアニエスを見つめた。

「姉さま！　早くクロヴィスさまとの子を産んでください‼」

「……っ⁉」

突然の言葉に、飲みかけていた茶をもう少しで吹き出しそうになる。フランソワが両手を拳に握り、前のめりになりながら続けた。

「僕も弟か妹が欲しいです!!」

優雅さを決して失わないようにしながら、アニエスは口元をナプキンで拭《ぬぐ》った。

「……私とクロヴィスさまとの子は、あなたの弟や妹にはならないのよ。甥か姪になるの」

「でも、僕の弟や妹と同じことだと思います。僕、一生懸命可愛《かわい》がります。僕よりも下の子が欲しいです！」

ローズにからかわれることがよほど悔しいのだろう。弟に変な気を抱かせないで欲しいと軽く見やれば、ローズは申し訳なさげな表情を返す。

だが、これは教育の一端としていい機会かもしれない。子が欲しいからといってすぐにできるものではないし、なんの計画もなく子を作ってもいけない。

とはいえ、ル・ヴェリエ侯爵家ではクロヴィスが戦に出ていく役目を担っているため、早急に跡継ぎをと皆から言われているが。

「そもそも子供というのは、夫婦が愛し合ったからこそできるもので……」

「安心しろ、フランソワ。すぐにアニエスは子を宿すだろう」

アニエスの言葉を遮《さえぎ》って、クロヴィスが言う。

フランソワが歓喜の笑みを浮かべたが、アニエスたちはどういう意味だと思わず首を傾げた。いつの間にか母親たちもこちらの会話に耳を傾けている。

「俺は毎晩アニエスを愛しているし、休みの前の晩は明け方までアニエスを離せないことも多い。彼女の身体には俺の子種がたっぷりと注がれている。これで子を宿さないことはない」

「……っ⁉」

アニエスは声にならない悲鳴を上げ、身を強張《こわば》らせた。顔はもちろんのこと、全身が真っ赤になっていく。ローズが仰天《ぎょうてん》して目をむき、母親たちは「あらあらまあ」とクロヴィスの発言に生温かい視線を送った。

フランソワが純粋な疑問を浮かべた瞳で問いかけた。

「子種とはなんですか？　それが姉さまの身体に入ると子ができるのですか？」

「そうだ。いいか、フランソワ。よく聞け。とても大事なことだ。子種は男が女に注ぎ込むことができる。だが女ならば誰でもいいというわけではない。一番大切で大事で、愛している女に注ぐことが重要だ。だが男女の仲というものはなかなか難しい。これと決めた女が必ず受け入れてくれるとは限らない。決して強引に注いではいけない。それを絶対に忘れるな」

クロヴィスの言葉は正しい。とても相手を思いやる言葉でもある。だがあまりにも赤裸々すぎる言葉は、まだフランソワには早い。

いや、それよりも昨夜クロヴィスにたっぷりと——けれども彼にしてみれば手加減したとなるのだが——愛された側としては、羞恥と気まずさで失神してしまいそうだ。

母親たちがアニエスを見る。二人の瞳は「仲睦《なかむつ》まじくていいわねぇ」「これならば早く孫の顔が見られるわねぇ」と言っている。

フランソワはクロヴィスの言葉を真剣に受け止め、頷《うなず》いた。

「わかりました。相手の方の合意を得なければならないことなのですね。僕にも子種を注ぎたいと思う人が現れるでしょうか」

「うむ、必ず現れる。焦《あせ》ってはいけない。俺もこの歳になるまで、現れなかった」

「はい！　でも、女の人にどうやって子種というものを注ぎ込むのですか？」

「それはだな……」

険しさすら感じる厳しい表情で教えようとしたクロヴィスに、ローズが真っ赤になって叫んだ。

「お兄さま、フランソワにはまだ早すぎます‼　それにそういうことは男同士、二人きりのときに教えることです‼」

凄まじい剣幕は、フランソワはもちろんのこと、クロヴィスも気圧されるほどだった。クロヴィスは小さく息を呑《の》み、頷く。

「さあ、フランソワ。そのお話はまた今度ね。ちょっとお手伝いして欲しいことがあるの。いいかしら？」

「もちろんです、ローズ姉さま！」

頼ってもらえることが嬉しいらしく、フランソワは満面の笑顔で頷き、ローズと一緒に手を繋いで歩き出した。どうやら興味はローズの提案に移ってくれたようだ。

クロヴィスはなぜ妹がこれほど怒るのか理解できず、困惑《こんわく》の表情だ。ほんのわずかな表情の変化とはいえ、それがもう家族にはわかるくらいにはっきりとしている。

「アニエス、俺は何かフランソワにまずいことを言ったのか？」

「……そう、ですね。ここで話すことではない、かと……」

羞恥は弟が遠ざかったことでだいぶ落ち着いてきた。

アニエスの答えにクロヴィスはふむ、と神妙な顔をして頷く。恥ずかしいという感覚がどうも彼は常人とは違うらしいと、わかっていたのだが。

夫婦喧嘩《げんか》に発展することはないと安心したらしく、母親たちは再びおしゃべりに戻る。クロヴィスは目を伏せ、神妙な顔で呟《つぶや》いた。

「教育とはなかなか難しいものだ。だが俺は幸運だ。俺たちの子を育てる予行練習を、フランソワでさせてもらえている」

そんなことを真面目に言ってくれる父親は、高位貴族の中にどれだけいるのだろう。

自分の子を愛するというよりは、家を存続させるための道具としか思わない者の方が多く、どちらかといえば子供の教育に関わらない父親の方が多い。そう考えると色々と苦笑してしまう発言ではあるが、彼はとても愛情深い父親になってくれそうだ。

難しい顔をして黙り込む夫をじっと見つめすぎたらしい。クロヴィスが神妙な顔で続けた。

「すまない、アニエス。この辺りのことについて、俺はどうも役に立たないらしい。俺たちの子の教育方針については、じっくり話し合う必要がある」

まだ子ができたわけでもないのにと思ったが、考えを改める。あんなにクロヴィスに深く愛され続けていたら、本当にあっという間に子を宿すかもしれない。

（クロヴィスさまとの子……）

まだ見ぬ赤子の存在を想像するだけでなんだか心がじんわりと熱くなり、多幸感がやってきた。それを与えてくれるクロヴィスに改めて感謝と愛おしさを感じながら、アニエスは微笑んだ。

「そうですね。でもそれほど難しく考えることはないと思います。クロヴィスさまはそのままで大丈夫です。とても愛情深い父親になってくださいます。ええ、間違いありません」

そっと目を閉じると、瞼《まぶた》の裏にまだ見ぬ子供たちと、難しく険しい顔をしながらも青い瞳を優しく細めてアニエスを見返すクロヴィスの姿が容易く浮かんだ。

やがてくる幸福な未来を、アニエスは確信した。

あとがき

こんにちは、舞姫美です。

今作をお手に取っていただき、どうもありがとうございます！

今回は、女性に興味のなかった軍人侯爵さまが一目惚れをし、溺愛に目覚め、好きな彼女をどうやって手に入れようかと押せ押せで攻めまくるお話です。

しかし本人は攻めまくっていることにまったく気づいていません。そしてアプローチがちょっと斜め上なような気がしますよ！　溺愛していることにも気づいていないのではないでしょうか……彼にとってはそれが『当たり前のこと』なのです。

よって、受け取る側はアワアワするしかありません！　頑張れアニエス！　しかも一目惚れをしたシーンがあれですからね……加えて一目惚れについて説明されるクロヴィスさまは、やっぱどこか根本的に一般人とはずれたお考えを持っていらっしゃる……。

あれ、本来こんなお話だったっけ……？　と著者校正をしながら首をひねったことは秘密です。

同レーベルの「甘い鳥籠」以来、六年ぶりにご一緒させていただきました八千代ハル先生、硬質な雰囲気を始終醸し出しているのにだんだんアニエスに表情を緩めていくクロヴィスさまを、どうもありがとうございました！

是非とも本文イラストで、震えるほど怖かった（でも格好いい。軍人最高です！）クロヴィスさまの表情の変化をご堪能ください。軍服姿、クラクラしますよ！

アニエスが可憐なのは言うまでもなく……泣き顔可愛いうふふ、と思いました。あれ、私、クロヴィスさまに毒されている……？（汗）

毎度同じ謝辞になってしまいますが、改めて担当さまをはじめ、今作品に関わってくださったすべての方に、深くお礼申し上げます。

そして何よりもお手に取ってくださった方に、最大級の感謝を送ります。今作品が少しでも癒しとなり、楽しんでいただければ何よりです。

またどこかでお会いできることを祈って。

舞姫美　拝

堅物軍人侯爵が溺愛に目覚めたら、とにかく迫ってきます

Vanilla《ヴァニラ》文庫

2022年11月20日　第1刷発行　定価はカバーに表示してあります

著　者　舞 姫美　©HIMEMI MAI 2022
装　画　八千代ハル
発行人　鈴木幸辰
発行所　株式会社ハーパーコリンズ・ジャパン
東京都千代田区大手町1-5-1
電話　03-6269-2883（営業）
0570-008091（読者サービス係）

印刷・製本　中央精版印刷株式会社

Printed in Japan ©K.K. HarperCollins Japan 2022 ISBN978-4-596-75589-6